光文社文庫

鎮《ちん》憎《ぞう》師《し》

石《いし》持《もち》浅《あさ》海《み》

光　文　社

目次

鎮憎師《ちんぞうし》

序章

「小西利明《こにしとしあき》さん、ですね？」

刑事が、玄関口で男性に声をかけた。無精髭《ぶしょうひげ》を伸ばした男は、見せられた警察手帳にも表情を変えなかった。いきなりドアを閉めることもなく、ただ目の前の刑事二人を見ている。

「そうですが」

声に不審の響きはない。なぜ警察が自分の元にやってきたのか、それを完全に理解している口調だった。

「ちょっとお話を伺いたいのですが、署までご同行いただけませんでしょうか」

任意同行を促す言葉。今まで、数え切れないくらい口にした科白《せりふ》だ。けれど返ってきた反応は、今までの誰とも違ったものだった。

「話」男――小西利明は落ち着いた表情で続ける。「村里公大《むらざとこうた》殺害の件ですか？」

「…………」

刑事はすぐに答えられなかった。自ら用件を口にするということは、事件に関与していることを白状しているようなものだからだ。

小西利明は、刑事の返事を待たずにうなずいた。

「いいでしょう。あの事件は、裁判ですべての経緯が明らかにされるべきものですから」

そう言って、サンダルを履《は》いた。服装は、よれよれのジャージ姿のままだ。財布も携帯電話も取りに行く様子はない。今からは、そんなものは必要ないことを知っている。だからこその行動だった。

男は玄関脇にかけてあったキーホルダーを取り上げ、外に出た。施錠して、キーホルダーをジャージのポケットに入れる。「行きましょう」

二人の刑事は、小西利明を挟む形でアパートの階段を降りた。小さなアパートだから、階段も広くない。狭苦しいが、勝手な行動をさせないためには仕方がないことだ。

マスコミは、まだ警察の動きに気づいていない。だからアパートの前に報道陣がいることはなかった。人影もまばらな路地を、刑事たちは邪魔されることなく護送できる。

アパートの前には、覆面パトカーを駐車できるほどの道幅がない。そのため刑事たちは、十五メートルほど離れた広めの道路に駐車していた。参考人の逃亡を防ぐのに気を遣う距離だが、目の前の男に逃げようとする素振りはない。それどころか、憔悴《しょうすい》した顔には笑《え》みさえ浮かんでいた。捨《す》て鉢《ばち》になった笑いではない。静かな笑みは、勝利者のものだ。勝ち誇っているといってもいい。

やはり、そうなのか。

刑事は思う。小西利明の息子である将悟《しょうご》は、一カ月前に自殺した。校舎の屋上から飛び降りて。

屋上には、遺書が残されていた。中学校側が隠匿《いんとく》することなく警察に差し出したのは意外だったが、とにかく警察は遺書の内容を読むことができた。そこには、今までいじめを受けていたことと、いじめた者の名前が書かれていた。その名指しされた人物が、村里公大だ。

村里公大は、先週の土曜日に死体で発見された。野球部の練習から帰宅しない公大を両親が捜したところ、近所の河川敷で倒れている息子を発見したのだ。

しかし公大の両親は、それが自分たちの息子であることが、すぐにはわからなかった。脳が認識を拒否したのではない。本当にわからなかったのだ。なぜなら、公大の顔面は原形を留《とど》めないまでに破壊されていたから。そして死体の傍には、練習に持参していた金属バットが転がっていた。

遺書を残して自殺した小西将悟と、遺書に名前が載っていた村里公大の殺害。ふたつの死を結びつけるのは当然だ。警察は捜査を進め、将悟の父親である利明の容疑をほぼ固めた。そして本日、任意同行を求めることにしたのだ。事情聴取によって容疑が確定したら、その場で逮捕。そんな段取りだった。

そして今、自分たちは小西利明の身柄を確保した。もう、事件は解決したも同然だ。

前方に人影が現れた。刑事は視線を人影に固定する。ここは往来だから、人がいるのは当たり前のことだ。その人影に注目したのは、見覚えのある顔だったからだ。

男女が並んでこちらに向かっている。男性は四十代前半といったところだろう。スーツ姿だ。この男に見覚えはない。刑事が知っているのは、隣のセーラー服だった。

セーラー服の少女が歩みを止めた。こちらをじっと見る。次の瞬間には、こちらに向かって駆けだしていた。

「お父さんっ！」

少女は、小西利明の娘、祐香《ゆうか》だった。中年男性が慌てたように後を追う。しかし短い距離のこと。小西祐香はあっという間に刑事たちの前に立った。通せんぼされたように、刑事たちは足を止める。

少女は父親を挟んでいる二人の男を見た。すぐさま警察関係者だと理解したようだ。自分よりもずっと背の高い男たちを睨《にら》みつける。

「これは？」

「警視庁の者です」

刑事は機械のように答えた。「お父さんからお話を伺うために、ご同行願っているところです」

少女の顔が強張《こわば》った。刑事の発言が意味するところを理解したのだろう。泣きそうな目を父親に向ける。

「お父さん、何かの間違いでしょ？　ほら、新妻《にいづま》先生にも来ていただいたのよ」

スーツ姿の男性が会釈《えしやく》した。襟《えり》には弁護士のバッジがついている。小西利明が弁護士と接触していたということは、息子を自殺に追いやった相手に、民事訴訟を起こそうとしていたのだろうか。自らはその相手を手にかけたというのに。そして目的は達成したというふうに、勝利者の笑みを浮かべているというのに。

「さあて」小西利明は娘に笑顔を見せた。「間違いかどうかは、こちらの刑事さんが判断するよ」

言いながら、ポケットに手を入れた。キーホルダーを取り出して、娘に手渡す。そして新妻弁護士を見た。

「先生、すみません。娘をお願いします」

新妻弁護士は黒縁眼鏡《めがね》の奥で瞬《まばた》きした。「――承知しました」

では、と言って歩みを再開する。むしろ刑事たちがついていく形になった。

交差点が近づいてきた。左に曲がれば、覆面パトカーが駐車してある。背後の少女に意識の何割かを残しながら、刑事は交差点を曲がろうとした。

そのとき。

いきなり、誰かがぶつかってきた。

慌て者が先を確認しないまま交差点を曲がったのか。そう思った。こちらも三人が並んで歩いていた。横に広がっていたわけだから、避けるのは難しい。交差点を曲がってきた人物は、小西利明に正面から衝突してしまった。

「大丈夫ですか？」

刑事はそう声をかけた。しかし次の瞬間、様子がおかしいことに気がつく。その人物は、ぶつかったまま動かないのだ。

「おい――」

言いかけたところで、ぶつかってきた人物が動いた。小西利明から離れたのだ。そのため、ようやく顔が見えた。中年女性だ。見覚えがある。そう、この女性から事情聴取したことがある。名前は、村里三恵子《みえこ》。村里公大の母親。

突然、小西利明が頽《くずお》れた。道路に倒れ伏す。両手で右脇腹を押さえている。指の間から、包丁の柄《え》が見えた。

「ひっ！」

村里三恵子が引き攣《つ》れたような声を上げた。「ひひっ！」

村里三恵子は口をVの字にした。笑ったのだ。小西利明が浮かべたものと同種の笑み。目的を達成した、勝利者の笑み。しかし決定的に違うものがあった。中年女の笑みには、狂気が交じっている。

「やったわっ！」

叫んだ。

「公大の仇《かたき》を取ってやったわっ！」

きききと笑う。

刑事たちは突然の凶行に、すぐに反応することができなかった。

いったい何が起こった。自分たちは、いったい何を見せられている？

髪の毛一筋分の間を置いて、刑事は理解していた。仇。その言葉がすべてだ。村里三恵子は、自分の息子を殺したのが小西利明だと見当をつけて、見張っていたのだ。そして刑事が連れ出したことで、自分の想像が正しかったことを知った。だから行動に出たのだ。

「おいっ！　大丈夫かっ！」

同僚の刑事が、かがみこんで小西利明に呼びかける。その声で、ようやく金縛りが解けた。村里三恵子の身柄を確保しなければ。緊急逮捕だ。

刑事が一歩踏み出そうとしたとき、すぐ傍を風が駆け抜けた。

「お父さんっ！」

高い声が聞こえた。小西祐香が刑事を追い越していた。道路に倒れ伏したまま動かない父親。調子の狂った声で笑う中年女。

ぷつん。

刑事はそんな音を聞いた気がした。小西祐香の理性の糸が切れる音。

「きさまああっ！」

小西祐香が、いきなり村里三恵子に飛びかかった。

「ぐがあっ！」

獣のような叫び。その頃になって、ようやく刑事はダッシュしていた。二人を引き離さなければ。

同僚も加勢した。二人の刑事は、村里三恵子に馬乗りになっている小西祐香を引き離そうとした。しかしものすごい力で暴れる少女を、すぐに取り押さえられない。ようやく羽《は》交《が》い締めにして村里三恵子の上から降ろした。そのため、村里三恵子の顔を見ることができた。

村里三恵子は、両手で顔を覆っていた。その端に、えぐられた眼球がぶら下がっている。よほどの激痛が襲っているのか、自由になった身体でのたうち回っている。

「よくもお父さんをっ！」小西祐香が叫ぶ。「この人殺し一家っ！」

刑事に羽交い締めにされながらも、少女はなおも三恵子に襲いかかろうとする。

全身の力を込めて少女を押さえながら、刑事は背筋が寒くなった。

小西利明は、息子の復讐《ふくしゅう》のため、村里公大を殺害した。

村里三恵子は、息子の復讐のため、小西利明を刺した。

小西祐香は、父親の復讐のため、村里三恵子の両目をえぐった。

復讐。これは、復讐の連鎖ではないか。ひとつの復讐が次の復讐を呼ぶ、終わりのない連鎖。

「刑事さん」

声がかかった。声のした方向に顔を向けると、新妻弁護士が携帯電話を握っていた。

「救急車を呼びますよ。いいですね？」

第一章　再会

一年でいちばんいい季節は、上着がなければ少し肌寒いくらいの、今頃じゃないだろうか。

赤垣真穂《あかがきまほ》は窓の外を見ながら、ぼんやりとそんなことを考えていた。レストランの窓から見える街路樹は、その多くが緑色を失っている。けれど決して喪失を感じさせないのが、四季がはっきりしている日本なのだろう。

そう。季節は巡っていき、また戻ってくるものだ。それがわかっているから、いちいち喪失感など抱いていられない。人間が喪失を実感するのは、大切なものが失われたときだ。あるいは、大切な人が。

でも、人間はそれすら引きずらない。当たり前だ。一生泣いて暮らすことなどできない。失ったのが、どれほど親しい友人でも。引きずらない、あるいは引きずれないからこそ、自分たちは生きていける。今日などは、その象徴ともいえる日だろう。

ぽんと肩を叩《たた》かれ、思いを破られた。振り向くと、髭の剃《そ》り跡が濃い男性が立っていた。

「川尻《かわじり》くん」

真穂は立ち上がる。

男性——川尻京一《きょういち》は、象のような目でにっこりと笑った。「ひさしぶり」

「ひさしぶり——っても、一年か」

「そうだね。あれ以来だ」

あれ、と曖昧《あいまい》な言い方をした理由はわかっている。三回忌という言葉は、おめでたい結婚式の二次会には不向きだからだ。具体的に言わなくても通じるから、いちいち説明する必要もない。

真穂は川尻に笑顔を見せた。

「二次会の幹事、お疲れさま。そのカメラは、やっぱり幹事だから？」

川尻は大きなデジタル一眼レフを首から提げていた。カメラには、まるで報道写真家のような大きなレンズが取り付けられている。ストロボも、カメラに内蔵されているものではなく、外付けの大型だ。

「ああ、これ？」川尻はカメラを撫《な》でた。「いや、これはただの趣味。ドーモっちゃんの花嫁姿を撮っておかなきゃね」

そういえば、川尻の趣味は写真だった。真穂は大学時代の友人を睨みつける。

「智秋《ちあき》ならいいけど、生徒を盗撮しちゃダメだよ。友だちが新聞沙汰になるなんて、嫌だからね」

「あっ、ひどい」

川尻は大げさにのけぞった。「うちでそんなことしたら、光速でクビだよ」

一緒になって笑う。大学で理学部に在籍していた川尻は、教員免許――理学部の学生が最も取りやすい資格――を取って、横浜の私立中高一貫女子校に就職した。はっきりいえばコネだったのだけれど、根が真面目《まじめ》な川尻のことだ。問題を起こすどころか、休日返上で生徒のために走り回っているに違いない。学校はいい買い物をしたと思う。

真穂は周囲を見回した。

「それで、今日の主役はまだなの？」

「うん」

そう答えたのは、もう一人の幹事だった。「外国の要人が来てるとかで、青山通《あおやまどお》りが交通規制らしいよ。赤坂《あかさか》の式場から渋谷まではタクシーを使うはずだから、もう少しかかるんじゃないかな」

桶川《おけがわ》ひろみの口調は、どこか他人事《ひとごと》のようだ。まあ、仕方がないか。交通規制は彼女の責任ではないし、主役に迷惑がかかる種類のことでもない。彼らの到着が遅れたところで、終了時刻だけ気にすればよいと割り切っているのだろう。壁の掛け時計を見る。午後五時七分。開始予定時刻は午後五時ちょうどだから、もう開始時刻は過ぎている。

「受付をやってたお主《ぬし》がここにいるってことは」真穂は時計を見たまま言った。「主役以外の参加者は、全員揃《そろ》ったんだね」

「うん」ひろみがにやりと笑う。「一人を除いてね」

「一人？」

「うん」ひろみが笑みを大きくした。何か企んでいる笑顔。「まあ、期待して待っててよ」

そう言われては、問い質《ただ》すのも無粋《ぶすい》だ。真穂も笑みを返す。「楽しみにしてるよ」

真穂の答えに、挨拶《あいさつ》が重なった。見ると、下島俊範《しもじまとしのり》と棚橋菜々美《たなはしななみ》が立っていた。

「お疲れさまです」

「真穂さん、おひさしぶりです」

菜々美が大げさにお辞儀した。結婚式の二次会だから、ある程度おしゃれしてきたようだけれど、お世辞にも着こなしているとは言いがたい。最近は理科系の大学院生といっても、野暮ったい一辺倒ではないはずなのに、残念ながら菜々美は、既成概念を全身で裏書きしている。

とはいえ、理系で黒縁眼鏡の女の子といえば、昨今はむしろ男子の間でもてはやされたりする。菜々美の場合、顔だちだって整っているし。そう考えれば、このいまひとつ垢抜《あかぬ》けない服装も、決して彼女の魅力を減じていないのかもしれない。

「ナナちゃん、おひさ」

真穂も返す。川尻と同じく、最後に会ってからもう一年経っている。「元気してた？」

菜々美が小さく笑う。「ええ、わたしは」

「わたしはってことは、菌は元気じゃないのね」

「はい。そうです」

大学院で発酵学を研究している菜々美は、毎日細菌と格闘する毎日だ。にもかかわらず、菌の培養が苦手という致命的な欠点を持っている。別に雑な性格ではないと思うのだけれど、何が災いしているか、門外漢の真穂にはわからない。

「それにしても、ずいぶんと小さな店ですね」下島がぐるりと周りを見回した。こちらは、大学院に進まず一般企業に就職しただけのことはあり、スーツ姿が板についている。とはいえつぶらな瞳は、十代の頃から変わっていない。過剰なまでに純朴さを感じさせる瞳。

「っていうと？」川尻が訊《き》いた。わざとらしく声に棘《とげ》を含ませた。店の選定にけちをつけるのかと。本気ではなさそうな口調だったけれど、察した下島が慌てて両手を振った。

「いえ、石戸《いしど》さんと堂本《どうもと》さんの二次会なんだから、もっと大勢が集まると思ってたんですよ」

残念ながら、真穂はその意見に与《くみ》しない。新郎の石戸哲平《てっぺい》も、新婦の堂本智秋も、別に敵を作るタイプではない。かといって他の学生と比べて、特別友人が多かったわけでもないと思う。あんな事件があったこともあるし、こぢんまりとした店で二次会を開催しようという考えは、むしろ理解できるものだと思う。

けれど新婦の後輩は、そう考えていないようだ。お世辞でもなんでもない口調で続ける。

「職場の人たちもいるでしょうに。もっと派手にやったらいいのになあ」

職場の人たちは、披露宴に出席したんじゃないかな」

横から川尻が言った。「会社員のドーモっちゃんはともかく、石戸さんは公務員だろう。

「職場の人たちはちゃんと披露宴に呼ばないといけない雰囲気なのかもしれない」

川尻は私立学校の教師だから、私企業勤務であっても公共に近い場所にいる。そんな川尻の発言だから、妙に説得力があった。なるほど、と下島が大真面目な顔でうなずく。ひろみが後を引き取った。

「ひょっとしたら、他にもお披露目会《ひろめ》をやるのかもしれないよ。今日は、学生時代の知り合いしか呼んでいないみたいだから」

「あ、そうなんだ」真穂は周囲を見回した。言われてみれば、全員ではないけれど、かなり知った顔が多い。

大学時代の知人といえば、主に三つのルートがある。学科、部活動、そしてアルバイト先だ。石戸哲平と堂本智秋の場合、横浜理科大学のテニスサークルで知り合った。真穂や川尻たちもまた、同じサークルのメンバーだ。体育会系テニス部ではない。ふたつの同好会が合併してできた、ゆるくテニスを楽しむために参加するサークル。

「でも、意外でした」菜々美が声を潜《ひそ》めた。「石戸さんと智秋さんが結婚するなんて」

「えっ、そう？」

「まあ、そうだよね」

ひろみと真穂の声が重なった。お互いが譲り合って、「えっ、そう？」のひろみが先を続けることになった。

「あの二人、前からウマが合っていそうに見えたけどな」

ひろみの言葉に、しかし菜々美は納得しなかったようだ。

「そうかもしれませんけど、そんなに人前でべたべたしてなかったじゃないですか」

「そりゃ、そうだよ」

今度は「まあ、そうだよね」の真穂が答える。「あの二人がつき合い始めたのは、石戸さんが卒業した後だもん。智秋も四年生になってたから、サークルに顔を出さなくなってた頃だよ。だからナナちゃんもシモジも、知らなかったのは当然だって」

「そうだったんですか」菜々美が宙を睨む。「結婚式の式場って、確か、けっこう前から予約しなくちゃいけないんですよね。もし二人が一年前に結婚を決めたんだったら、藤波《ふじなみ》さんの三回忌辺りに？」

「しっ！」

真穂と川尻、そして下島が同時に人差し指を唇に当てた。この場所で口にしてはいけない名前だったからだ。

しかしひろみは、あっけらかんとした表情を崩していなかった。

「そうだよ。というか、藤波くんの三回忌を区切りにして、二人はようやく結婚する気になったんだよ」

真穂は旧友を睨みつけた。石戸と智秋の結婚を祝う場所で、藤波覚史《さとし》の名前を出してはいけない。もう一人の名前と共に。それは、仲間うちでの暗黙の了解ではないか。

確かに、ひろみの言ったとおりではある。石戸と智秋は、藤波の一周忌を区切りに交際を始め、三回忌を区切りに結婚を決めた。彼ら自身が気持ちの整理をつけるためにも、必要な手順だった。

とはいえ、いくら事実であっても、わざわざ広める必要はない。知っている人間だけが知っていればいいことだ。わかっていながら話題にする菜々美も菜々美だが、平気で受けるひろみもひろみだ。

真穂はそっと周囲を見回す。賑《にぎ》やかだから、それほど遠くまで声は聞こえていないだろう。けれど聞こえる場所にいた人たちは、みな視線を逸《そ》らしている。聞こえなかったふりをして、他の人と話をしたり、スマートフォンをいじったりしていた。その表情がぎこちない。

けれど、聞こえないふりをできなかった人間もいた。櫻田義弘《さくらだよしひろ》だ。同じテニスサークルの後輩は、まん丸に見開いた目をこちらに向けていた。非難しているのではない。本当に驚いているのだ。背後から、出し抜けに藤波の名前を出されて。真穂はそっと手刀を顔の前に立てた。別にひろみや菜々美に代わって自分が謝罪しなければならない義理はないのだけど、自分も会話に参加していたのだから、仕方がない。

櫻田は真穂に黙礼すると、視線を逸らした。友人らしき人物との会話を再開する。

藤波覚史の事件は、周囲に大きな衝撃を与えた。関係の深さに関係なく、大なり小なり傷ついたのだ。そんな中でも、真穂の見立てでは、家族以外で最も傷ついたのは櫻田だと思う。最も引きずっているのも。事件の前までは、彼はあんな昏《くら》い双眸《そうぼう》はしていなかった。

話題を変えよう。真穂はひろみに話題を振った。

「で、お主はどうなんだ。彼氏の一人や二人は、できたのかい？」

「んなわけない」ひろみが右手をぱたぱたと振った。「出会いがないんだから、仕方がないでしょ」

「出会いなら、あるでしょう」

下島が真剣なまなざしで反論した。「スポーツクラブなんだから、インストラクターさんがいるでしょう？　スポーツマンばかりで、いいじゃありませんか」

「そうそう」菜々美が乗ってきた。「会員のお客さんに、お金持ちがいたりしないんですか？」

後輩二人の指摘を、ひろみは一笑に付した。「いないねえ。どちらも」

アルバイト先のスポーツクラブにまんまと潜り込んだひろみは、意地悪い笑顔をこちらに向けてきた。

「真穂はどうなんだい？　職場にいい男はいないのか？」

「いないなあ。こっちも」

あの事件がきっかけで男性不信になるほど、初心《うぶ》ではない。自分ではそう思っているけれど、その後つき合った男性と、ことごとく長続きしなかったのは事実だ。ひろみも同様なのだろうか。顔を見合わせて苦笑する。

「まあ、まだ焦《あせ》る歳じゃないでしょ。クリスマスイブなんて、もう死語だし」

「そのとおりだ――あっ」

ひろみの視線が真穂を通り越した。つられて振り向くと、理由がわかった。主役のお出ましだ。

「遅れてすみません」

新郎――石戸哲平の第一声が、それだった。「道が混んでまして」

まるで営業担当者が得意先との面談時刻に遅刻したような科白だった。

「いえいえ、たったの十五分です」川尻が一眼レフを構えた。「それより、あらためてご結婚おめでとうございます」

「あら」

新婦――堂本智秋、いや、石戸智秋がすぐさまレンズに笑顔を向ける。新郎に寄り添う。ぎこちない笑顔と自然な笑顔がストロボに照らされた。

「おめでと」

真穂は新婦に歩み寄った。「式は、どうだった？」

「もう、大変だったよ」智秋が苦笑した。「お父さんが泣いちゃってさあ。『みっともない』ってお母さんが叱りつけて、それこそみっともなかったよ」

そう言いながらも智秋の表情には、人生最大のイベントを無事終えた安堵感が漂《ただよ》っていた。ここには、職場の上司も、普段まったく交流のない親戚もいない。肩の力を抜いても、なんの問題もない場所だ。

「見たかったな。ウェディングドレス」

智秋は肌の色がやや濃く、目が大きくて鼻が高い。身長もそこそこあるから、真っ白なウェディングドレスがよく似合っていただろうと思う。真穂の科白に、石戸が頭を掻《か》いた。

「申し訳ない。本当はみんな披露宴に呼びたかったんだけど、親戚関係と職場関係で招待客がいっぱいになっちゃってね。大学のみんなには、二次会に回ってもらったんだ」

やはりそうか。披露宴は川尻が想像したとおりだったようだ。

「いえいえ。今度、写真を見せてください」

「ああ。いいよ。職場にカメラ好きがいてね。メモリーカードが満杯になるほど撮ってたから」

「ええっ？　川尻くんみたいな人がいるんですか？」

川尻が渋面《じゅうめん》を作る。「みたいな、はひどいな」

みんな一斉に笑った。区切りがついたとみたか、ひろみがぽんぽんと手を叩いた。

「みなさーん！　主役が到着しましたっ！」

さすがスポーツクラブ勤務。声が大きい。思い思いに雑談していた参加者が、一斉にひろみを見た。

「お疲れさまです。本日、幹事を務めさせていただきます、桶川ひろみと」

「川尻京一です。どうぞよろしくお願いします」

拍手が湧《わ》き起こる。

「それでは始めますから、まずはみなさん、グラスに飲み物をお願いします」

テーブルにはグラスと瓶《びん》ビールがすでに置かれていた。三十人ほどの参加者はグラスを取り、お互いにビールやウーロン茶を注ぎ合った。社会に出ている人間が多いせいか、あちこちで「お先に」「いえいえ、そちらこそお先に」というやりとりが聞こえてくる。

今度は川尻が一歩前に出た。

「注ぎ終わりましたかーっ。では、石戸哲平さん、堂本智秋さんの結婚式二次会を開催します。主役の希望により、堅苦しい挨拶などはなしにします。まずは、乾杯しましょう。石戸さん、智秋さん、ご結婚おめでとうございます。かんぱーいっ！」

「乾杯！」

全員が唱和して、グラスを傾けた。続いて万雷の拍手。

「この後、ネタを仕込んでいる人もいるようですが、とりあえずはご歓談ください」

すぐさま、何人かがビール瓶を片手に、新郎新婦のところに歩み寄っていく。自分は真っ先に挨拶したから、ここは下がっていよう。まずは、食料確保だ。

二次会はビュッフェ形式だ。テーブルには前菜が盛られた大皿が並んでいる。その中から、サーモンのマリネを皿に取った。ビールのグラスをテーブルに置いて、代わりにフォークを持つ。隣では、菜々美がタコとジャガイモのピンチョスを皿に載せていた。

「智秋さんと会うのは一年ぶりですけど」菜々美が言う。「あんなに綺麗《きれい》でしたっけ」

思わず噴き出す。「まあ、今日が人生で最も綺麗な日だからね。化粧だって本気モードだし」

菜々美が小さく笑った。「それもそうですね」

上から目線というより、一歩退《ひ》いたような見方だった。黒縁眼鏡の奥に、批評家のような光が灯《とも》っている。

別に、智秋と菜々美は仲が悪かったわけではない。それどころか、智秋の現役時代は、ダブルスのペアを組んでいたくらいだ。だから智秋が幸せそうなことについて、菜々美が批判的である理由はない。本人にも、そのつもりはないだろう。でも、今日の式について、納得できない気持ちもある。真穂は、その理由も知っていた。

「やっぱり、気になる?」

「えっ?」

ピンチョスの串を口に持っていこうとした動きが止まる。「って言いますと?」

「智秋と石戸さんが結婚したこと」

「………」

黒縁眼鏡の奥で、目が大きくなった。

「サークル内で結婚するなら、あの二人じゃなくて、もっとふさわしい人たちがいた。そう思ってるでしょ?」

菜々美の唇がきゅっと閉じられた。反応を意思の力で抑え込む動きだ。わずかの間そのままの姿勢を保った後、視線をさらに落とした。

「もっと、かどうかはともかく、ふさわしい人たちがいたのは、本当ですよね」

「まあね」

真穂たちのテニス同好会『横理《よこり》オープン』は、元々は『庭球倶楽部』と『ラケットトラバーズ』というふたつの同好会だった。どちらの活動も停滞気味で、このままでは早晩消滅という状態だった。合併すれば会員数も増えるし、大学からもいろいろと恩恵を受けられる。そんな思惑から、たいして仲のよくないふたつの同好会を無理やり合併させて誕生したのが『横理オープン』だ。真穂、ひろみ、智秋、川尻が二年生。菜々美、下島、櫻田が一年生のときだった。

「あの頃、わたしたちは『絶対にうまくいかない』って言ってたよね。一部の先輩たちが都合で合併させただけだから、メンバーがついていくことはないと。実際、わたしたち自身がそう思ってたからね。でも融合は、予想以上にスムーズに進んだ。その理由が――」

「藤波さんと、夏蓮《かれん》さん」

菜々美が後を引き取った。

「『庭球倶楽部』の藤波さんと『ラケットラバーズ』の夏蓮さんがつき合い始めてからですよね。壁が取り払われたのは」

「うん」真穂はフォークを持ったままビールのグラスを取った。ひと口飲む。

「あの二人は、それぞれのサークルで人気者だったからね。二人の元に人が集まって、結果的にひとつの集団になった。だから横理オープンの象徴は、あの二人。ナナちゃんも、そう思ってるでしょ?」

「――はい」

「わたしもそう思う」真穂は至近距離から菜々美を見た。「あの二人は、あんなことがあってダメになっちゃった。でもね。だからといって、その後でつき合い始めた智秋たちを、二番煎《せん》じ扱いしちゃダメだよ」

「……」

菜々美はまた目を大きくして、続いて眉間《みけん》にしわを寄せた。図星を指されたときの反応だ。

「そりゃ、智秋は藤波くんと同じ庭球倶楽部出身だし、石戸さんは夏蓮と同じラケットラバーズの出身だよ。でもさっきも言ったように、智秋たちがつき合い始めたのは、サークルが完全に一体化した後なんだから。勝手に夏蓮たちの後釜に据えて、しかもしょせん後釜だなんて思っちゃいけない」

菜々美が眉間にしわを寄せたまま瞬きした。こんな仕草も可愛いなと、場違いなことを考える。

「――そんなこと、思ってません」

紙に書いたものを読んでいるような口調だった。つまり、思っていたということだ。元々菜々美は思い込みが強いタイプだ。藤波と夏蓮の関係が永遠に失われてしまったために、記憶が美化されて理想のカップルと認識してしまったのだろう。

いや、あながち美化とも言い切れないか。あの事件が起きる前までは、人もうらやむ恋人同士だったのは間違いない。真穂もうらやんでいたことは否定できない。「美男美女は得だな」と愚痴《ぐち》る程度の羨望《せんぼう》だったけれど。

ただし、菜々美が智秋たちに対して素直に喜べないのは、過去を美化したことだけが原因ではない。智秋と石戸にも、色眼鏡をかけて見られる理由が、ないわけではないのだ。

真穂は心の中で頭を振った。今さら、そんなことを考えても仕方がない。

「ナナちゃんは、まだサークルに顔を出してるの？」

「いえ。最近は全然」話題が変わったからか、眉間のしわが消えた。「忙しくって」

「まあ、そうでしょ」真穂は後輩に笑顔を向けた。「わたしもそうだけど、はっきり言ってサークルは過去の話でしょ。明るい未来を見ようよ。ナナちゃんは、彼氏とかいないの？」

「いません」

真穂はうなだれてみせる。

「そんな即答しなくたって。たとえば、サクラはどうなの？　二人とも院にいるから、しょっちゅう顔を合わせてるんでしょ？」

「やめてくださいよ」菜々美が大げさに両手を振った。「そりゃ、学校に行けば顔は見ますし、会えば話もしますよ。けど、そんな関係なわけ、ないじゃないですか」

こちらもわざとらしく驚いた顔をする。「ええっ、そうなの？」

「そうですよ」菜々美は離れた場所にいる櫻田をちらりと見た。少し寂しげな顔で声を潜める。「それに、サクラはまだ夏蓮さんのことを忘れていないみたいですし」

「……………」

やはりそうか。櫻田は、事件から一歩も進んでいないのか。話題を櫻田から離そう。

「じゃあ、研究室にいい人はいないの？」

菜々美が途端に渋い顔になった。

「それどころじゃありません。この前、博士課程の先輩が助教の先生と関係しちゃって、先生を離婚させたもんだから、揉《も》めて大変だったんですから」

「そんなことがあったんだ」

「そうなんですよ。しかもすごいのは、先輩が男で、助教の先生が女だったことです」

「あら、若いツバメ」

それは面白い。露骨に表情に表れていたのだろう。菜々美が渋面を大きくした。

「いや、本当に笑い事じゃないんです。教授やわたしたちも巻き込まれて、大騒ぎになったんですから」

「それは、ますます面白い」

「それは、男の風上にも置けないな」

いつの間にか傍に来ていた櫻田が口を挟んできた。昏い双眸が怒りに燃えている。

「あれ？　サクラは、ちゃんと収入がないと結婚しちゃいけないって価値観なの？」

「そんなわけじゃありません」櫻田が唇を突き出した。「別に学生結婚でも略奪婚でもいいですけど、相手を傷つけずにやれってことですよ。そんな大騒ぎになったんなら、女性の方はかなりダメージを受けたと思いますよ。男なら、護《まも》ってやらなきゃ」

「まあ、そうだね」

真穂もうんうんとうなずく。

「相手を離婚させるわけだから、まったく揉めないってことはないだろうけど。少なくともどちらかが研究室を離れるまでは、行動を起こさない方が傷は浅かったかもね。もちろん事情はあるんだろうし、部外者だから偉そうなことは言えないけど」

「迷惑をかけられた立場からすると、サクラの意見に全面的に賛成です」

実感のこもった、菜々美のコメントだった。

「えーっ、なになにーっ？」

横からひろみが言った。幹事の自覚からか、アルコールは控えているようだ。グラスにはウーロン茶が入っている。なんだか申し訳ないから、終わった後——三次会になるのだろうか——に、飲みに連れて行ってやろう。

菜々美が研究室での災難を、ひろみに話して聞かせた。ひろみの目が三日月になる。たぶん、さっきの自分と同じ表情だ。

「そりゃあ、大変だったねえ」

言いながら、鴨《かも》のピンチョスをつまんで口に運ぶ。

「それで、その助教は妊娠とかしちゃったの？」

菜々美が小さく首を振る。「いいえ。そんな話は聞いていません。この前もお酒飲んでたし」

「ふーん」鴨をよく嚙《か》んで飲み込むと、細い目の奥が光を帯びた。「明らかに院生の子が相手で妊娠したのなら、離婚と再婚はあるよ。でも、そうでもないのに、どうして思い切った手段に出たんだろう」

「えっ」菜々美が戸惑った声を上げる。「どうしてって……」

ひろみは大学院生の後輩を見た。

「ちなみに、その二人はもう籍を入れてるの？　確か女は、離婚してから半年は再婚できないはずだけど」

「えっ、えっと」菜々美が宙を睨んだ。「たぶん、まだだと思います。先生が離婚したのは、三カ月前ですから」

「ふーん」ひろみはまた言った。今度は櫻田に顔を向ける。「ひょっとしたら、院生くんは、被害者かもしれないよ」

櫻田が目を見開いた。「って言いますと？」

「助教の夫婦を考えてみればいい」ひろみはウーロン茶を飲んで喉を湿らせた。「今の話だと、奥さんの浮気が原因で離婚したんだよね。非は奥さんの方にあるから、離婚訴訟とかがあったとしたら、どうしても不利になる。それでも、奥さんは行動を起こした。もしかしたら、順番が逆なんじゃないの？　院生くんと浮気したから離婚したんじゃなくて、どうしても旦那と離婚したかったから、浮気という理由を作った。そのために、手近な男を利用した」

「ええっ？」

真穂と菜々美、そして櫻田が同時に声を上げた。しかしひろみはまったく動じず、当たり前のように話を続ける。

「お互いが、この結婚は失敗だと考えたのなら、そんなことしなくてもいい。でも旦那は、離婚する気なんてさらさらなかった。だとしたら、奥さんの方から一方的に離婚しようとしても、承諾してくれないかもしれない。悪いところがあったら直すからとか言われて、そのままずるずる。奥さんには、自分が悪役になってでも、離婚するはっきりとした理由が必要だった。相手の心を離すには、浮気が最も効果的。だから、距離が近くて二人きりでいることも多い、研究室の学生に目をつけた。特別な策を弄《ろう》する必要はない。少しだけ隙《すき》を作ってあげれば、若い男は勝手に迫ってくる。そんなところかもしれない」

「……………」

「離婚してから半年の猶予があるんだよ。仮に院生くんを道具として利用しただけなら、こちらも理由をつけて別れるかもね。女性を別れさせておきながら、責任を取って結婚しなかったとなったら、世間の非難は院生くんに集中する。相手を信じて離婚までした自分は、男に騙《だま》された憐れな被害者になる。そんな思惑があったのかも」

もう真穂は何も言えなかった。この女は、いったい何を言いだすのか。会ったこともない男女に対して、人から話を聞いただけで強引に物語を作ってしまった。

ちらりと後輩たちを見る。当事者をよく知る菜々美は、呆然《ぼうぜん》と口を半開きにしている。

櫻田は怒りの方向を見失って、表情が固まってしまっている。

ひろみはそんな後輩たちの様子をたっぷり三秒は見た後、いきなり声を上げて笑いだした。

「本気にしない！」

「……えっ？」

呆気《あっけ》にとられる菜々美に、ひろみは切れ味鋭い笑みを返した。

「そんな可能性もあるってことだけだよ。本当かどうかは知らないよ。だって、会ったこともないんだから。ただね」

今度は櫻田の方を向く。

「男が必ず女を護らなきゃいけないわけじゃないってことだよ。わかった？」

櫻田が瞬きした。「え、ええ」

「そう」ひろみは大きくうなずく。「女は強いんだから。そんなに肩に力を入れてても、女の子は頼りにしてくれないよ。しっかりやんな！」

ぱあん、と櫻田の尻を叩いた。櫻田が尻をさすりながら、困ったように笑う。少しだけ、昏さが減じたように見えた。隣で菜々美が、戸惑ったように目をぱちくりさせていた。

そうか。ひろみは櫻田をひと目見て、あの事件をまだ引きずっていることに気づいた。だから他人の色恋沙汰を聞いて、利用したのだ。女性は、童話に出てくるお姫様ではないと。自分の意思で生き抜いている、一人の人間なのだからと。

ひろみはどちらかといえばサバサバしていて、あまり他人の生活に意見することはない。むしろ、他人のことはあまり気にしないタイプだ。それでもあえて後輩に助言したのは、やはり今日をひとつの区切りにできると考えたからだろう。石戸と智秋の結婚は自分たち横理オープンのメンバーにとって、事件をしまい込んで、新たな出発をするきっかけになるから。

音楽が鳴った。オッフェンバックの「天国と地獄」序曲だ。店のBGMではない。携帯電話の着信音だ。壁際の、荷物を置いてあるテーブルから聞こえてくる。

「おっと」

ひろみがダッシュしてテーブルに向かった。自分の鞄から携帯電話を取り出す。液晶画面の表示を見て、すぐに耳に当てた。

「おっそーい。うん、そう。その先の、赤い壁のお店。もう始まってるよ。うん。玄関まで出てるよ。うん。じゃあね」

早口で喋《しゃべ》って電話を切った。携帯電話を手に持ったまま店を出た。そういえば、さっき「一人を除いて」と言っていた。その最後の一人が遅れてきたのだろう。

一分ほど経って、再びドアが開いた。ひろみが入ってくる。いや、彼女だけではない。もう一人、後に続いてきた。女性だ。

――えっ？

真穂は固まった。目から入ってきた情報を、脳が処理できずにいる。数瞬遅れて、ようやく理性が見たものを理解した。

現れたのは、熊木《くまき》夏蓮だった。
かつては真穂と同じテニスサークルに所属していた友人。
恋人である藤波覚史に、殺されかけた女性。

第二章　ジュリエット

通報は、深夜一時過ぎだった。

『彼女を殺した』

そう話す男性の声は、泣いていた。

一一〇番通報を受けた担当官は丁寧《ていねい》に相手の話を聞き、通報者の名前と住所を引き出した。割り出した携帯電話の基地局とも矛盾しない。神奈川県警旭《あさひ》警察署の署員が急行し、学生用マンションの一室で、ひと組の男女を発見した。

女性は床に倒れていた。一方男性の方は、カーテンレールにネクタイをくくり付けて、首を吊っていた。二人はすぐさま救急病院に搬送されたが、男性は病院で死亡が確認された。

死亡したのは、部屋の住人である藤波覚史。横浜理科大学に在籍している二十一歳だ。一一〇番通報したのも彼だった。

女性は藤波の恋人であり、やはり横浜理科大学生の熊木夏蓮。彼女は搬送先の病院で意識を回復した。

夏蓮の首には、赤黒い指の痕《あと》が残っていた。蘇生《そせい》した彼女に事情聴取したところ、一緒にいたら突然藤波に首を絞められたのだという。指の痕も、藤波の手の形と一致した。

「何がなんだか、さっぱりわかりません」

夏蓮は事情聴取に、そう答えた。マンションには、遺書らしきものが残されていた。大学名の入ったレポート用紙に、ボールペンで殴《なぐ》り書きされていたのだ。

『もう誰にも顔向けできない。かれんも殺した。自分も死ぬ』

筆跡は乱れてはいたものの、藤波のものだった。夏蓮は、見覚えがないという。

現場の状況と夏蓮の証言、そして遺書の内容から、一つの仮説が浮かび上がった。藤波は自殺を決意し、恋人を巻き添えにして一緒に死のうとした。いわゆる無理心中だ。藤波が夏蓮の首を絞め、気を失った彼女が死亡したものと思い込み、遺書を書き綴《つづ》ってから首を吊った。だとしたら、藤波には殺人未遂の容疑がかけられることになる。無理心中は、正確には心中ではない。殺人と自殺がセットになったものだ。実行した人間は、犯罪者となる。

神奈川県警は、藤波の周辺を捜査した。もちろん真っ先に事情を訊いたのは、恋人である夏蓮だ。夏蓮は、交際していたから一緒にいた時間は長かったけれど、悩んでいた様子はなかったと証言した。関係者への聞き込みでも、藤波がなんらかのトラブルを抱えていたという事実は見出《みいだ》せなかった。結局検察は、藤波覚史を被疑者死亡で不起訴裁定とした。

藤波が無理心中を決意するに至った理由は、わからずじまいだった。

＊

会場全体は、凍りつかなかった。

二次会の参加者は大学時代の友人ばかりだけれど、全員がサークルの仲間というわけではない。新郎新婦の学科の友人や、アルバイト先で知り合った人たちは、夏蓮のことを知らない。変わらず談笑し、飲み食いを続けている。全体の雰囲気としては、何も変わっていない。

しかし参加者の三分の一は、横理オープンのメンバーだ。彼らのうち来訪者に気づいた者は、一様に凍りついていた。

現れた女性は、黒髪をボブカットにしている。自分たちが知っている彼女は、茶色い髪を背中まで伸ばしていた。それでも彼女は、間違いなく熊木夏蓮だ。尖《とが》り気味の顎《あご》。黒目がちな瞳。すっきりと通った鼻筋。その美しさは変わっていない。いや、成長して、より一層凄《すご》みを増したかもしれない。

どうして夏蓮がここに？

疑問に思うと同時に、真穂は答えを導き出していた。夏蓮もまた、サークルのメンバーだ。石戸と智秋のどちらとも親しくしていた。そんな彼らが結婚したのだから、お祝いに駆けつけるのは当然だ。真穂の理性は、そう説明した。

けれど真穂の感情は、理性の御託《ごたく》を聞いていなかった。バカな。夏蓮が来るなんて。よりによって、ここに。

ひろみは夏蓮の手を引いて、こちらにまっすぐ歩いてきた。

「じゃーん！」

ひろみは夏蓮の背後に回り、真穂たちに突き出すようにした。お披露目するように。

「ほら、お土産《みやげ》」

夏蓮は困ったような、申し訳なさそうな顔をした。

「真穂」形のよい唇が動く。「ひさしぶり」

「夏蓮……」

後が続かない。事件以後、実質的に自分たちの前から消えた友だち。再会できて嬉しくないわけがない。けれど、あまりにも唐突な出現だったから、気の利いた反応ができない。どうしても、首筋に目がいってしまう。藤波に絞められた首筋には、痕など残っていない。

「——元気だった？」

ようやく言えたのは、そんな芸のない科白だった。夏蓮が小さくうなずく。

「うん。けっこうね」

「よかった」

本音だった。あんな辛《つら》い体験をした夏蓮が、元気に暮らしている。それを聞いて、本気で安心した。大きなため息をつく。息を吐いたら、身体が楽になった。

おかげで、周囲の反応を見る余裕ができた。真っ先に、櫻田。崇拝者として、マドンナを護れなかったと思い込んでいる後輩。彼は、いったいどんな顔をしているだろうか。

意外なことに、驚いた顔をしていなかった。いや、違う。平静を保っているのではない。内部に湧き起こった感情の量が多すぎて、表に出せないでいるのだ。震える瞼《まぶた》がそれを証明している。

菜々美はどうか。今にも叫びだしそうな雰囲気だ。こちらは単純に驚いていた。両目と唇で、三つのOを作っている。

「ナナちゃん」

呼びかけられて、びくりと身体が震えた。

「お、おひさしぶりです！」

ぶん、と音を立ててお辞儀した。距離が近かったから、あやうく夏蓮に頭突きしてしまいそうになった。

夏蓮は薄く微笑《ほほえ》んだ。

「ひさしぶり。元気だった？」

「は、はいっ！」

よかった、と夏蓮はコメントし、続いて固まり続けている櫻田に声をかけた。

「サクラは元気だった？」

「――はい」

「今は、サラリーマン？　それとも院に進んだ？」

「院です」

「そうか」夏蓮はうなずく。「サクラは、研究者向きだったもんね」

「いえ」

ごく短い返答。おそらくは、意識したものだ。発する情報を極限まで少なくしなければ、感情が堰《せき》を切って溢《あふ》れ出てしまう。彼はそれを警戒しているのだろう。

自分もそうだし、後輩二人の反応を見てもそうだ。夏蓮の存在は、どうしても横理オープンのメンバーに衝撃を与えてしまう。

そして、彼らとは違う種類の衝撃を受けた人間もいる。少し離れたところにいる下島が、いち早く夏蓮の登場に気づいていた。じっとこちらを見つめている。決して懐かしさではない視線。下島は庭球倶楽部時代から、藤波と仲がよかった。彼は、藤波の無理心中の原因を、夏蓮に求めている。

下島は、無視するしかない。問題は、主役だ。横目で二人を見た。新郎新婦は、他の友人と話をしていて、こちらに気づいていない。いっそのこと、このまま気づかずに終わってくれないか。そんなことを考えたけれど、あり得ない話だ。だって、夏蓮を連れてきたのは、場を取り仕切る幹事なのだから。

夏蓮の責任ではない。それはわかっている。それでも、やはり今日は石戸と智秋を祝う日だ。彼らが夏蓮に招待状を出したとは思えない。幹事はよかれと思ったのかもしれないけれど、新婚夫婦に与える影響を考慮すれば、連れてくるべきではなかった。

真穂は非難のこもったまなざしで川尻を見た。川尻は良識派で、よく気の回る男だったはずだ。その彼が、なぜ夏蓮を呼んだのか。

いや、違う。

真穂は、すぐに自らの誤りを悟った。こちらを——正確には夏蓮を見つめる川尻は、凍りついていたからだ。驚愕《きょうがく》を通り越して、顔面が蒼白になっている。彼は、知らなかったのだ。

とすると、ひろみの独断だ。彼女は、夏蓮が在学していた頃から、最も仲がよかった。夏蓮が大学を中退して故郷に戻ってからも、連絡を絶やさなかったのだろう。そして、二次会の幹事を任されたことから、今日の悪戯《いたずら》を思いついた。ひろみは楽しいサプライズを演出したのかもしれない。けれど、おそらくは最悪の結果に終わる。

川尻が小走りにやってきた。夏蓮の前に立つ。

「やあ」

やや硬いものの、笑顔を作ることができたようだ。

「——川尻くん」

今度は、夏蓮の表情が引き締まった。川尻は、ただの友人ではない。藤波の幼なじみという立場は、夏蓮にとっては特別なものだ。川尻も自覚があるのだろう。必要以上に近づかないとアピールする距離を保っている。

「聞いたよ。女子校の先生をやっているんだって？」

「柄にもなくね。そっちは？」

「まだ、学生やってるよ。地元の大学に入り直したの。最終学歴が大学中退じゃ、途中で投げ出したみたいで嫌だったから」

「そうか」

安心したような、川尻の表情。

一人娘が殺されかけたと聞いて、夏蓮の父親は激怒した。相手が同じ大学の学生だということで、大学に厳重に抗議すると共に、娘を退学させて地元に連れ戻した。真穂たちは、そこで彼女との縁が切れてしまったのだ。

三年ぶりに聞く、夏蓮の近況。変な言い方だけれど、普通に暮らしていると聞いて安心する。

ひろみが手を打った。旧友としては。

「よし。じゃあ、新郎新婦に顔を見せに行こう」

ああ。やっぱり。

真穂は心の中で嘆息した。

ひろみが夏蓮の腕をつかんで歩きだした。夏蓮が引っ張られるようについていく。

「――あいつ」川尻が珍しく、苦々しげな顔をした。「本当にわかってるのか?」

顔を見合わせる。そして同時に周囲を見回した。菜々美たちの視線は夏蓮を追っていたから、こちらを見ていない。横理オープンのメンバーでない人間は、そもそもこちらのことを知らない。誰にも聞かれないことを確認してから、真穂は小さな声で言った。

「石戸さんは夏蓮のことが、智秋は藤波くんのことが好きだったのに」

そうなのだ。サークルをひとつにまとめた、誰もがうらやむカップル。誰もが彼らを好きだった。ただし、恋愛感情にまで発展させたのは、あの二人だけだった。そのことを、仲のよかったメンバーは知っている。

「残りもの同士がくっついたのよ」

石戸との結婚を決めたとき、智秋は真穂にそう言った。報われない恋をした者同士が、事件で受けた傷をなめ合っているうちに連帯感が生まれた。その結果が、結婚なのだと。

「それでもいいんじゃない？」真穂はそう返した。「きっかけはどうであれ、今から幸せになればいいだけのことでしょ。今までは、お互いがお互いの二番目だったかもしれない。でも、これからは一番同士になるんだから」

本音だった。何よりも、彼らがかつて愛した相手は、もう存在しない。藤波は死んでしまったし、夏蓮は故郷に帰ってしまった。真穂たちサークルの仲間に対しても憎悪をぶつけてきた、夏蓮の父親。あいつが娘に、かつての友人たちとの交流を続けさせるはずがない。熊木家にとって、夏蓮が過ごした横浜理科大学の二年半は「なかったこと」になるのだ。もう、会うことはできない。

変な言い方だけれど、智秋たちは、だからこそ安心して結婚できたのだ。失われたものは、二度と戻ってこない。諦《あきら》めが、新たな一歩を踏み出させた。それでよかったのだ。

それなのに、時計の針を逆に回そうとする奴がいる。いくら本人に悪気がなくても、夏蓮の登場は、新郎新婦にあの頃の感情を思い起こさせてしまう。少なくとも、夏蓮を愛していた頃の石戸に。

「ちょっとちょっと、お二人さん」

スーツ姿の男性客――確か智秋と同じ研究室だった――との話が一段落したところで、ひろみは背後から新郎新婦に声をかけた。

「何？」

二人が振り向く。ひろみを見た。ひろみの隣に立っている女性も。

「――えっ？」

間抜けな声を発したのは、石戸でも智秋でもなかった。真穂であり、川尻だった。当の智秋は、穴の開くほど夏蓮を見つめ、口を開いた。

「――夏蓮？」

「うん」

「来てくれたの？」

「うん」

智秋はくしゃっと笑った。

「ありがとーっ！」

旧友に抱きついた。「よかったあ。また会えて」

感激が新婦を包んでいるのが、傍《はた》からでもよくわかった。その隣では、新郎が妻とその友人を見つめていた。

「熊木さん。しばらく」

優しげな声。慈愛に満ち溢れた視線。智秋に抱きつかれたまま、夏蓮はサークルの先輩を見た。夏蓮は石戸に一礼する。

「石戸さん。ごぶさたしています」

「元気そうだね。よかった」

そして妻の肩に手を置く。

「おいおい。それくらいにしておかないと、熊木さんが飲めないぞ」

「あっ、そうか」

智秋が夏蓮の身体を放した。左右を見回し、まだ逆さまになったままのグラスを取る。夏蓮に手渡した。

「まあまあ、飲んでってよ。せっかく来てくれたんだから」

いつの間にか石戸がビール瓶を手にしていた。「ビールでいい？」

「はい。ありがとうございます」

夏蓮のグラスに、丁寧にビールを注ぐ。若夫婦も自分のグラスを取った。

「かんぱーい！」

三人でグラスを傾けた。夏蓮の顔にも、嬉しげな表情が浮かんだ。

真穂と川尻は、また顔を見合わせた。

「これは、取り越し苦労だったかな」

人差し指で頬を掻く。「あの二人、きちんと消化できてたってことか」

「そうね」真穂もうなずく。「こんな不意打ちを受けても、動揺するどころか、あんなに喜んでるんだから」

ふと気づくと、ひろみがこちらを見ていた。にやにや笑っている。

――ほら、わたしの言ったとおりでしょ？

彼女の笑顔は、そう訴えかけているかのようだった。

そうかもしれない。事件のことを引きずっていたのは、むしろ自分たちの方なのだろう。

智秋たちは、そんなものはとっくに飛び越えていた。それは、夏蓮に対する態度からもはっきりしている。自分たちは、突然現れた夏蓮にどう応対するかで頭がいっぱいで、夏蓮に飲み物を勧めることすらできなかった。

先ほどまでの心配が消えると、妙な疲労を感じた。けれど心地よい疲労だ。予想がいい方向に外れたのだから。だったら、素直に身をゆだねよう。真穂たちも歓喜の輪に歩み寄った。

「いつ来たの？」

智秋の問いかけに、夏蓮が答える。

「今日。羽田《はねだ》に着いた後、まずホテルにチェックインして、着替えてから来たんだ」

「ホテルはどこ？」

「渋谷」

「なんだ。すぐ近くじゃん。どのホテル？」

「渋谷クリークホテル」

「あらら。さすがはおしゃれさん」

渋谷クリークホテルとは、一日に五組しか泊めない代わりに、最高のサービスを提供することで有名なプチホテルだ。宿泊費は決して安くはないけれど、夏蓮が投宿するのにぴったりだと思う。

しかし夏蓮は困った顔をした。

「違うよ。お母さんが勝手に予約したんだよ。こっちはなけなしのバイト代から工面してるのに」

次第に口調が砕けてきた。学生時代のノリに戻りつつある。

「いつまでいられるの？」

真穂も会話に参加した。夏蓮は先ほどよりもずっと柔らかい表情を向けてくる。

「明後日《あさって》まで。この三連休は、まるまるこっちにいるよ」

「何か、予定はある？」

「うーん。特に決まったのはないけど」夏蓮が宙を睨む。「一応、東京スカイツリーくらいは拝んでいこうかと思ってる。後は、汐留《しおどめ》とかかな。最近、人気のスポットだっていうし」

「上野《うえの》はどうするんですか？」

横から菜々美が言った。「夏蓮さん、博物館とか美術館、好きだったでしょう？」

「ああ、それは明日行くつもりだった」

ひろみが代わって答える。「今やってる鯨類展《げいるいてん》は外せない。こればっかりは、地方にいたら見られないからね」

いつの間にか、場の中心が夏蓮になっている。

以前もそうだった。夏蓮や藤波がいると、自然と人が集まるのだ。だから大人数の飲み会があると、彼らの周辺だけが盛り上がり、輪に入り損ねた人間が端っこで寂しく飲んでいるといった光景が見られたものだった。

今、学生時代と同じ現象が起きているということは、誰もが夏蓮を受け入れられたということだろう。自分もまた、身構えることなく彼女と接することができている。きっかけを作ったのは智秋だし、舞台を整えたのはひろみだ。彼女たちに感謝すべきだと思う。

でも。

一緒になって笑いながらも、真穂はわずかな喪失感を抱いていた。

東京にいる間に、夏蓮がやっておきたいこと。その中に、横浜行きは入っていないのだ。東京スカイツリー。汐留。上野。いずれも東京の東部に位置する。横浜とは反対方向だ。やはり、恋人に首を絞められたという記憶が、横浜と結びついてしまったのだろうか。だから、懐かしさよりも拒否感が勝ってしまう。あるいは、横浜に近づかないと約束したから、両親が上京を許したのかもしれない。どちらでも同じことだ。友情は変わらなくても、夏蓮にとって横浜理科大学時代が「なかったこと」であることは。

「明日、空いてる人は？」

ひろみの声で現実に引き戻された。反射的に手を挙げる。「行けるよ」

「わたしも」

「俺《おれ》も」

菜々美や川尻が次々に手を挙げる。結局、横理オープンのかなりのメンバーが、連休中は夏蓮につき合うことになった。結婚式の二次会が、完全に同窓会になってしまった。

「じゃあ、明日の朝、夏蓮のホテルに集合する?」

ひろみが提案すると、すぐさま川尻が挙手した。「ふたつの点で反対」

「ふたつって?」

「ひとつは、目的地が上野とかスカイツリーなのに、渋谷に集まるのは不合理だってこと。俺たちはともかく、石戸夫妻の新居は大井町《おおいまち》だし、シモジは船橋《ふなばし》だろう。赤垣だって王子《おうじ》じゃないか。現地集合の方が合理的だ」

「まあ、そうね。もうひとつは?」

「朝ってこと。どうせ今日は飲み明かすんだから、明日の朝なんて、起きられるわけがない」

「そうかも」

夏蓮が真面目な顔でうなずき、また笑いが起きた。

「飲み明かすかどうかはともかく」ひろみが後を引き取った。「夏蓮には、朝はゆっくりしてもらおう。まずは国立科学博物館に行くこととして、十一時に上野駅の公園口集合ってことでどう？」

あちこちから賛成の声が上がる。実は、真穂にとっても好都合だ。王子から上野までは、京浜東北線《けいひんとうほく》に乗ればわずか九分で着く。いったん渋谷まで行くとなると、遠回りもいいところだ。

「そういえば、夏蓮はＰＡＳＭＯとか、まだ持ってるの？」

智秋が尋ねた。ＰＡＳＭＯとは、首都圏の交通系ＩＣカードだ。私鉄をよく使う人はＰＡＳＭＯを、ＪＲをよく使う人はＳｕｉｃａというカードを使うことが多い。夏蓮がうなずく。

「昔使ってたのを持ってきたよ。向こうではＩＣＯＣＡとＰＡＳＰＹだけど、こっちで使えるか、わからなかったからね」

「へえ」川尻が大げさに感心する。「広島にもカードがあったんだ」

「失礼な」

夏蓮が頬を膨《ふく》らませる。ひさしぶりに見る仕草。藤波が愛した仕草。

「何年かぶりに引っ張り出してきたカードだから、残額がわからなくてね。チャージするときに思いついて、履歴印字をしようと思ったんだ。このカードを最後に使ったとき、どの駅から入ってどの駅から出たのかって。でも、あれって最近の履歴しか印字できないんだね。うかつだったよ」

「そうなんだ」

芸のないコメントをしながらも、やはり三年間という隔たりを感じてしまう。現在の夏蓮は、自分たちと一緒にいない。聞いたことのない名前のカードを使う生活をしているのだ。

視線を感じた。周囲を見回すと、あちこちの参加者がこちらを見ていることに気がついた。しまった。つい忘れてしまっていたけれど、ここは智秋と石戸の結婚式の二次会だ。いくら二人が出会ったサークルとはいえ、いつまでも新郎新婦を独占しておくわけにもいかない。明日の段取りが決まると、横理オープンのメンバーは主役を解放した。待ってましたとばかりに、他の参加者たちが彼らを取り囲んだ。

楽しい時間はあっという間だ。学科の友人たちのやや下品な出し物や、お決まりのビンゴゲームなどをやっていたら、お開きの時間になった。

「次のパーティーが控えてるそうなんで、みんなすぐに撤収してくださーい！」

川尻がくり返し叫んで、ようやく全員が店を出た。かつてのコミュニティに分かれて、それぞれが散っていく。

「さて」店の前で真穂は腕組みをした。「これからどうしようか」

「三次会までは押さえてないなあ」

川尻が頭を掻く。「土曜日の渋谷だから、どこも混んでるだろうな」

この場に居残った面々を数え始める。

真穂。

ひろみ。

川尻。

石戸。

智秋。

菜々美。

下島。

櫻田。

そして夏蓮。

横理オープンの九人が残っていた。主役の石戸と智秋はあちこちから誘われていたけれど、サークルを優先してくれた。夏蓮がいるからだろう。三年分話をするつもりなのかもしれない。

「とりあえず、渋谷駅に向かって歩こうか。途中で入れそうな居酒屋でもあれば、それでいいし」

「そうね」

九人がぞろぞろと歩きだした。飲み食いした後だから遅い時間だと勘違いしそうになるけれど、まだ午後七時過ぎだ。平日ならば、職場で仕事をしている。

真穂は、夏蓮と並んで歩いた。

「ねえ」

「何？」

「ありがとね。来てくれて」

「ありがとうも何も」夏蓮が目を大きくした。「わたしが来たかったんだよ」

「そうかもしれないけど」真穂は首を振る。「智秋たちが、あれほど喜ぶとは思わなかったから」

二人の、藤波と夏蓮に対するわだかまりを心配していたとは言わなかった。夏蓮は小さく首を傾《かし》げる。真穂の気持ちを察したのか察していないのかわからない仕草だ。

「ねえ」また言った。「明日、上野とかスカイツリーとかに行くでしょ？」

「うん」

訊こうかどうしようか迷ったけれど、結局訊くことにした。

「横浜には、行かないの？」

夏蓮は表情を変えなかった。ただし、すぐに答えもしなかった。すらりとした脚を何回か交差させてから、静かに答えた。「行かない」

真穂もすぐには反応しなかった。ちょこまかと数歩進んでから、口を開く。「それって、やっぱり――」

「嫌がってるんじゃないよ」

今度は即答された。「むしろ、逆。わたしには、行く資格がないの」

――え？

意味がわからない。夏蓮の顔を見る。彼女は、悲しげな微笑みを浮かべていた。

「そ、それって……」

「ここなんて、どう？」

真穂の言葉に、ひろみの声が重なった。みんなが足を止めたから、真穂も止まる。見ると、大手居酒屋チェーンの店舗があった。

「俺が見てきます」

櫻田が小走りに店に入っていった。数十秒で戻ってくる。「大丈夫だそうです。本来は八人で使うテーブルなんで、九人だと狭いみたいですけど」

「いいよ、それで」

石戸が答える。

「そうか」ひろみがぽんと手を叩いた。「智秋がずっと石戸さんの膝《ひざ》に座っていれば、八人用でも座れる」

「バカ」

智秋が殴る真似をした。膝に座るかどうかはともかくとして、店に入ることにした。入れる店を延々と探す宴会難民になるくらいだったら、多少狭くてもすぐ入れるところに入った方がいい。

案内された席は、想像していたほど狭くはなかった。四人掛けのテーブルをふたつつなげてあるから、両端に一人ずつ座れば、ぎゅうぎゅうというほどでもない。ビールを注文したら、すぐに運ばれてきた。なかなか、いい店だ。

「では」下島が立ち上がった。「まずは、酒も飲まずに二次会の司会進行をしてくださった川尻さんと桶川さんへの感謝を込めて、乾杯しましょう。かんぱーい！」

全員が唱和して、三次会が始まった。といっても、ごく自然と夏蓮の話題になる。

「それにしても」

智秋が眉間にしわを寄せた。

「夏蓮を誘ったのは、ひろみでしょ？　こいつが地元に戻ってから全然連絡を取れなかったのに、よくわたしらのこと、教えられたね」

「へっへっへっ」ひろみが妖怪のように笑う。「そこは、根性だよ」

「根性？」

よくわからない科白だ。智秋が言ったとおりで、退学してから、夏蓮とはまったく連絡が取れなかった。彼女の実家の住所もわからなかったし、唯一の連絡手段だった携帯電話も、契約を切られていた。真穂たちは、年賀状のやりとりすらできなかったのだ。

「うん」ひろみはビールを飲んだ。「わたしだって、夏蓮の連絡先はわからなかったよ。でも広島出身で、広島の進学校を出たことは憶《おぼ》えてたから、そこを突破口にしたんだ。学内の知り合いに片端から、広島出身の人がいないかを訊いて、いたら夏蓮のことを訊いてみるってことをくり返したんだ。夏蓮だったら、同じ高校の人なら憶えているだろうから。そうしたら、研究室の先輩と同じサークルにいた人のさらに学科の後輩が、同じ高校の出身だってわかって、その人の実家に残っていた名簿から、住所を調べてもらったんだ」

「よく教えてくれたね」

「そこはそれ、色仕掛けで」

「わたし、女子校だよ」

夏蓮が口を挟み、全員がうなだれた。「なんだよ、それ」

「色仕掛けではないけど」ひろみは話を再開した。「誠心誠意説得はしたな。ともかく、実家の住所はわかった。でも、ストレートに手紙を書くと、両親に握りつぶされる心配があると思った。ほら、横浜の住所だと、すぐに見当がついちゃうでしょ。だから実家の住所を書いて出したんだよ」

「ああ」智秋が思い出したような顔をした。「あんた、京都だっけ」

「うん。いかにも京女って感じでしょ？」

全員が無視したから、ひろみは先を続ける。

「広島の高校だったら、大阪や京都の大学に進学する人も少なくないでしょう。だから、夏蓮の親御さんも、京都の住所が書いてあったら高校時代の友だちだと思い込んで、夏蓮に手渡してくれると思ったんだよ。そしたら、狙《ねら》いが見事に当たったってわけ。さすがに娘の手紙を勝手に開封して、内容を確認したりはしなかったみたい」

夏蓮が後を引き取る。

「それで、わたしが手紙に書いてあったアドレスにメールして、こっそりと連絡を取り合ってたのよ。今日来られたのも、そのおかげ」

「でも」智秋は不満そうに頬を膨らませた。「どうして言ってくれなかったのよ」

「申し訳ない」ひろみが顔の前に手刀を立てた。謝るときにやる仕草だ。「夏蓮の親を警戒してたんだよ。夏蓮の前で悪いけど、あの人たちって、わたしたちのことをものすごく嫌ってたでしょ。ばれて今度こそまったく連絡が取れなくなることを心配したんだ」

「まあ」石戸が腕組みをする。「納得できなくはないな。秘密は知る人間が多ければ多いほど、ばれやすいわけだし」

「そういうことです。だから夏蓮が今日ここに来ることを知ってたのは、わたしだけです。びっくりしたでしょ？」

「ううむ」川尻が唸《うな》った。「すっげえな。桶川、おまえ探偵になれるぞ」

「そう？」ひろみがにやりと笑う。「川尻くんの彼女の、浮気調査もやってあげましょうか」

川尻がのけぞった。

「よしてくれ。そもそも、彼女なんていないよ」

「あら、そうなんだ」真穂がわざと感心したように言う。「とっくに生徒の一人や二人、襲ってるもんだと思ってた」

「やめてくれ。洒落《しやれ》にならない」

「いやーっ！」菜々美がホラー映画のような悲鳴を上げる。「川尻さん、ひどいっ！」

「だから、やってないって」

「まだ、ね」

石戸が言い添え、川尻が頭を抱えた。「ダメだ。この連中に良識は通用しない」

「そりゃ当然だ。ここは、横理オープンだぜ」

狭い座卓は笑いに包まれた。

話は脱線するときりがない。下らない話をしているうちに、時間が過ぎていった。朝から忙しくしていた智秋がさすがに疲れたらしく、ウトウトし始めた。それを汐に、お開きにすることにした。もう夏蓮に関する情報はオープンになったから、お互いの連絡先を教え合う。会計を済ませ、店を出た。渋谷駅まで歩く。ハチ公口で解散となった。

「じゃあ、明日の十一時に」

「オッケー」

「夏蓮。ゆっくり休んでよ」

「うん。ありがと」

ただ一人電車に乗らない夏蓮が駅から離れ、他のメンバーがそれぞれの改札に向かった。

*

「来ないね」

何回目か、真穂が言った。携帯電話で液晶画面を確認する。午前十一時二十七分。待ち合わせ時刻は、午前十一時だ。

ＪＲ上野駅公園口。真穂たち八人は、夏蓮を待っていた。

ひろみが、これまた何回目か携帯電話を取り出し、夏蓮に電話をかける。出ないらしく、諦めたように終話ボタンを押した。

「どうしちゃったんでしょう」

菜々美は、不安げな表情を隠しもしない。「寝坊にしては、遅すぎます」

「ホテルに電話して、様子を見てもらう？」

真穂は提案したけれど、川尻が首を振った。

「最近は個人情報がうるさいからな。様子どころか、熊木が泊まっていること自体、教えてくれるかどうか。ほら、友人のふりして電話をかけて、若い女性の居場所を探ろうとするってのを、聞いたことがあるだろう？」

なるほど。確かにそのとおりかもしれない。さすが、生徒の安全に気を配っている、女子校教師だ。

「やっぱり、ホテルまで様子を見に行きませんか」

櫻田が言った。「熊木さんがこの三年でどれほど変わったか知りませんが、遅れるなら遅れると連絡をくれる人だったでしょう。いくらなんでも、変ですよ」

「うん」石戸が曖昧に返事をした。「どうしよう」

「もうちょっと、待った方がいいかも」

智秋も夫に味方する。櫻田が不満そうに頰を膨らませた。

「俺もサクラに賛成ですね」

下島が唇を富士山の形にした。「連絡が取れないのが、他ならぬ熊木さんということも、気になります」

「あっ、こらっ」

智秋が後輩を叱った。藤波が起こした事件については、触れないのが暗黙のルールだ。いくら夏蓮が自分たちの元に戻ってくれたとはいえ、破っていいタブーではない。

「夏蓮がこっちに向かっている最中だったら、入れ違いになることもあるでしょ」

確かにそうだ。でも、このままじっと待っているのも辛い。下島の言うとおりだ。彼自身は夏蓮に対する屈託は残っているようだけれど、だからといって心配ないということはない。

そうなのだ。夏蓮が一度死にかけたことを、自分たちは知っている。もちろん、状況はまるで違う。あのときは横浜で、藤波と一緒にいた。今日は渋谷のホテルに、一人で宿泊している。それでも、どうしても幻影を見てしまうのだ。この感覚は、夏蓮のことを考えるときに、生涯つきまとうものかもしれない。

「じゃあ、半分に分かれようか」

川尻が提案した。「半分がここに残って、もう半分が渋谷に様子を見に行く。熊木がどう動こうと、それなら確実に会えるだろう」

「そうね」ひろみが改札口を見ながら首肯《しゅこう》した。「それがいいかも。誰か、ホテルの場所、わかる？」

真穂が手を挙げた。

「わたし、わかるよ。泊まったことはないけど、その近くに買い物に行って、ああここか、と思った記憶があるから」

「じゃあ、真穂は行くとして、他はどうする？」

結局、真穂、ひろみ、川尻、櫻田が渋谷まで行くことになった。石戸、智秋、菜々美、下島が上野駅で待機だ。

上野から渋谷までは、地下鉄銀座《ぎんざ》線で一本だ。地下鉄に乗っている間、誰も口を利かなかった。たったの二十八分間が、やけに長く感じられた。

それでも渋谷駅にたどり着き、地上に出た。

「マークシティの近くだよ」

記憶を頼りに歩いていく。「確か、ここを曲がるんだったたと思う」

狭い路地に入る。しかし、入って数歩歩いたところで、どうやら間違ったらしいことに気づいた。

「もう一本先だったかな」

「もーっ！」

ひろみが文句を言う。

「もう一本先だったら、このまま進んでも問題ないだろう。たぶん、近道になる」

川尻がかばってくれた。実際彼の言うとおりで、方角は間違っていないはずだ。

渋谷は道が入り組んでいる。大通りから一本入ると、いきなり狭い路地だったりするのだ。ここがそうだった。

「そう。こっちだ」

とにかく、早くホテルに到着して、フロントで夏蓮を呼び出さなければ。電話でなく、四人もの人間が真剣な顔で現れたら、少なくとも部屋に電話くらいかけてくれるだろう。ちらりと櫻田を見る。夏蓮と再会して、その瞳から昏さは払拭《ふっしょく》されたはずだった。それなのに今は、さらに険しさが加わっていた。

「サクラは、夏蓮に惚《ほ》れちゃいないよ」

大学時代、ひろみがそんな論評をしていたのを思い出す。「あいつは、夏蓮を崇拝してるんだ。それは、恋愛じゃない」

「そうかな」真穂は納得できないと反論する。「そもそも、そんな区別、つくの？」

「つくよ」ひろみは当たり前のように答えた。「夏蓮が酔い潰れて、ホテルのベッドで寝ていたとする。部屋には、他にサクラ一人。そんな状況でも、あいつは夏蓮を襲わないよ。片想いだったら、間違いなく夏蓮を抱く。たとえば、石戸さんならね。でも、崇拝していたら手を出さない。出せないんだ。それが、崇拝ってことだよ」

ひろみの説が正しいかどうか、真穂は未だにわからない。今言えるのは、櫻田が夏蓮のことを本気で心配しているということだけだ。

「ちょっと待って！」

突然、川尻が鋭い声を出した。足を止める。川尻に合わせたというより、声に驚いて残る三人も足を止めた。

「あれ――」

川尻がそっと指さした。その先には、段ボール箱。大きめの段ボール箱が、幾つか並んでいる。ただ並んでいるわけでなく、合体して一つの大きな箱になっているようだ。駅近くではよく見かける光景だ。いわゆるホームレスの人が暮らしている場所なのだろう。こんな所にもいたのか。

「見てくれ」

川尻がそっと指を移動させる。段ボール箱の、端の方に。見ると、段ボール箱から脚が生えている。その先端には、靴。

「あれって、パンプスじゃないか？」

男性の川尻に指摘されるまでもなく、判別できる。ベージュ色のパンプスだ。つまり、女性が履く靴。サイズも大きくない。

「ホームレスが履いているにしては、妙に綺麗じゃないか？」

「………」

そうだ。ホームレスと言えば、ぼろぼろで汚い靴を履いていると、相場が決まっている。けれど段ボールから生えた足には、ぴかぴかのパンプスがくっついていた。

顔を見合わせる。まさか。

意を決して、川尻が段ボール箱に近づいていった。櫻田が後を追う。男性二人が並んで、一気に段ボール箱を持ち上げた。ただ置いただけの段ボール箱は、簡単に宙を舞った。

「――っ！」

息を呑《の》んだ。

段ボール箱の下には、人間がいた。黒髪の、ボブカット。細身の女性だ。目を閉じている。動かない。

「熊木！」

川尻が叫んだ。

真穂は動けない。ひろみも同様だ。すぐ近くの高級プチホテルに泊まっているはずの夏蓮が、路上で段ボール箱をかぶっている。なぜ？

わからない。何もわからない。ただ、わかることがひとつだけあった。

夏蓮の首には、紐《ひも》が巻き付けられていた。

第三章　絞り込み

顔をつき合わせている。

つき合わせてはいるけれど、誰もお互いの目を見ようとしない。中途半端な方向に視線をやったまま、黙り込んでいる。

日曜日の夜。横浜理科大学テニスサークル『横理オープン』ＯＢのメンバーは、川尻のアパートにいた。

川尻京一。

石戸哲平。

石戸——旧姓堂本——智秋。

桶川ひろみ。

櫻田義弘。

下島俊範。

棚橋菜々美。

そして自分、赤垣真穂。

八人が六畳間に入っているわけだから、いかにも狭苦しい。散らかった雑多な品々を無理やり壁際に押しやって、なんとか座る場所を確保しているといった状態だった。

それでも学生時代よりはずいぶんマシだ。学生時代に川尻が借りていたアパートは、キノコが生えていそうな汚さだった。就職して今のアパートに引っ越して、こぎれいにしているようだ。生徒に対して整理整頓を説く以上、自らも整理しなければと考えたのだろうか。

川尻のアパートは便利な立地にある。最寄りの駅が東急東横線《とうきゅうとうよこ》菊名《きくな》駅だから、職場のある横浜には六分しかかからない。渋谷にも二十分少々で行けるし、ＪＲ新横浜駅にも近くて、新幹線で遠出するのも簡単だ。けれど、今は利便性を賞賛する気にはならなかった。

ただ、脱力している。

渋谷駅の近くで、旧友である熊木夏蓮の死体を発見したのは、正午過ぎだった。一時的なパニックの後、警察に通報して、やってきた警察官から事情聴取を受けた。上野駅で待機していた仲間たちを呼び寄せて、彼らもまた事情聴取を受けたから、解放されたのは夕方になってからだ。

警察から解放されても「じゃあ、解散」とはならなかった。誰もその場を立ち去らず、なんとなく佇《たたず》んでいた。せっかく再会できた夏蓮が殺されてしまった。精神は混乱の極みにあり、独りになって落ち着きを取り戻すことなど、できそうになかったからだ。少なくとも、自分はそうだった。

「うちに、来るかい？」

石戸哲平がそう提案した。石戸と智秋の新居は、大井町にある。渋谷からそれほど離れていないし、二人暮らし前提だから、狭くはないだろう。魅力的な提案だったけれど、同意する後輩は誰もいなかった。

なぜなら、自分たちは殺人事件の関係者になってしまったからだ。殺人事件は不吉なものだ。もちろん石戸夫妻も同様だけれど、明るい未来の出発点になるべき新居に、一種の穢《けが》れを浴びてしまった自分たちが行くべきではない――みんな、そう考えたのか。だから代わりに川尻が場所の提供を申し出たときに、反対意見がなかったのだ。

「みんな、どうする？」

家主の川尻が沈黙を破った。智秋がのろのろと顔を上げる。「どうするって？」

川尻は智秋と視線を合わせずに答えた。

「食事。みんな、昼飯も晩飯も食っていないだろう。ここは一人暮らしのアパートだから、食材も食器も人数分ないよ」

「ビールも？」

「八本は、さすがにない」

「じゃあ、なくてもいいかな」

また言葉が切れた。重苦しいというよりも、ねっとりしたコールタールのような沈黙。その中で、全員が自分の殻に閉じこもっている。真穂もまた、頭の中で雑多な思考が右往左往しているだけだ。

夏蓮が死んだ。

もう二度と会えないと思っていた友人との再会。昨晩は、喜びでいっぱいだった。彼女が東京に滞在する後《あと》二日は、遊び倒そうと思っていた。事実、今日も待ち合わせしていたのだ。しかし夏蓮は待ち合わせ場所には現れず、渋谷の路上で冷たくなっていた。

なぜ夏蓮が？　まったくわからない——いや、嘘《うそ》だ。むしろ逆で、根拠のない連想だけが頭を支配している。彼女は三年前、恋人に殺されかけ、かろうじて一命を取り留めているのだ。

藤波覚史による無理心中未遂事件。あれほど身近で起きた事件だったにもかかわらず、真穂が知ったのはテレビのニュースでだった。藤波の通報が深夜だったため、大きく取り上げられたのが翌朝のニュースだったからだ。

朝のテレビは、ちゃんと見るというよりも、時計代わりだ。流しっぱなしにして、やっているコーナーで大体の時刻を知るのが目的となっている。じっと画面を見つめたりしない。あの日もまた、コーヒーを準備しながら漫然と耳がテレビの音を拾っていた。

最初に耳が捉《とら》えたのは「横浜市」という単語だった。何が起きたのかなと画面に視線をやったら、見覚えのある風景が目に飛び込んできた。しかし起き抜けということもあり、それがサークル仲間である藤波のマンション周辺と認識できない。その後「大学生、藤波覚史さん――」とアナウンスされるに至り、すべての情報がつながった。

藤波が首吊り?

夏蓮が意識不明?

なんだ、これは。さらに情報を得ようとテレビにかじりつこうとしたら、もうニュースは別の事件を報じていた。他の局ではどうか。リモコンに手を伸ばしたとき、携帯電話が鳴った。伸ばした手でそのまま携帯電話を取る。液晶画面には「桶川ひろみ」と出ていた。

通話ボタンを押して、耳に当てた。

『テレビ！　テレビ！』

なんの前置きもなしに、ひろみはそう言った。真穂も短く「見てた」と答えた。

それからしばらくは、問い合わせ対応に忙殺された。両親をはじめとして、ありとあらゆる知り合いから電話がかかってきたからだ。その度に真穂は「何もわからない」と答えた。それだけでも大変だったのに、さらにうんざりさせられたのが、マスコミの取材攻勢だ。最初は何もわからずに答えたけれど、いやらしいゴシップ記事にする気満々なのが伝わってきて、以後はすべての取材を断った。

かつてこれほど電話を受けたことはないくらいだったのに、肝心の夏蓮とは連絡が取れなかった。さすがは警察、いち早く彼女の実家を突き止めて、連絡を取ったらしい。始発の新幹線で広島から横浜までやってきた両親が、夏蓮をすべての情報からシャットアウトしたのだ。だから前日の練習を終えて、アルバイトに行くために「じゃあね」とテニスコートで別れたのが、真穂の見た夏蓮の最後の姿となった。昨日、再会するまでは。

夏蓮はあの事件で生き延び、当時の人間関係を絶つことで生き続けた。それなのに、あの頃の友人たちと再会した途端、死んでしまった。連想するなという方がおかしい。しかも夏蓮は、紐で首を絞められていた。藤波は両手で首を絞めた。偶然の一致かもしれないけれど、死因もまた連想を加速させた。

——すると熊木さんとは、三年ぶりに会ったわけですね。

先ほどの、事情聴取の光景が甦《よみがえ》る。真穂に事情聴取したのは、女性警察官二人組だった。二人揃って目が細く、片方は眼鏡をかけていた。丁寧な話し方と表情の乏しさが、警察官というよりも官僚を思わせた。

「はい。熊木さんが退学して、故郷の広島に帰って以来、はじめてでした」

「退学、ですか」

眼鏡なしの細い目が光を帯びた。真穂はうなずく。どうせ、すぐにわかってしまうことだ。正確な情報は、早く伝えておくに越したことはない。

「そうです。大学三年のときに、熊木さんは交際していた男性の無理心中に巻き込まれたんです。男性は死んでしまいましたが、熊木さんは一命を取り留めました」

「そうでしたか」眼鏡なしの目から、光が消えた。興味をなくしたのか？　いや、違う。重要なポイントと認識したからこそ、表情を隠したのだ。「男性の名前はなんといいましたか？」

「藤波覚史です。同じ大学の同級生でした」

真穂は問われるままに、事件が起きた場所と年月日を告げた。

「広島に帰って以来没交渉だったのに、突然、石戸さんの結婚式に出席したと」

「正確には二次会ですが。石戸さんと堂本さんが招待したわけではありません。実は二次会の幹事だった桶川さんが、熊木さんと連絡を取り合っていて、呼んだんです。新郎新婦を含めてわたしたちは事前に知らされていませんでしたから、唐突に感じられました」

眼鏡をかけた方が、ほんのわずか、眉間にしわを寄せた。

「桶川さんは、熊木さんと連絡を取り合っていることを、みなさんに話さなかったんですか?」

「はい」その点に関しては、三次会で全員が追及したことだった。なぜ今まで黙っていたのかと。

「今申し上げたような事件があったものですから、熊木さんのご両親が立腹して、横浜理科大学時代の人間関係をすべて清算するよう、彼女に命じていたんです。桶川さんはそれをくぐり抜けて連絡を取り合っていましたけれど、連絡先を知っている人間が増えると、ご両親にばれてしまう危険が増します。だから黙っていたんだそうです」

「――なるほど」

納得したのかしていないのか、わからない反応。視線だけで右脇を見た。ひろみはそこで、別の警察官から事情聴取を受けている。

眼鏡なしが続けた。

「すると、熊木さんが現れるまで、熊木さんが上京したことを知っている人は、桶川さんだけだったわけですか?」

真穂は曖昧にうなずいた。

「少なくとも桶川さんは、誰にも話していないと言っていました。桶川さんがわたしたちに嘘をつく必要はありませんから、本当だと思います」

真穂の意見を信じたのかはわからない。警察官の立場からすると、おそらく素直には信じていないだろう。

「結婚式の二次会に出席されていたのは、どういった方々でしたか?」

当たり前の質問に聞こえたから、素直に答えた。

「石戸さんは、わたしたち大学時代の知り合いは、二次会に廻ってもらったとおっしゃっていました。他にも顔見知りでない人たちもいましたけれど、みんな同じ世代に見えました。ですから学科の友だちとか、アルバイト先の知り合いかと思います」

「ふむ」眼鏡ありは、指先でブリッジを押して、眼鏡の位置を直した。「その人たちは、熊木さんをご存じだったんでしょうか」

「さあ」真穂はわずかに首を傾げた。「横浜理科大学はそれほど大きな学校ではありませんから、知り合いだったとしても不思議ではありませんが……。少なくとも、二次会で熊木さんに声をかけていたのは、サークルのメンバーだけでした」

「――なるほど」

先ほどと同じ科白だったけれど、女性警察官の反応はまったく違っていた。今度は、はっきりと納得の表情を浮かべていたのだ。それで気づいた。自分が何を喋ってしまったのかを。

「こうしていても仕方がない」

石戸の声に、意識が現実に戻る。最年長のメンバーは立ち上がった。

「少しは腹に入れなきゃ、なんにもできない。川尻、近くにコンビニはあるか？」

「は、はい」川尻も腰を浮かせた。「駅に向かう途中にあります」

石戸は妻を見た。「行くぞ」

智秋が立ち上がりながら答える。「オッケー」

結局、それぞれ食べたいもの——あるいは食べられそうなもの——を勝手に買うことにして、全員でアパートを出た。三分も歩かないうちに、見慣れたコンビニエンスストアの看板が見えてきた。ぞろぞろと入る。

店内は、自分たちの気持ちとはまったく関係なく明るかった。なんとなく肩身の狭さを感じながら歩く。

食欲はまったくない。けれど胃の辺りに意識を向けると、空腹感はある。石戸の言ったとおり、何か食べておかないと、後でもっときつくなる。おにぎりくらいが妥協点だろうか。真穂はおにぎりの棚に移動して、鮭とイクラのおにぎりがセットになった商品を買い物カゴに入れた。

「えっと、飲み物は……」

飲料売り場に視線をやると、石戸がガラス扉を開けて、中から缶ビールを買い物カゴに移していた。ビールだけで買い物カゴが埋まってしまいそうな勢いだ。その隣では、智秋が緑茶の二リットルペットボトルを抱えている。会計を済ませて、川尻のアパートに戻った。

一人暮らしの川尻は、小さな冷蔵庫と小さな電子レンジしか持っていない。ほとんど空の冷蔵庫に缶ビールを詰め込み、コンビニエンスストアで買った弁当を、電子レンジで順番に温めた。通常、こういった順番を決める際には、年長者優先になる。しかし弁当の温めに関しては逆だ。後の方がより冷めないから、若い順に温めることになる。櫻田から始めて、最後に智秋――最年長である石戸の奥さん――の明太子《めんたいこ》スパゲティが温まったところで、再び冷蔵庫から缶ビールが取り出された。一人一本持つ。

「食おう」

石戸が短く言って、缶ビールを開栓した。全員が倣《なら》う。乾杯などできるはずもない。石戸も夏蓮に対する悔やみの言葉など口にしなかった。そのような言葉を発するには、まだ状況が整理できていないからだ。

だからみんな、黙ってビールを飲んだ。真穂もだ。冷たさと炭酸の刺激だけで、爽快感も味気もまるで感じられない。それでも、なんとか気持ちを奮《ふる》い立たせる効果はあった。

食事の最中は、誰も言葉を発しなかった。わずかに「川尻くん、ティッシュある？」「ほら」という智秋と川尻の会話があったくらいだ。黙々とした食事を終え、レジ袋に空包装を片づけてから、あらためて石戸が口を開いた。

「みんな、すまん」

頭を下げた。返答はない。突然の謝罪に、後輩たちは返答できずに黙っている。石戸は続けた。

「俺たちの二次会に、桶川が気を利かせて熊木を呼んでくれた。でも、結果として熊木は死んでしまった。それにお前たちを巻き込んでしまった。申し訳ない」

「そんな」下島が真摯《しんし》な表情で答える。「別に、石戸さんたちのせいじゃないでしょう」

「責任はないかもしれない」石戸は硬い表情で言った。「でも、流れを作ってしまったのは、俺たちだ。もし熊木が上京しなければ、こんなことにならなかったかもしれないのに」

「それなら」ひろみが口を挟む。「そもそも、わたしが――」

ひろみの腕を、智秋がぴしゃりと叩いた。それ以上、言ってはならないと。ひろみは強張った顔で智秋を見つめていたけれど、結局口を閉ざした。

「そうだよ」川尻が大きくうなずいた。「桶川が悪いわけじゃないし、石戸さんとドーモっちゃんが悪いわけでもない。悪いのはただ一人、熊木をあんな姿にした奴だ」

アパートの空気が揺らいだ。もちろん、川尻はわかって話している。他の面々も。わかっていながら、黙っている。

「そうなんだよ」

石戸は缶ビールを飲み干すと、空き缶を床の隅に置いた。そして冷蔵庫に向かい、新しい缶ビールを取り出す。川尻がレジ袋からベビーサラミを取り出し、開封した。川尻と同じ庭球倶楽部出身の下島が音もなく立ち上がり、食器棚からパスタ皿を二枚取り出した。川尻が二枚のパスタ皿にベビーサラミを分けて載せる。二枚の皿は、離れた場所に置いた。どの場所に座っていても取りやすいようにという配慮だろう。気が利く奴らだ。

石戸が「サンキュ」と短く礼を言い、ベビーサラミをひとつ取った。口に放り込んで、よく嚙んで飲み込む。

おそらくは、口火を切るのは、最年長者としての責任だと考えたのだろう。石戸はいったんうつむき、すぐに顔を上げた。

「あらためて状況を整理しよう。まずは、最も重要な点だ。俺は上野での待機組だったから、熊木を直接見ていない。説明を、任せていいかな？」

ゆっくりと視線を巡らせる。真穂、ひろみ、川尻、そして櫻田に。

最も重要な点と石戸は言った。彼が何を言いたいのかは、想像できる。しかし、川尻や櫻田には言いにくいだろう。ここは、女性が答えなければ。覚悟を決めて口を開いた。

「夏蓮の遺体に、暴行を受けた形跡はありませんでした」

櫻田の身体が、ぶるりと震えた。真穂は無視して続ける。

「夏蓮は、二次会用にネイビーブルーのワンピースを着ていました。下半身はスカートにストッキングです。スカートはまくられていなかったし、ストッキングは破れていませんでした。下着も、脱がされていませんでした」

「――そうか」

石戸が安堵《あんど》の響きを伴った声を出した。

「土曜日の繁華街だ。しかも、大通りから一本中に入った狭い路地。あれほどの美人だから、そういう被害に遭《あ》った可能性も考えたけど、違ったか」

不幸中の幸いだ、と言いたげだった。殺されたのに幸いもないけれど、気持ちはわからないではない。石戸は、かつて夏蓮を愛していたのだから。

「ちなみに、ハンドバッグも真珠のネックレスもなくなっていませんでした」

真穂は付け加えた。無惨な死に顔や紐が巻き付いた首は、正視できなかった。だから目を逸らすようにして、結果的にそれ以外の場所をよく見ることになった。着衣の乱れや所持品について憶えているのは、そのためだ。

「熊木の身体は、段ボール箱で隠されていた」

川尻が後を引き取った。

「つまり所持品も隠されていたということだ。そのため事件に関係のない人間が持っていって、事件を混乱させることもなかった。だから、はっきり言える。熊木が襲われたのは、暴行目的でも窃盗目的でもないと」

夏蓮はあくまで熊木夏蓮として殺された。川尻はそう言いたいのか。

もっとも、車座になった面々の反応は薄かった。そんなこと、はじめからわかっていると言いたげだ。話を振った石戸でさえも。しかし最低限の確認作業も行わないまま、想像が突っ走ってしまうのはよくない。理系の習い性が、検証を求めたのだろう。

石戸が、自分に向かってするように、小さくうなずいた。

「わかった。それなら、俺たちはタブーに触れざるを得ないな。封印して、日常生活では決して話題にしないようにした、藤波の事件に」

石戸はひろみを見た。

「藤波の事件が起こってから、俺たちは熊木と連絡を取ることができなかった。唯一、桶川を除いては」

ひろみの肩がびくりと震えた。誰からも反論はない。予想していた石戸はさほど間を空けずに先を続けた。

「桶川。あらためて訊くけど、おまえが熊木と連絡を取り合っていたことは、誰にも喋ってないんだな？」

ひろみは素っ気なくうなずいた。

「はい。昨日もそう言いましたし、それが事実です」

「わかった」

信じた、というふうに片手を振る。

「ということは、昨日熊木が上京することを事前に知っていたのは、熊木自身と桶川、それから熊木の両親ということになる」

「熊木は、ホテルを予約したのはお母さんだと言っていました。両親に内緒で上京したわけではありません」

川尻が言い添えた。石戸も首肯する。

「ちょっと待ってください」

下島が両手を振って遮《さえぎ》った。

「熊木さんの、広島での友だちは知っている可能性があります。熊木さんは、広島で大学に入り直したんでしょう？　大学の友だちもいるでしょうし、アルバイトをやっていたとも言っていましたから、バイト先の仲間もいます。この三連休の過ごし方を友だちに訊かれて、東京で結婚式の二次会に出るんだと答えても、おかしくありません」

「確かにおかしくない」

川尻が答えた。

「でも、それは俺たちでは確かめようのないことだ。警察は抜かりなく調べるだろうから、連中に任せよう」

「どちらにせよ、可能性は低いと思う」

櫻田が昏い瞳を下島に向けた。

「地元に、熊木さんを殺したいと思っていた人間がいたとする。熊木さんの動向に目を光らせていたら、上京するという。チャンスだ。地元でなく、一千万人以上が暮らす東京で殺せば、自分に疑いをかけられずに済む——そう考えたんだろうか」

「考えたんじゃないのか？」

下島が応える。「事件を、自分の生活エリアの外で起こす。ごく自然な発想だろうが」

「広島から東京は遠いよ」櫻田はそう答えた。「熊木さんが上京するチャンスを狙うということは、自分自身も上京しなければならないということだ。こっちまで来ようとすると、相当の時間がかかる。犯行は夜中に行われたから、泊まりがけになった可能性が高い。丸一日以上、地元を空けなければならないわけだ。川尻さんが言ったように、警察は広島の交友関係も調べる。犯人が広島の友人だとしたら、当然捜査線上に浮かぶ。そいつが当日どこにいたのか、警察が調べないと思うか？　事件当日そいつが地元にいなかったことがばれて、しかも東京に行っていたことがわかってしまったら、どうなる。容疑が分散するどころか、かえって自分に対する容疑が濃くなる。犯人がそこに気づかず、のこのこ熊木さんを追って上京したとは思えない」

「そんなこと」下島は鼻白《はなじろ》みながらも反論する。「気づかなかったかもしれないじゃないか」

櫻田は簡単にかぶりを振った。

「そんなことにも気づかない程度の奴なら、広島で行動を起こしただろう。熊木さんの上京を待つ必要はない」

下島がのけぞった。

「そうかな」今度は菜々美が口を挟んだ。「夏蓮さんの上京は、たぶん直前に聞いた話だと思うよ。チャンスだと思って、特に考えることなく、慌てて新幹線に乗った可能性は低くないと思うんだけどな。飛行機と違って、氏名の登録も必要ないし」

しかし櫻田は負けていなかった。

「おいおい。直前に聞いたってのは、どこから出てきた話だよ。結婚式の二次会だぜ？　少なくとも俺は、かなり前に案内を受け取ったぞ」

櫻田と菜々美が同時にひろみを見る。ひろみは後輩に応えて口を開いた。

「わたしがみんなに打診したのは、三カ月前だよ。夏蓮に話をしたのも、その頃」

「ほら」櫻田が勝ち誇ったように言った。「熊木さんは、三カ月前には周囲に吹聴《ふいちょう》していたかもしれない。広島に熊木さんに殺意を持っていた人間がいたとして、そいつが正しい判断を下す時間は、十分にあった。東京で犯行に及ぶのは危険だという判断を」

「そんなの」菜々美が再反論する。「完全犯罪を計画する時間も、十分にあったってことじゃない」

「はん」櫻田は同期生の反論を鼻で嗤《わら》った。「棚橋の言う完全犯罪ってのは、あれか？　熊木さんが二次会に出ている間は店の外でじっと立っていて、終わったら尾行して、三次会の店の前でまたじっと立って待っていることか？　ずいぶんと忍耐強い犯人だな」

「そんな必要はないでしょ」

菜々美が黒縁眼鏡の奥で目を光らせた。

「ホテルの前で待ち伏せすればいいじゃないの。渋谷クリークホテルは上質のプチホテルとして有名だよ。夏蓮さんが宿泊先を話していても、おかしくない」

「ホテルの前だって？　それじゃ、もっと長時間になる。どうやったら怪しまれずに済むんだ？」

「探偵なんかだと、そのくらいやるでしょ。犯人にその技術がなかったと、誰に言えるの？　サクラ、犯人が自分と同じレベルだと考えない方がいいよ」

菜々美と櫻田は、以前からよく口げんかしていた。それでも絶交するとか、どちらかがサークルを辞めたわけでもないから、周囲の仲間は心配していなかった。むしろ「ケンカするほど仲がいいっていうよね」とからかっていたくらいだ。しかし今の発言は、友人としての礼節を一歩踏み越えていた。これは、敵に対する発言だ。

櫻田のこめかみが震えた。今まさにマシンガンのように反論が飛び出してこようというとき、川尻が両手を振った。

「ストップ。犯人広島説は、手持ちの情報だけでこれ以上話しても意味がない。警察が地元をきっちり調べてくれるから、この場ではもう話さないようにしよう」

下島、菜々美、櫻田の後輩トリオは、不承不承といった体《てい》ではあるけれど、それ以上何も言わなかった。彼らもわかっているのだ。想像だけで議論を進める危うさを。

とはいえ、後輩たちは対立しているようで、実は対立していないように思える。どちらも、夏蓮の地元の人間が犯人だとは、本当のところは考えていないのだ。けれど、それでは犯人像が一気に絞られてしまう。そのことに恐怖した下島と菜々美は犯人広島説を強く訴えたのだし、櫻田は逆に真実から目を逸らすなと言っているわけだ。事件への向き合い方の違いが、口先だけの対立を生んでいる。

では、自分はどうだろう。はっきりしている。警察からの事情聴取を受けたときに感じた印象。おそらく、間違ってはいない。

「話を戻そうよ」

真穂は、自ら口を開いた。

「石戸さんがおっしゃった、夏蓮の上京を事前に知っていたのは、ひろみと両親だけだって話。両親が、夏蓮を殺すと思う？」

「あり得ないだろうな」

川尻が即答した。

「現在の親子関係がどんな感じなのかはわからないけど、わざわざ東京まで来て実行することも思えない」

「それに親だったら、娘の死体に段ボール箱を乗っけただけにはしないと思う」

智秋も同調した。彼らのコメントには、誰からも反論は出なかった。

石戸が咳払いした。隣に座る妻の手を握る。

「犯人は、熊木の居場所を知っていなければならない。ということは、熊木を殺したのは、二次会に出席した人間の中にいることになりそうだな」

下島と菜々美が同時に下を向いた。聞きたくなかったというふうに。

「そうですね」やや冷静さを取り戻した櫻田が同意する。「厳密にいえば、熊木さんはホテルにチェックインしてからいらしたそうですから、ホテルの従業員という可能性もなくはありません。でも、ほとんど無視できるほど低いですね」

石戸がぐるりと見回す。誰からも文句は出なかった。

「よし。じゃあ、次。熊木は二次会が終わって、俺たちの三次会にも来てくれた」

「俺たちのって」川尻が意識的に苦笑を作った。「俺たち横理オープンの三次会に、石戸さんたちが来てくれたんですよ」

二次会の出席者は主役との関係から、学科の知り合い、アルバイト仲間、サークル関係者の三つに分類されていた。このうち学科とアルバイトについては、さらに石戸の知り合いと智秋の知り合いのふたつに分けられるから、合計五グループ存在していたわけだ。そして、それぞれが三次会に流れていった。

石戸と智秋は主役だったから、いずれのメンバーも石戸たちに声をかけていた。そんな中、二人は横理オープンの三次会を選んでくれたのだ。選んだ理由が夏蓮にあることは、間違いないだろう。他の二次会参加者には申し訳なかったけれど、真穂たちにとっては嬉しい選択だった。

石戸は二次会の幹事を務めてくれた後輩に対して、悲しそうな顔を見せた。

「川尻は、わかっているんだろう？」

「………」

川尻はすぐには答えず、唇を富士山の形にした。しかしすぐに、覚悟を決めたように口を開いた。

「熊木は、俺たちの三次会にいました。もし、二次会の出席者のうちサークル以外の人間が犯人だったら、どうなるでしょう。二次会の会場を後にした俺たちを尾行して、三次会の間、じっと店の出入口が見える場所で張り込みを続けていたことになります。シモジと棚橋が主張した、犯人広島説と同じように」

菜々美が喉の奥で唸った。しかし具体的な言葉は出てこない。下島も同様だった。

石戸が、ふうっと大きなため息をついた。

「そういうことだな」

狭いアパートに沈黙が落ちた。今回の沈黙は、先ほどのような、ねっとりとしたものではない。硬質な、ハンマーで叩けば粉々に砕けてしまいそうな沈黙だった。もし粉々に砕けてしまったら、この場の全員が破片で傷を負ってしまう——そんな恐怖を内在させている。

犯人は、夏蓮の居場所を知っていなければならない。

石戸が説明したことだ。そして今までの検証で、はっきりした。夏蓮があの時刻にホテルに戻ることを知っていた人間は、三次会に出席したサークル関係者だけなのだ。つまり、この場にいる八名。

真穂が事情聴取に答えているうちに理解したこと。あの官僚のような女性警察官が自分から引き出したのは、犯人となり得るのは、現実的に考えて自分たち八名しかいないということなのだ。おそらくは、この場にいる全員が、同じ仮説を警察によって引き出された。もちろん、犯人も。

真穂はそっと仲間たちの顔を見た。彼らの中に、犯人がいる?

かつて夏蓮を愛した男、石戸。

夏蓮の恋人である藤波を愛した女、智秋。

夏蓮と唯一連絡を取り合っていた、ひろみ。

藤波の幼なじみであり、大学までずっと一緒だった、川尻。

庭球倶楽部時代から藤波を慕っていた、下島。

夏蓮を崇拝していた、櫻田。

藤波と夏蓮を理想のカップルとして神格化していた、菜々美。

いずれも、藤波と夏蓮に対してひとかたならぬ思い入れのある人間だ。それは、無理心中事件によって大きなダメージを受けた人間と同義ともいえる。事件から三年が経過し、ようやく傷が癒《い》えかけたところに、夏蓮が現れた。夏蓮に責任はなくても、犯人は彼女によってかさぶたを剝がされた。再び襲ってきた痛みと出血が、殺意につながったのだろうか。


真穂は心の中で頭を振った。わからない。大学卒業以来、サークルのメンバーとは数えるほどしか会っていない。ひろみと智秋とは、ＳＮＳでやりとりをしているからひさしぶりという感じはしないけれど、他は年に一度会うかどうかだ。その程度のつき合いで、彼らの心理状態が読めるわけがなかった。学生時代の記憶だけで判断してしまっては、彼らがまったく成長していないと考えることになってしまう。さすがに失礼だろう。

視線の収めどころがない。無目的に視線を泳がせる。他のメンバーも同様のようで、みんな落ち着きなく視線をさまよわせている。

いや、一人だけ違っていた。櫻田だ。櫻田の視線は泳いでいない。誰でもない、虚空の一点を見つめていた。見慣れた、昏い瞳で——違う、昏いんじゃない。

あの瞳は、底知れぬ憎悪を秘めている。

憎悪の主が立ち上がった。「帰ります」

そして手を伸ばして、レジ袋を拾い上げた。弁当やおにぎりの空き容器を入れておいたものだ。

「帰りに、さっきのコンビニで捨てておきます。買った店ですから、問題ないでしょう」

「じゃあ、わたしは空き缶を」

菜々美も立ち上がり、ビールの空き缶の入ったレジ袋を手に取った。結局、全員が退去することになった。

「余ったビールは、場所代として進呈するよ」

石戸が靴を履きながら川尻に告げた。

「助かります」川尻も短く答える。「おやすみなさい」

「おやすみ」

第四章　分析

「うちで、飲み直さない？」

　電車の中で、ひろみが小さな声で言った。

「えっ……」

　真穂は携帯電話で現在時刻を確認した。午後九時七分。飲めない時間ではないけれど、確かひろみの住まいは川崎《かわさき》の近くではなかったか。そこで飲んでから帰るとなると、家にたどり着くのは大変な時間帯になってしまう。このぐったりした精神状態で、終電に乗りたくはなかった。

　顔に出ていたのだろう。ひろみが笑顔を作った。

「うちに、泊まればいいよ」

「……」

　学生時代には、よくお互いのアパートに泊まりっこをしていた。だから抵抗はない。とはいえ、なんの準備もない現状では、どうなんだろう。

「メイク落としはうちのを使えばいいし、歯ブラシは近くのコンビニで買えるよ」

なかなかしつこい。とはいえ、不快ではなかった。彼女の気持ちはわかる。川尻のアパートでも言いかけたことだ。

自分が呼ばなかったら、夏蓮は死ななかったかもしれない——。

夏蓮の死体を発見してから、おそらくはずっと頭の中に響き続けている。かなりのダメージがあったことは、ひと目見ればわかる。実際、川尻のアパートではほとんど口を開かなかった。いくらタフなひろみとはいえ、今の精神状態では、一人にしない方がいい。

「行くよ」

ひろみの顔が明るくなった。「そうこなくちゃ」

そっと車両の中を見回す。東急東横線渋谷行きの電車には、自分たち以外にもメンバーが乗車していた。石戸夫妻と下島だ。大学院に籍を置いている菜々美と櫻田は横浜周辺に住んでいるから、逆方向の電車に乗った。新婚の二人はもちろん、下島は女二人の飲み会に参加しようとは言いださないだろう。二人だけで飲んでも、申し訳ない気持ちは起こらない。よし、行こう。

武蔵小杉《むさしこすぎ》駅で、三人に挨拶して下車する。そこからJR南武《なんぶ》線に乗り換えた。川崎駅のひとつ手前、尻手《しって》駅がひろみの最寄り駅だ。職場のスポーツセンターが川崎駅前にあるから、利便性と家賃のバランスを考えてこの駅にしたそうだ。途中コンビニエンスストアに寄って、酒と食材を確保する。自分は歯磨きセットも。五分ほど歩いて、ひろみのアパートに到着した。

「汚いところだけど、上がってよ」

ひろみは先に上がって照明を点けた。汚いどころか、驚くくらい片づいた部屋が蛍光灯の灯りに照らし出された。

——頭の中が整理されている人間は、たいてい机や部屋が整理されているものだぞ。

職場で、真穂の上司がよく言っていることだ。本人の机が書類の山に埋もれているからあまり説得力を感じなかったけれど、こうしてひろみの部屋を見ると、なるほどと思ってしまう。床面積は、川尻のアパートとどっこいどっこいだ。それなのに、同じように八人が入っても、楽々座れそうな印象があった。実際にはシングルベッドがあるから、より狭苦しいはずなのに。

フローリングの床には、毛足の長いラグマットが敷かれている。折りたたみ式のちゃぶ台を挟んで座った。コンビニエンスストアのレジ袋から缶ビールを取り出す。本日、二本目だ。同時に開栓した。

「じゃ、お疲れ」

「お疲れさま」

ビールを喉に流し込む。先ほどよりは、ビールの味がした。ひろみが立って、食器棚から皿を取ってくる。ちゃぶ台に置いて、買ってきた柿の種を載せた。

しばらく、二人とも黙ってビールを飲み、柿の種をつまんだ。ひろみは、テレビもつけなかったし、音楽もかけなかった。静かな室内に、柿の種をかじる音だけが響いた。

ビールを一本飲み干したらしい。ひろみが軽い音を立てて、缶をちゃぶ台に置いた。ふうっと息をつく。こちらを見た。

「考えてみたら、あんただけなんだよねえ」

「えっ？」

意味がわからない。ひろみはきちんと説明してくれるつもりらしく、すぐに先を続けた。

「夏蓮と藤波くん。あの二人と関係が薄いのは」

「関係が薄い？」

思わず訊き返した。確かに、あの二人はサークルの人気者で、こちらは一メンバーに過ぎない。それでも別に険悪でも疎遠でもなかった。むしろ仲のよい方だったと思う。それなのに、関係が薄いだって？

目が険しくなったのがわかったのだろう。そういう意味じゃないと、ひろみが片手を振った。

「さっき川尻くんのアパートで、夏蓮を殺したのは、あの場にいた人間だって話になったでしょ」

「うん」

ひろみは眉間にしわを寄せた。

「残念ながら、わたしも賛成。シモジやナナちゃんは地元犯人説を強く推していたけど、やっぱり無理がある。二次会の、他の出席者も同じ。夏蓮と仲のよかったわたしたちの誰かとしか、思えないんだよ」

ひろみはまた立ち上がった。食器棚から、今度はワイングラスを二脚持ってきた。二脚あるということは、片方は彼氏用かな。自分が使っていいのかな。そんなくだらないことを考えた。

レジ袋から、オーストラリア産白ワインを出した。スクリューキャップを開ける。ひろみが二脚のワイングラスに、同量注いだ。同じくコンビニエンスストアで買った、生ハムとカマンベールチーズも出す。柿の種を食べてしまって、空いた皿に並べた。こんな時間帯のチーズとは、太れと言っているようなものだけれど、今日くらいはいいだろう。

ひろみは、くいっとワイングラスを傾けた。グラスをちゃぶ台に戻して、話を再開する。

「もし、このメンバーの誰かが夏蓮に手をかけたんだとしたら、どうやったんだろう。渋谷のホテルを取っている夏蓮は、電車に乗らない。他のみんなは、電車に乗るために改札をくぐった。問題はその後。想像だけど、改札を通った犯人は、他の面々の姿が消えた時点で、大急ぎで改札を出たんだと思う。そして、渋谷クリークホテルに向かって走った。ホテルの場所は、三次会でトイレに行ったときにでも携帯電話で検索すればいいからね。そしてホテルに到着する前に夏蓮を捕まえる。そして、隠し持っていた紐で、首を絞めた」

飲んだビールが、胃の中で跳ねた。夏蓮の死に顔を思い出したからだ。あれほど美しかった顔が、苦悶にねじ曲がっていた。一生のうちで、もう二度と見たくない顔だった。

「たぶん、そんなところだと思うんだけど、昨日の夜のことを思い返してみると、できたんだよ」

「できた？」

「そう」ひろみが白ワインを飲む。

「あのとき、みんな見事に乗る路線が違ってたんだ。わたしは、湘南《しょうなん》新宿ラインに乗って、武蔵小杉経由で帰った。あんたは王子だから、山手《やまのて》線の外回りで、えっちらおっちらでしょ。石戸さんと智秋の新居は大井町だから、埼京線《さいきょう》に乗ったはず。川尻くんはさっきわたしたちが行ったように、東急東横線でしょう。ナナちゃんは、今年の年賀状でも学生時代と住所が変わっていなかったから、今も最寄り駅は長津田《ながつた》。同じ東急でも、田園都市線《でんえんとし》ね。サクラは京浜急行《けいひんきゅうこう》だったはず。山手線内回りで品川に行って、そこで乗り換え。シモジに至っては船橋だから、たぶん地下鉄半蔵門線《はんぞうもん》で東の方に行くんだと思う。誰一人、同じ路線に乗らなかった。乗り入れ路線の多い、渋谷駅ならではだね。犯人は、他のメンバーに見咎《みとが》められずに、駅を出られた」

「………」

真穂は返事ができなかった。ショックを受けていながら、そこまで状況を整理できていたのか。ひろみは、なおも続ける。

「三次会では、みんなけっこう飲んでた。わたしが見ていたかぎり、酒をセーブしていた人はいなかったよ。石戸さんと智秋の結婚と、夏蓮との再会という、めでたいことが二つ重なったからね。まるで学生時代のコンパみたいに飲んでた。だから犯人がどの程度冷静だったかはわからない。でも、もしある程度の理性が残っていたら、メールでは連絡しなかったと思うよ。だって、警察は間違いなく夏蓮の携帯の送受信記録を確認する。死亡時刻直前のメールなんて、自分が犯人だと白状しているようなものだから」

話しながら、ひろみの瞳が異様な光を帯びていた。彼女はショックを受けながらも考えた。自責の念から、考えざるを得なかったともいえる。そして得た仮説を、誰かに話したかった。それが、自分だったということだろう。でも、どうして自分なのか。

ひろみは、コンビニエンスストアでもらってきた割り箸を取った。生ハムを一枚取り、口に運ぶ。

「段取りは、そんなところ。じゃあ、誰？　誰なら、夏蓮に殺意を抱くのか。考えてみたら、けっこう思い当たる節があるんだよね。なんといっても——」

「わたしたちは、無理心中事件を経験しているから」

「そう」

同時に白ワインを飲む。ひろみが唇に付いたワインを舌でなめ取った。

「これが普通のサークルなら、そんなふうには思わない。人間関係のドロドロはあるだろうし、そこからの悲喜こもごももあるんだろうけど、殺人事件に発展するなんて、まず考えられない。でも、うちのサークルは違う。藤波くんが無理心中事件を起こして、夏蓮がいなくなった。藤波くんの動機もわからなかったし、夏蓮がその後どうなったのかもわからなかった。そんな宙ぶらりんな三年間を、わたしたちは過ごしてきた。宙ぶらりんな状態は、アースされていない状態と一緒。危険なエネルギーの逃がし先がなくて、溜まる一方。そんなとき、夏蓮が現れた。犯人にとっては、火花だったのかもしれない。溜まったエネルギーに引火して、大爆発」

言いながら、ひろみは割り箸をカマンベールチーズに突き刺した。そのまま口に持っていって、ひと口かじる。

「考えてみようか。まず、石戸さん。今は智秋と結婚してるけど、あの人はかつて、夏蓮のことが好きだった。わたしたちは一方的な片想いだと思っていたけど、実はなんらかの関係があったのかもしれない。ようやく吹っ切って智秋と結婚したのに、どうして今さら現れたのかと訝《いぶか》しんで、夏蓮に真意を確かめようとした。その際話がこじれて、カッとなったのかもしれない」

一見もっともらしい仮説だったけれど、聞きながら真穂は呆《あき》れていた。そんな心配があったのなら、どうして夏蓮を呼んだのかと。おそらく——というかほぼ確実に、ひろみに邪心はない。単に、密かに連絡を取り合っていた夏蓮を仲間たちに引き合わせるタイミングが、石戸と智秋の結婚式の二次会だと考えただけだ。けれど夏蓮が殺された今となっては、後知恵的に今のような仮説をひねり出さざるを得ないのだろう。

「とすると、智秋の方も同様だよね。石戸さんはもう自分の夫になっている。どうして今さら夫の前に姿を現したのかと」

「うん」ひろみはあっさり認めた。

「ところで、無理心中事件が起きたとき、事件の評価について、サークル内で意見がぱっくり分かれた点があったのを、憶えてる？」

憶えている。というか、思い出した。

「あの事件は、藤波くんの一方的なものなのか、それとも、夏蓮の方にもなんらかの原因があったのか」

『もう誰にも顔向けできない。かれんも殺した。自分も死ぬ』

藤波の遺書だ。文章を単純に解釈するかぎり、夏蓮はただ巻き込まれただけのようにも受け取れる。夏蓮自身が身に覚えがないと証言していることもあって、警察の見解も、マスコミの報道も同様だったと記憶している。

「事件が藤波くんの個人的なもので、夏蓮はただの被害者。当時も、たぶん今もそう信じているのはサクラだね」

ひろみが大きくうなずいた。

「そう思う。あいつがあんなに暗くなっちゃったのは、崇拝していた夏蓮を護れなかったっていう自責の念からだからね。そんなあいつの目の前に、元気な姿で夏蓮が現れた。さて、あいつはどんなふうに考えるかな」

真穂は宙を睨んだ。

「今度こそは、護り通してみせるってところ？」

「いいセンね」ひろみが人差し指を立てた。「酔ったサクラは、夏蓮を追いかけて、自分の決意を伝えた。本人にとっては気持ちいいかもしれないけど、実際のところはありがた迷惑だよね。なんといっても、夏蓮は遠く広島に暮らしているんだから。あの子も酔っていたから、つい嫌悪が顔に出てしまった。可愛さ余って憎さ百倍。忠誠心を裏切られたと思ったサクラは、気がついたら夏蓮の首を絞めていた」

ひどいストーリーだ。とはいえ、妙に説得力を感じるのも、また事実だ。あの昏い双眸には、そのようなことをやりかねない迫力があった。

「反対に、夏蓮にも責任の一端があるんじゃないかと考える一団もあったよね。その代表格が、川尻くんとシモジ」

そのとおりだ。二人とも、藤波と関係が深かった。真穂は考えながら口を開く。

「川尻くんは、藤波くんの幼なじみだったから。事件の後、ずっと『覚史があんなことをするわけがない。何かの間違いだ』と言ってた。通報の声は間違いなく藤波くんだったし、夏蓮の首には藤波くんの指の痕が残っていた。藤波くんの首吊りだって、自殺に見せかけた他殺なんてものじゃなかった。遺書の筆跡も、間違いなく本人のもの。動機はともかくとして、すべて藤波くん自身がやったことなのは、間違いない。それなのに川尻くんは認めようとしなかった。認めたくなかったんでしょうね。だから、責任を夏蓮に求めた。けど夏蓮は横浜からいなくなってしまったから、確かめようがない。それが、昨日になっていきなり本人が現れた。よし、事実関係を確認しよう——そう考えて、独りになった時点で夏蓮を捕まえた」

「夏蓮は真相を話したのかもしれないし、あの子が知っている真相なんてなかったのかもしれない。怒った川尻くんは、夏蓮に襲いかかった」

「シモジも同じようなストーリーでいいの？」

「いいんじゃないの？」

あっさりとしたひろみの見解だった。

「藤波くんとシモジの関係は、単なる先輩後輩のレベルを超えていたからね。控えめに言って、舎弟《しゃてい》。わたしなんか、シモジは同性愛者で、藤波くんを愛していたんじゃないかと思ったくらいだよ。それくらい、シモジは藤波くんに忠実だった」

確かに、同じストーリーが適用できる。

「ナナちゃんは？」

ひろみは困ったように笑った。「あの子は、思い込みが強いでしょ？」

「うん」

「頭は悪くないと思うんだけど、思考に柔軟性がないんだよね。思い込んだら、他の可能性を一切考えない。それが唯一の真実だと信じ込んでしまう。そんなところが、あの子にはある。実験で菌を死なせてばかりいるのも、そのせいじゃないかと思ってるんだけど」

そんなものだろうか。よくわからないから、口を挟まなかった。

「そんなナナちゃんは、藤波くんと夏蓮を理想的なカップルだと思い込んでいた。あの二人がつき合い始めたことによって、とうていうまくいかないと思っていた二つのサークルの融合も、うまくいった。サークル合併がうまくいった理由は、決してあの二人だけの力じゃないんだけど、ナナちゃんは信じ込んだ。だから、まるで藤波くんと夏蓮が奇跡を起こしたように感じられた。その結果、ほとんど神格化するに至った。そして、あの事件が起きた。藤波くんは死に、夏蓮は生き残った。ナナちゃんは、どう思っただろうね。二人が理想のカップルであり続けるためには、片方が死んだのなら、もう片方も死ぬべきじゃないか。そんなふうに考えなかったかな」

「うーん」真穂は腕組みした。「ナナちゃんがあの二人を神格化していたのは本当だよ。二次会で話していて、今でもそう思っていることもわかったし。でもさすがに、ここまで強引な仮説だと、素直に賛成できないなあ」

真穂のコメントに、ひろみは意外にも首肯した。

「そう思うよ。でも、ナナちゃんが夏蓮に対して並々ならぬ感情を抱いていたことは、賛成してくれるでしょ?」

「うん。その点に関してはね」

「そこで、あんただ」

ひろみは真穂を指さした。「今、長々と説明したみたいに、他のみんなには、それなりに想像できる動機がある。この場合の動機とは、夏蓮に対する思い入れのことだね。でも、あんたにはそれがない。あんただけが、無理心中事件を経ても、夏蓮への歪んだ思い入れがないんだよ。だから、関係が薄いって言ったの。つまり、犯人じゃない」

ひろみは断言した。もちろん真穂は、自分が犯人でないことを知っている。それでも自分は、川尻のアパートで硬質な沈黙を経験してしまった。あの緊張感を思えば、他人からそう言ってもらえることは、何よりもありがたかった。

「それをいったら、お主もそうじゃんか」

真穂は言ったけれど、ひろみは天を仰いだ。

「そうなんだけどさ。わたしは、みんなに黙って夏蓮と連絡を取ってたからね。今日集まった連中の中には、絶対わたしが夏蓮を殺すために呼び寄せたと思ってる奴がいるよ」

自虐的に笑う。いけない。そんな顔をしちゃいけない。自分から精神のダメージを大きくするだけだ。真穂は、テーブルの上でひろみの手を握った。

「大丈夫。だいじょうぶだから。わたしが、信じてるから」

目を見て言った。ひろみも、目を逸らさなかった。「――ありがと」

手を放す。「だとすると、わたしとお主が犯人じゃなければ、残りは六人。石戸夫妻はどうなんだろう。いくらなんでも、結婚式当日に人を殺《あや》めるとは思えないんだけど」

「まあね」言葉で同意しながらも、口調が裏切っていた。「犯人だとすると、少なくとも共犯だよね。結婚式の夜にこっそり一人になるなんて、あり得ないから。結婚式の夜だから人殺しをしないってのは、あまり当てにならない。だって、夏蓮が現れることを、二人とも知らなかったんだから。千載一遇《せんざいいちぐう》のチャンスと思って、二人でことに及んだのかもしれない。ケーキ入刀に続く、夫婦の共同作業だね」

悪趣味なコメントだ。しかし否定もできない。

「じゃあ、圏外に置くには早いか。他の人たちは、似たり寄ったりだね」

「うん。さっきはああ言ったけど、さすがにあんな変な動機でナナちゃんが夏蓮を殺したとは思ってないけどね。ただ、積極的に容疑者から外す理由もない」

「川尻くん、サクラ、シモジは容疑濃厚か」

「濃厚かどうかはともかく、動機は納得しやすいんじゃないかな」

「三人には申し訳ないけど、確かにそうだ」

答えながら、大あくびが出てしまった。さすがに疲れてきた。ひろみも力なく笑う。

「寝ようか。休まないと、もう頭も回らない」

「眠れればね」

夏蓮の無惨な死に様が夢に出てきたりしないだろうか。同じことを考えていたらしいひろみが答える。

「わたしは大丈夫だと思う。あんたが一緒に寝てくれたら」

「一緒に寝るのはいいけど」くだらないと思いつつも、真穂は言った。「シモジは同性愛者かもしれないけど、わたしは違うからね。襲わないでよ」

「大丈夫だよ」ひろみはワインを飲み干した。「夏蓮ならともかく、あんたは襲わない」

この期《ご》に及んできわどい冗談を言う奴だ。逆に、こんな冗談が言えるのなら大丈夫だろう。真穂は妙な安心をした。

誘ったのは自分だからというひろみの主張を容れて、真穂がベッドを使わせてもらった。ひろみはラグの上で毛布にくるまっている。

神経はくたくたに疲れているのに、寝付けなかった。幸いなことに夏蓮の死に顔は出てこなかったけれど、サークルの仲間に対する疑いが順番に頭をよぎって、睡眠の邪魔をする。それでもローテーションをくり返しているうちに摩耗《まもう》してきたか、印象が薄くなっていった。よし、そろそろ眠れそうだ——そんなふうに考えたときに、最後に残った顔があった。

正確には、顔ではない。目だ。昏い双眸。

真穂の脳裏に、櫻田の姿が浮かんだ。憎悪を固めたような視線。なぜ彼は、あんな目をしていた？

寝る前に、ひろみと交わした議論を思い出す。ひろみの仮説によると、櫻田は夏蓮への崇拝が強すぎたせいで、愛と憎しみが逆転して犯行に及んだらしい。

しかしそれならば、犯行後の櫻田は、憑《つ》き物が落ちたようになるのではないだろうか。あるいは、今まで抱えていた執着がなくなり、腑《ふ》抜けのようになるか。現実の櫻田は、そのどちらでもない。未だに、昏い憎しみを抱えたままだ。ということは、櫻田は夏蓮を殺していないのではないか。

だとしたら、櫻田の憎しみはどこに向かっているのか。決まっている。犯人だ。

意識が薄れてきた。完全に眠りに落ちる直前まで、櫻田の昏い双眸が意識から消えることはなかった。

翌朝起きてみると、携帯電話に着信履歴が残っていた。マナーモードのままバッグに入れていたから、気づかなかったのだろう。着信記録を見ると、実家からだった。ひろみの家を辞して、王子にあるアパートに戻る。シャワーを浴びて身体だけでもさっぱりしてから、実家にかけ直した。

『ああ、あんた、どこ行ってたのよ』

いきなり母がまくし立てた。

「友だちの家に泊めてもらった。いろいろあってね」

曖昧な言い方をした。藤波の事件の際、両親とも娘本人以上に心配していた。まるで夏蓮の両親のように、大学を辞めて山梨に帰ってこいとまで言っていた。あんな大騒ぎは真っ平だ。しかし続く母の言葉は、意外なものだった。

『そのいろいろなんだけど、あんた、今日は会社は休みなの？』

「うん。一応、三連休だから」

自分で答えておきながら、確かにそうなんだよなあと考えてしまった。土曜日は夏蓮と再会し、日曜日はその夏蓮が死体で発見された。今日の月曜日が三連休の最終日だ。なんて密度の濃い休日なんだろう。

『じゃあ、こっちに帰ってこない？』

「えっ？」

また同じことを言われるのかと思ったら、そうではないらしい。

『順司《じゅんじ》が来てるんだよ。あんたを心配して。話してみたら？』

「……」

順司とは母の弟、つまり叔父《おじ》である新妻順司のことだ。一族で最も勉強ができるとの評判どおり、現在は弁護士をやっている——弁護士？

どうして弁護士の順司叔父さんが心配をしているのか。

そうか。叔父は報道で夏蓮の死を知ったのだ。そして、姪《めい》っ子がかつて巻き込まれた無理心中未遂事件のことを思い出した。調べてみたら、被害者はやはり当時の関係者と同一人物だった。姪っ子が困っているのではないか。そう心配して、母に連絡を取ったのだろう。

「行く」

思わず答えていた。ベッド脇の目覚まし時計を見る。午前十時二十分。実家のある甲府へは、二時間ほどで行ける。日帰りするにしても、無理のない出発時間だった。

電話を切って、身支度を調《ととの》える。アパートを出た。京浜東北線と山手線で新宿まで出て、そこから特急あずさに乗り換えるのだ。あずさの到着時刻を教えておけば、父か母が甲府駅まで迎えに来てくれるだろう。新宿駅で叔父の好物であるラスクのチョコレート掛けを買って、あずさに飛び乗った。

甲府駅に迎えに来てくれたのは、意外にも順司叔父だった。

「お疲れさま」

優しげな表情で声をかけてくれる。四角い顔に四角い黒縁眼鏡。大きな目も黒目がちで、髪も黒々としている。いかにも依頼人に安心感を与えそうな風貌。叔父はまったく変わっていない。

「じゃあ、行こうか」

叔父は真穂を連れて駅前の駐車場に移動した。叔父の愛車は、シルバーのメルセデス・ベンツEクラスだ。弁護士先生にベンツとはベタすぎる取り合わせだと思うけれど、叔父曰《いわ》く、これも演出なのだそうだ。決して偉ぶっているわけではなく、「弁護士といえばベンツ」という顧客の思い込みを充足してあげることによって、信頼を獲得できるらしい。理系出身の自分などは、所有している自動車のブランドと弁護士としての能力は関係ないと思ってしまうのだけれど、どうやら世間はそうでもないらしい。叔父はよく「本当はスバルのワゴン車が欲しいんだけど」とぼやいているから、弁護士もなかなか気苦労が多いようだ。

叔父がメルセデス・ベンツを発進させた。まっすぐ実家に向かうかと思ったら、最初の交差点を反対側に曲がった。

「家で話を聞こうとしたら、姉貴がしゃしゃり出てくるからね」

順司叔父はそう言った。「殺人事件は、井戸端会議のネタにすべきじゃない。大切な友だちが殺されてしまった事件なら、なおさらだ。だから、車の中で話を聞くよ。中央道に乗って東京まで走るから、その間に話してくれればいい」

えっ？　わざわざ甲府まで来たのに、実家に寄らずに東京に戻るの？　少し驚いたけれど、三年前の大騒ぎを思い出すと、叔父の配慮はありがたかった。だったら、包み隠さず話そう。川尻のアパートで話されたことも、ひろみのアパートで語り合ったことも。そして、自分が受けた印象のことも。

「もう、大変だったんだよ」

真穂は、話し始めた。

ひととおり話し終えると、車内は沈黙で満たされた。まっすぐ前を見ている叔父は、決して話を聞いていないわけではない。真剣に、姪が遭遇した事件について考えている。

中央自動車道から首都高速四号線に入った辺りで、叔父は口を開いた。

「なるほど」

第一声はそれだった。すぐに首を振る。

「いや、事件の真相がわかったわけじゃないよ。真穂ちゃんの話の中で、印象に残ったことがあるってこと」

「印象に残った？」

「そう」話しながらも車間に注意して、細かくアクセルを開閉する。

「昨日の夜、真穂ちゃんが最後に考えたこと。櫻田さんという人が、憎しみに満ちた目をしていたんだね。憎しみの対象を殺害したのなら、もうそんな目はしないのではないかという考えは、正しいと思う」

弁護士先生にそう言ってもらえると安心する。しかし叔父の話は、それだけでは終わらなかった。

「逆に言えば、櫻田さんは未だに憎しみの対象を持っているわけだ。真穂ちゃんが指摘したとおり、それは熊木夏蓮さん殺害犯だと思う。法に携わるものからすれば、問題はまさにそこだ」

「そこ？」

「そう」叔父が真剣な口調で答えた。

「法律の世界では、すでに起きた事件こそが事件だ。これから起こるかもしれない事件というのは、対象外となる。でも、弁護士として現実の事件に携わると、ひとつの事件をきっかけにして、これからも事件が誘発されるのではないかと心配になる事案は多数あることがわかるんだよ。実際、目の前で起きてしまったこともある。事前に手を打てなかったばかりに、防げたはずの事件を防げなかったという事例はいくつもあるんだ」

「……」

真穂は返事ができなかった。これほど強い口調で語る叔父の姿を、見たことがなかったからだ。

「そんな経験からすると、真穂ちゃんが巻き込まれた事件は、さらなる悲劇を誘発する危険を秘めていると、兄ちゃんは思う」

真穂は順司叔父のことを「順司兄ちゃん」と呼んでいる。だから叔父は真穂に対して「兄ちゃん」という一人称を用いていた。

「――サクラが？」

「そう。これは、親戚の真穂ちゃんだから言えることだけどね。櫻田さんは熊木さん殺害犯ではなく、次の事件を起こす犯人候補だという気がする」

鳥肌が立った。順司叔父が言っているのは、櫻田が犯人に復讐する可能性があるということだ。復讐は、殺害と言い換えてもいい。世間では、そういった事件が起きているのだと。

ちょっと待て。犯人はサークルの中にいると説明したばかりではないか。サークルの中で、また事件が起こるというのか。藤波の無理心中未遂事件、夏蓮殺害事件に続いて、第三の事件が。

ぐらりと視界が揺れた。夏蓮の事件の衝撃が残っている身には、順司叔父の指摘は破壊力がありすぎた。

バカな。また事件が起こるって？　嫌だ。こんな思いをするのは、もうごめんだ。

絶対に、防がなければならない。

メルセデス・ベンツが減速した。首都高速四号線が渋滞しているようだ。

「ふむ」順司叔父は、カーナビゲーションシステムの時刻表示を眺めた。

「真穂ちゃんは、これから予定はあるかい？」

唐突な問いかけだったけれど、ちゃんと答えた。

「何もないよ。元々夏蓮と遊ぶつもりだったから、今はすっからかん」

「そうか。じゃあ、ちょっと寄り道していいかな」

「寄り道？　いいけど」

「じゃあ、行こう。吉祥寺《きちじょうじ》に、真穂ちゃんに会わせたい人がいるんだ」

吉祥寺といえば、首都高速四号線からそんなに遠くない。行くのはかまわないけれど、会わせたい人とは、いったい誰だろう。

真穂の質問に、叔父は妙な答え方をした。

「普通の会社員だよ。少なくとも、表向きはね」

「表向きはって？」

叔父は真剣な表情で答えた。

「兄ちゃんは、鎮憎師《ちんぞうし》って呼んでるんだ」

第五章　鎮憎師

「ちんぞうし？」

真穂は訊き返した。知らない言葉だ。

「そう」順司叔父は、前方を見ながらうなずいた。「『憎しみを鎮《しず》める人』ってくらいの意味だよ。もっとも、辞書に載っているわけじゃない。兄ちゃんが勝手に創った言葉だ」

なんだ。造語か。拍子抜けしかけたところに、ようやく理性が追いついた。憎しみを鎮める人だって？

ぶん、と音を立てて運転席の叔父を見る。

「順司兄ちゃん、それって……」

「お坊さんじゃないよ」

叔父はそう答えた。「鎮魂という意味じゃない。事件の話を聞いて、上手に終わらせる方法を考えてくれる人だ」

よくわからない。事件を終わらせるっていうと――。

「えっと、探偵さん？」

「それも違う」叔父はあっさり否定した。「彼は、犯人捜しをするわけじゃない。情報を集めて、事件全体を俯瞰《ふかん》するのは同じだけどね」

ますますわからない。でも、ひとつだけ確信を持っていえることがある。叔父は、いい加減な人間を紹介したりはしない。

「わかった」視線を前方に戻す。「会ってみる」

「うん、それがいい」

「それで、その人は事件について話を聞いて、何かの判断を下すんだね」

「そういうこと。たぶん、真穂ちゃんのためになるような」

事件の話を聞くということは、誰かが話さなければならないということだ。詳しく、思い込みや先入観に囚《とら》われることなく、正確に。それならば、自分よりももっとふさわしい人間がいる。

「兄ちゃん。吉祥寺に行くのは、少し待ってくれる？」

「えっ？」叔父はアクセルを緩めかけ、またスピードを戻した。「もうすぐ高井戸《たかいど》インターだよ」

「いや、このまま吉祥寺まで行くのはいいの。でもその人と会うときに、もう一人呼びたいんだ。その子と吉祥寺駅辺りで待ち合わせて、一緒に行こうと思って」

「もう一人」叔父は前を見たまま言った。「桶川ひろみさんだね？」

さすがは順司叔父。自分の話から、ひろみが頼りになる人物だとわかったのだろう。

「わかった。吉祥寺の駅からは歩いて十分くらいだから、駅近くに駐車するのは問題ない」

「ありがと」

携帯電話を取り出す。液晶画面で現在時刻を確認する。午後二時四十二分。自宅にいるだろうか。用事を作って、どこかに出掛けているかもしれない。登録してあるひろみの携帯電話番号を呼び出した。

四コールで電話がつながった。

『どしたの？』

着信画面から、誰からの電話かわかったのだろう。挨拶なしで話しだした。こちらもいきなり本題に入る。

「今どこ？」

『家。出掛ける気になれなくて』

確かに、背後に雑音が聞こえない。加えて、声に元気がない。ずっと一人で、事件のことを考えていたのだろうか。

「ってことは、これから空いてる？」

『空いてるけど』

「じゃあ、出てこない？」

『出てこないって、どこに？』

「吉祥寺」

『吉祥寺？』

怪訝《けげん》な響き。それもそうだろう。学生時代から二人であちこちに遊びに行っているけれど、吉祥寺に行ったことはない。

「うん。わたしの叔父さんが弁護士をやってるんだけど、今回のことで相談に乗ってくれそうなの。事情を話すんなら、お主の方が向いてるから」

あえて、弁護士の順司叔父のことだけを言った。これから会おうとしている鎮憎師さんについては言及しない。説明できないからだ。

『……』ひろみはすぐには答えなかった。現段階で弁護士に相談することの是非を考えているのだろうか。しかも指定された場所が、縁のない吉祥寺だ。いくら真穂の提案とはいえ、警戒したのかもしれない。あるいは、費用のことを心配しているのか。しかしためらいは、ごく短い時間だった。

『行くよ』

「サンキュ。じゃあ、駅に着いたら電話して」

『オッケー。でも、少し時間をもらうよ。顔を作らなきゃいけないから』

ずっと家にいてすっぴんだから、化粧に時間がかかるという意味だ。

「わかった、わかった。じゃあ、待ってるね」

『了解』

終話ボタンを押して、ひとつ息をつく。状況が把握できていないのに、ひろみを巻き込んでしまったことに申し訳なさを感じるけれど、ここは叔父を信じるしかない。

「来るって」

順司叔父に、通話の内容を報告した。「でも、ちょっと時間がかかるって言ってた」

「いいんじゃないかな」叔父の返答はあっさりしたものだった。「まだ先方に連絡を入れたわけじゃないし。そもそも、こっちが桶川さんより先に到着できるかどうかも、わからない」

そういえば、先ほどからのろのろ運転だ。考えてみれば、三連休最終日の午後なのだから、渋滞して当然だ。自分たちは友人の死に振り回されていたけれど、世間様は楽しく遊んでいたに違いない。

「ここだよ」

順司叔父はそう言った。

ＪＲ吉祥寺駅から徒歩十分のマンション。その玄関の前で、真穂たちは佇んでいた。

ひろみとは、無事にＪＲ吉祥寺駅の中央改札口で合流できた。そこで順司叔父を紹介して、呼び出した本当の目的を告げげた。

「事件を上手に終わらせてくれる人、ですか」

ひろみが上目遣いで順司叔父を見た。不審がありありとわかる表情だ。しかし疑われた叔父は不快感を示すどころか、逆に大きくうなずいた。

「そうです。私たち弁護士にはできないことを、やってくれる人ですよ」

これまた説明になっていない。叔父も詳しく説明しようとはしなかった。実際に会って話した方が、話が早いと考えているのだ。ひろみも察したのか、それ以上質問を重ねようとはしなかった。

午後六時になった。順司叔父がすでに連絡を取って、訪問したい旨を伝えてある。先方は外出していたようで、午後六時には帰宅しているということだった。ひろみが化粧をして吉祥寺に来るまでの時間と、ほぼぴったりだ。大慌てしたり、逆に中途半端に待ちぼうけがないというのは、ありがたい。これは、吉兆《きっちょう》と捉えていいのだろうか。

マンションの入口で、部屋を呼び出す。やや間を置いて『はい』という返事がスピーカーから聞こえた。女性の声だ。

「新妻です。お客さんを連れてきたよ」

『はい。今、開けますね』

そう答えると同時に、自動ドアが開いた。順司叔父は建物に入り、迷いなく進んでいく。後をついていくと、奥の方にエレベーターが見えた。乗り込み、「7」のボタンを押す。ボタンは7までしかないから、目的地は最上階か。

鎮憎師。

真穂は心の中で復唱した。憎しみを鎮める人。順司叔父は、姪から櫻田が抱いている憎しみについて聞かされた。だから思い出したのだ。櫻田の憎しみを消せる人物のことを。

でも、何をいったいどうやったら、他人の憎しみを消せるのだろうか。熱血教師のように説教するのか。あるいは座禅でも組ませるのか。それとも憎しみを忘れてしまうくらい楽しいことを紹介するのか。

わからない。それに、実は考えたって仕方がないのだ。答えは、もうすぐ目の前に現れるのだから。

七階に着いた。エレベーターを降りる。左に向かって歩いていき、いちばん奥の七〇一号室の前に立った。表札は出ていない。あらためて呼び鈴を押す。内側からがちゃがちゃと解錠する音が聞こえ、ドアが開いた。

「新妻さん。いらっしゃい」

出てきたのは、若い女性だった。栗色の髪をショートにしている。くりくりとした瞳が印象的だった。二十歳前後に見える。ということは、自分たちよりも四、五歳は若いか。

この子が？

思わず目を疑った。叔父は、こんな若い子を頼りにしているのか？　真穂の驚きを尻目に、順司叔父は若い女性に向かって目を細めた。

「千瀬《ちせ》ちゃん。ひさしぶり」

若い女性――千瀬というらしい――は、ぺこりと頭を下げた。

「ごぶさたです。まあ、上がってください」

そこで千瀬は、順司叔父の背後に視線をやった。真穂とひろみを確認する。

「どうぞ。お上がりください」

ちゃんと紹介されるまで名乗らない方がいいと思ったのか、丁寧な言葉遣いで真穂たちを招き入れてくれた。

玄関には、きちんとスリッパが三足揃えられていた。順司叔父が靴を脱ぎ、スリッパを履く。慣れた様子から、何度も訪問していることが窺《うかが》えた。真穂たちも倣う。

「どうぞ。兄貴はリビングにいます」

短い廊下を案内しながら、千瀬は言った。彼女には兄がいたのか。わざわざそう言ったところからも、順司叔父が紹介したいのは、兄の方だと思われる。そういえば、叔父は先ほど「彼」と言っていた。

とはいえ、目当ての人物が兄の方だとしても、これほど若い女の子の兄なのだから、年はいっていないだろう。自分たちとたいして変わらない年齢だとすると、やはり若い部類に属するはずだ。大丈夫なのだろうか。年齢や性別と能力には相関性がないと頭ではわかっていても、ついそんなふうに考えてしまう。

千瀬が突き当たりのドアを開ける。はたして、リビングダイニングキッチンだった。順司叔父が「どうも」と言いながら中に入る。続いて入ると、ふわりといい香りが鼻をくすぐった。コーヒーの香りだ。豆を挽《ひ》いたときに広がる、香ばしい芳香。

「ああ、どうも」

カウンターキッチンから、若い男性が顔を覗《のぞ》かせた。ちょっと待ってくださいねと言いながら、再びキッチンに姿を消す。数秒でまた出てきた。水音が聞こえたから、手を洗ったのだろう。

「こちらへどうぞ」

応接セットに歩み寄り、三人掛けのソファを掌《てのひら》で示す。勧められるまま、ソファに腰掛けた。真穂が中心で、順司叔父とひろみが挟む形だ。自分が真ん中になるのも気が引けたけれど、順司叔父とひろみをつなぐのが自分なのだから、仕方がない。

男性と千瀬が対面のソファに座る。自然と男性に目が向かう。若いのは間違いないけれど、自分たちよりも若干年長に思われる。三十歳にはなっていないだろうか。兄妹の年齢差のちょうど真ん中に自分たちがいる。そんな印象があった。

中肉中背といった体格。髪は短く整えられており、眼鏡はかけていない。格段美男子というわけではないけれど、整っていないわけではない。わかりやすくいえば、ありふれた顔だちだった。

「休みのところ、悪かったね。買い物の最中だったんだろう？」

順司叔父が話しかけると、男性は困ったように笑った。

「いえ。ちょうど終わって帰るところだったんですよ」

そうは言っているけれど、困った表情は、自分たちの来訪によって予定が狂わされたことを想像させる。自分たちの事件に、赤の他人を巻き込んでしまった。そんな申し訳なさが湧いてくる。

順司叔父が真穂を指し示した。

「紹介しよう。私の姪で、赤垣真穂という。こちらはご友人の桶川ひろみさん」

男性が真穂に視線を向けた。

「どうも。沖田《おきた》といいます」

会釈してくる。続いて千瀬も自己紹介した。真穂も丁寧に頭を下げた。

「あ、はい、赤垣と申します。突然押しかけてしまいまして、申し訳ございません」

会社員的な挨拶しか出てこない。男性――沖田は「いえいえ」と言ってくれたけれど、表情は困ったままだ。やっぱり迷惑だったかな。そう思ったけれど、すぐに思い直した。この人は、困った顔が標準なのだ。表情の動かし方と、全体的に受ける困った印象に、関連がない。隣に座る千瀬と見比べる。顔だちには似たところがある。やはり兄妹だ。しかし表情は違っている。千瀬の方は天真爛漫《てんしんらんまん》な笑顔だ。元気印の妹に、心配性の兄。そんな関係が想像できた。

順司叔父は、今度は真穂たちに語りかけた。

「真穂ちゃん、桶川さん。沖田洋平《ようへい》くんと千瀬さんだ。彼らは、わたしが以前お世話になった方のお子さんなんだよ」

あらためて会釈が交わされる。

「あ、あの」

言いながら腰を浮かせて、脇の紙袋を差し出した。「つまらないものですが、召し上がってください」

順司叔父への土産として買った、ラスクのチョコレート掛けだ。叔父には申し訳ないけれど、ちょうどよかった。予想外の展開に、手土産を買うことを思いつかなかったのだ。

「お気遣いいただき、ありがとうございます」

沖田が受け取り、妹に渡す。

「わあ。これ、おいしいんだ」

千瀬が華やいだ声を出した。兄が困った顔を妹に向ける。

「じゃあ、開けちゃおうか。ここで食べよう」

「そうだね。コーヒーも入ったことだし」

千瀬が軽快な動作で立ち上がると、カウンターキッチンに向かう。あらかじめ準備されていたらしいコーヒーをカップに注ぎ、トレイに載せて戻ってくる。菓子の包装紙を剥《む》いて、中身を皿に空けた。「どうぞ」

「悪いね。ありがとう」

順司叔父がカップを受け取って、ひと口飲む。「うん。おいしい」

カップをテーブルに置いて、口を開いた。

「今日、二人をここに連れてきたのは、洋平くんが極めて優れた能力を持っているからなんだ。抱えていた問題を、何度も解決してくれている。頼りにしてるんだよ」

「ああーっ」へんてこな声を上げたのは、千瀬だった。「わたしは？」

「もちろん、頼りにしてるよ」予想どおりの反応といったふうに、順司叔父が答える。

「状況によっては、洋平くんより頼りになる」

「でしょ」

千瀬は胸を張った。初対面の人間がいるところでも、物怖《ものお》じしない性格らしい。隣の兄は、やっぱり困った顔をしていた。

順司叔父が表情を戻した。

「今日お邪魔したのは、他でもない。相談事があってね」

鞄からタブレット端末を取り出し、インターネットのニュースサイトを呼び出した。目当ての記事を表示する。「これだ」

タブレット端末を差し出す。沖田が受け取って記事に目を落とした。横から千瀬が興《きょう》味津々《みしんしん》といった体で覗きこむ。

記事はもちろん、夏蓮の事件に関するものだ。真穂もマスコミがどのように報道しているのか気になって、ひろみを待つ間にニュースサイトに目を通していた。

『広島市在住の大学生、熊木夏蓮さん（24）が、渋谷区の路上で死亡しているのが、友人によって発見された。首には絞められたような痕があることから、警視庁では殺人事件とみて捜査を開始した』

第一報といった意味合いが強く、藤波の無理心中未遂事件に言及しているサイトはなかった。事情聴取を終えた自分たちをマスコミは待ち構えていたけれど、一切の取材を拒否して、その場を逃げ出した。だから、自分たちに関する情報も載っていない。

沖田は真剣な顔で記事を読んでいたが、やがて顔を上げ、順司叔父にタブレット端末を返した。

「この事件ですか？」

「そう」

順司叔父は両手を左右に広げた。横に座る真穂とひろみを示す仕草だ。

「亡くなった熊木さんという人は、この二人の友人でね。ご遺体を発見したのも、この二人だ。しかも――」

叔父はちらりとひろみを見た。

「ちょっと訳ありの友だちでね。おかげで、二人やその友人たちが微妙な立場に立たされたわけだ。私が助けてあげられればいいんだけど、あいにく他に面倒な案件を抱えていてね。それに、むしろ洋平くんの得意分野だと思ったから、君を紹介したんだ」

「得意って」沖田が天井を見上げた。「僕は、ただのサラリーマンですよ」

「知ってるよ。ただの、かどうかは別としてね」

叔父はそう返した。沖田も視線を戻す。頭を掻いた。

「僕に向いているかはともかくとして、新妻さんの紹介なら、門前払いというわけにもいかないでしょう。亡くなられたご友人は、どんな訳ありだったんですか？」

言いながら、真穂とひろみを見た。ここまで環境を整えられてしまっては、話すしかない。真穂はそっとひろみに視線を送った。

――どうする？

――あんたが話してよ。必要に応じて、わたしが補足するからさ。

――わかったよ。

以心伝心。目だけでそれだけのやりとりをして、真穂が口火を切ることになった。しかし、順司叔父ならともかく、初対面の他人に事件の話をするには、かなりの覚悟がいる。気持ちを落ち着かせるために、コーヒーを飲んだ。よし。話してみよう。

「昨日、わたしたちは熊木さんを発見しました。実は、熊木さんと会うのは三年ぶりだったんです。ずっと彼女に会えなかったのは、大学時代の事件が関係しています」

大学時代に、ふたつのテニスサークルが合併したところから話し始めた。三年前の無理心中未遂事件。夏蓮の中退。土曜日の再会と、日曜日の発見。警察の事情聴取から全員での議論、そしてひろみと二人で話した内容に至るまで、事実と推論の両方を詳しく話した。途中、何度かひろみが補足してくれた。サークルのメンバーについては、真穂が持ってきた菓子の包装紙に相関図を描いて説明した。ときおり沖田が質問を挟む。それに答えていたら、事件と関係なさそうな、細かい会話の内容まで話すことになった。

「というわけで、熊木さんを殺したのは、三次会に出ていたサークルのメンバーだという可能性が高くなりました。動機のない赤垣さんを除いて」

ひろみがそう締めくくった。最後のひと言は、おそらく順司叔父に気を遣ったものだと思う。あなたの親戚は犯罪者ではないと。叔父も察したのか、肉親としての感謝と、弁護士としての臆断《おくだん》を戒める職業意識がせめぎ合ったような表情をした。

「そうですね」沖田が淡々と言った。「お二人の話を伺ったかぎりでは、そのように思えます。警察も、事情聴取によって同じ結論にたどり着いた可能性が高いと思います」

お二人の話を伺ったかぎりでは、の箇所を強調したように感じられた。沖田は、他人から聞いた情報と事実との間に、明確な線引きができる人間のようだ。

沖田は困った顔に、さらに申し訳なさそうな表情をプラスした。

「ということは、警察の採る手段は簡単です。三次会の参加者に対して突っ込んだ事情聴取を行えばいい。みなさんは職業的犯罪者ではなく、普通の社会人であり学生さんです。企業の採用活動で使われる圧迫面接という言葉がありますが、警察が圧迫事情聴取を行えば、殺人に慣れていない犯人は、簡単に口を割ると思います」

下腹に重い石が出現したような感覚があった。官僚のような、二人の女性警察官を思い出す。彼女たちは、確実に同じ結論に行き着いている。沖田は圧迫事情聴取という表現を使った。取調室でねちねちと質問されたら、やっていなくても自白してしまうかもしれない。ちらりと順司叔父を見る。叔父は苦虫を嚙みつぶしたような顔をしたものの、沖田の発言は否定しなかった。的を射た発言なのだろう。

「というわけで、あなた方はこれから、相当に不愉快な思いをすると思います」沖田は淡々とした口調を崩すことなく続けた。「ですが、そのおかげで事件が短期間のうちに解決する可能性は高いと思います」

「えっ」

思わず口を半開きにしてしまった。あっさりと話を片づけられてしまったからだ。自分たちは、いったい何のために吉祥寺までやってきたのだ？　そう考えかけたけれど、困った顔の持ち主は口を閉ざさなかった。

「問題は、その短期間のうちに、何が起こるかですね。新妻さんが心配しているのも、そのことでしょう？」

「そのとおりだよ」順司叔父が真剣な顔で首肯した。

「私が懸念しているのは、復讐の連鎖だ。三年前の無理心中未遂事件に、熊木さんは深く関わっている。今回の事件は、無理心中未遂事件が原因となって引き起こされた、連鎖の一環という心配がある。しかも熊木さんは、サークルでも人気者だったらしい。熊木さんに強い思い入れがある人物が、犯人に復讐しようとする危険性がある。復讐の連鎖が回る、危険な兆候を感じるんだ。君の言うように、警察の取り調べで犯人はわかってしまう可能性が高い。けれど最近の警察は、いい加減な捜査をしない。きちんと証拠固めをしてから逮捕ということになる。そうしないと、そもそも裁判所が逮捕状を発行してくれないしね。だから短期間といっても、それなりに時間がかかるのは間違いないんだ。そこに、証拠を必要としない人間が、犯人だと決めつけた相手に行動を起こす余地が生まれる」

叔父は、櫻田のことを言っているのだ。夏蓮に強い思い入れがあり、今現在、犯人に対して強い憎しみを抱いている。しかも犯人でないから、警察にも逮捕されない。ある意味、夏蓮殺しの犯人以上に危険な人物を野放しにすることになる。警察は、櫻田を止められない。警察だけではない。弁護士も、友人たちも。

そこまで考えて、ふと思い至った。目の前の困った顔こそが、櫻田を止められるのか。櫻田を直接知らなくても、彼のように暴走しそうな人間を止めるノウハウを持っているのではないか。だからこそ順司叔父は、自分に沖田を紹介した。

沖田は、黙って順司叔父の話を聴いていた。その瞳には、賛同の色が浮かんでいる。ひとつうなずくと、視線を叔父から姪へと移した。

「サークル関係者のみなさんで事件の話をしたときには、熊木さんを殺害したのは三次会に出席した人間、つまりその場にいた自分たちの誰かであるということで一致したんですね？」

横目でひろみを見る。ひろみがうなずく。力を得て、真穂は首を縦に振った。

「はい。そうです。熊木さんの地元である広島の知り合いも犯人になり得るという意見が出されましたが、発言者本人を含めて、現実味がないということで合意しています」

予想された答えだったからか、沖田はすぐに次の質問に移った。

「先ほどのお話では、議論はそこで終わったそうですね」

記憶を辿《たど》る。合っている。

「はい。そのとおりです」

「ということは、みなさんはその後『じゃあ、誰なんだ』という議論はしなかったということですか？」

「はい……」

仕事の不備を指摘されたようで、つい声が小さくなってしまう。しかし沖田は右の掌をこちらに向けた。

「無理もありません。昔から仲のよかった仲間たちの中に、同じ仲間を殺した人間がいるなんて、まともな人間であれば、すぐに受け入れることはできません。しかも、同じ場所で同じ空気を吸っているなんて。ただでさえ事件のストレスがかかっているのに、議論できただけ、たいしたものです。犯人がここにいるという結論を出した時点で、精神力が続かなくなるのは当然だと思います」

見事なフォローだ。沖田は普通の会社員ということだったけれど、職場でもこのような発言をしているのなら、さぞかし好かれているに違いない。

真穂は沖田という人物に好感を持ったけれど、困った顔の男性は、単なる社交辞令で発言したわけではなかったようだ。真面目な表情と柔らかな口調のまま、話を続けた。

「むしろ、そこでやめたのは、幸運だったかもしれません。もし犯人捜しをしていたら、その場で犯人がわかっていた可能性があります。そうしたら、狭い部屋の中のことです。名指しされた人間が自棄《やけ》になって、その場にいるみなさんを殺傷する危険もありました。逆に、他のみなさんが集団で報復する可能性も否定できませんし」

「ええっ？」

真穂とひろみが同時に声を上げた。

「その場でわかった？」

「殺傷？　報復？」

これまた声が重なった。沖田は当たり前のようにうなずく。

「そのくらい、単純な事件だという気がするということです。全員で話しているときでなくても、赤垣さんと桶川さんが二人で話したときも、動機の面からの絞り込みは行っても、機会の面からはやっていない。これもまた、残念なことです」

「機会だなんて」真穂が反論する。「警察の科学捜査でもなければ、わかりっこないことでしょう？」

至極真っ当な意見に、沖田は困った顔を曖昧に振った。同意と不同意の中間。あるいは両方を示す仕草だった。

「お二人の説明は、ものすごくわかりやすいものでした。このような人物相関図も描いていただきましたので、僕でも事件のことがわかった気になります。もちろん、お二人が知っていることで僕に伝えきれなかったこと、お二人が知らないことは、山ほどあると思います。でも、その辺りを差し引いても、犯人を絞り込む材料はあると思います」

「犯人を、絞り込む、材料」

ひろみが機械的にくり返す。沖田はそんなひろみをじっと見つめた。

「その材料から考えていくと、犯人がわかるかもしれません。その材料とは、熊木さんの死因です」

「死因？」

夏蓮の首には、紐が巻き付いていた。いわゆる絞殺だ。真穂がそう言うと、沖田は今度ははっきりと同意の仕草をした。

「そうです。紐で首を絞められていた。赤垣さんと桶川さんが描いた絵によると、犯人は改札を通って一人になってから、すぐに改札を出た。そして前もって調べておいた、熊木さんが泊まるホテルに向かった。途中で熊木さんを捕まえ、首を絞めて殺した。そうでしたね」

そのとおりだ。自分たちが何も言わないことに、沖田はちょっと失望したような顔をした。そして真穂とひろみを交互に見る。

「ここで死因が影響してきます。熊木さんは、紐で首を絞められて殺されました。では犯人は、いつ紐を用意したんでしょうか」

「――あっ！」

ぱん、と頭を叩かれた感覚があった。

犯行には、凶器が使われた。犯人は、凶器を前もって用意しておく必要があるのだ。そのはずなのに、自分たちが考えた犯人の行動には、どこにも紐の登場する余地がない。

真穂は思わず声を上げてしまったけれど、ひろみは反応しなかった。もう気づいていたからか。それにしては、顔が強張っている。

「二次会の会場に来るまで熊木さんと会えることを知らなかったのであれば、事前に準備できません。それができるのは、熊木さんが上京することを、前もって知っていた人間だけです。三次会に出席したメンバーでは、一人しかいません」

沖田はひろみを見据えた。

「桶川さん。あなたです」

第六章　機会と動機

リビングルームは静まりかえった。

沖田は、じっとひろみを見つめている。

千瀬は目をまん丸にして、やはりひろみを見つめている。

ひろみは石像になってしまったかのように動かない。

順司叔父は、ただ静かに沖田を見つめている。

そして真穂は、話についていけずに固まるばかりだった。

ひろみが夏蓮を殺したって？

バカな。あり得ない。そりゃあ、夏蓮を呼んだのはひろみだよ。そのことを、他の誰にも話していなかったのも、本人が認めている。でも、ひろみには動機がない。真穂と同様、ひろみは無理心中未遂事件を経ても、夏蓮に強い思い入れを持つことはなかったはずだ。今さら、最も自分が疑われる危険性の高い状況でことに及ぶとは、到底考えられない。ひろみは犯人などではない。それは間違いないのだ。

けれど、沖田の説にも説得力があった。いきなり夏蓮に引き合わせられた連中に、前もって紐を準備することはできない。彼らは逆に、殺したくても殺せないのだ。

そっとひろみを見る。ひろみは石像のままだった。ただ、目を見開いている。驚きのあまり動けないといった風情《ふぜい》。真相を語られた恐怖からではないと思うのは、身びいきなのだろうか。

リビングルームの空気が、ようやく動いた。沖田が表情を変えたのだ。困った顔のまま、笑顔になった。

「単純に考えたら、そんな結論が導き出せます。新妻さん、正しいと思いますか？」

いきなり話を振られたにもかかわらず、順司叔父は慌てなかった。穏やかな表情で即答した。

「間違ってるね」

「えっ？」

慌てて隣に座る叔父を見る。続いて反対方向も。石像がようやく人間に戻った。ひろみもまた、弁護士を見つめた。

いきなり否定された沖田もまた、驚いた顔は見せなかった。「どうしてでしょうか」

「前もって用意しなくてもいいからだよ」

それが叔父の答えだった。

「だって、犯人は駅を出てから、熊木さんを追ってホテルに向かったんだろう？　私も渋谷にはそれほど詳しくないけど、途中にコンビニの一軒くらいあるだろう。買えばいいじゃないか。今どきのコンビニなら、荷造り用の紐くらい売っている。深夜までやっているディスカウントショップがあれば、さらに品数が多い。店員だって、土曜日の夜に紐を買う客を見て『この人は今から誰かを絞め殺そうとしているな』とは考えない。現場を見ていないから、凶器がコンビニで買える種類の紐かどうかは、わからないけどね」

そこで叔父は真穂に顔を向けた。「どうだい？　どんな紐だったか、憶えてる？」

真穂はゆっくりと首を振った。

「ごめん。思い出せない」

川尻のアパートで確認したことだ。最もインパクトの強い、死に顔や絞められた首を、子細に観察する勇気はなかった。あくまでちらりと見た程度なのだ。白いビニール紐だったと言われれば、そうかもと思えるかもしれない。茶色の麻紐だったと言われれば、やはりそうかもと思えそうだ。真穂は素直にそう言った。

叔父は特にがっかりすることもなく「まあ、そうだろうな」と返してくれた。

「さすがは新妻さん」沖田がにっこりと笑った。

「僕もそう思います。二次会の前に紐を準備できたのは桶川さんだけですが、犯行直前まで〆切を延ばすと、全員が調達可能になります。とすると、機会はあっても動機に乏しい桶川さんは、犯人から遠ざかります」

そして視線をひろみに戻す。

「昨晩、犯人が誰だか、みんなで考えなくてよかったですね。誰かが僕と同じ仮説を思いつけば、集団心理で一気に桶川さんが犯人にされたかもしれません」

「……………」

ひろみは答えなかった。ただ、大きくため息をついただけだった。この聡明な女にして、気の利いた切り返しができない。それほど驚いたようだ。

突然、ぱあんという音が響いた。

「ちょっと、何、女の人をからかってんのよ」

千瀬が兄の頭をはたいたのだ。「気の毒に。反応できないじゃないの」

テーブルのラスクを取る。個包装を剥いて、ばりばりと音を立てて齧った。

「別にからかったわけじゃないよ」頭をさすりながら沖田が言った。「事件について考えるのに、必要なプロセスだ。こうやって整理していかないと、いったい誰が誰を憎んでいるか、わからないだろう」

「まあね」妹はあっさり同意した。「それにしても、人を殺すための道具を途中のコンビニで調達するなんて、とぼけた犯人ですこと」

「この仮説が正しければ、だけどね」

千瀬のコメントを、順司叔父が受けた。

「でも正しければ、さらに考えを進めることができる」

「そうですね」沖田が引き取った。

「お二人は、サークルの面々が犯人だった場合の動機についても教えてくださいました。その動機から、彼らが熊木さんを捕まえたとき、何をしようとしたかについても。石戸哲平さんと智秋さん夫妻は、学生時代の恋愛対象だったから、今さら自分たちの前に姿を現した理由を知るため。川尻京一さんと下島俊範さんは、かつて親しかった藤波覚史さんの無理心中未遂事件に熊木さんが関係していた——というか原因になっていたと考えたから、その真相を知るため。櫻田義弘さんは熊木さんを崇拝していて、その思いを伝えようとしたため。棚橋菜々美さんは藤波さんと熊木さんが理想のカップルと考えていたから、その片方が死んでしまった以上、もう片方も死ぬべきではないかと考えたから」

沖田は人物相関図を指し示しながら、ひとつひとつ丁寧に説明した。真穂は内心、沖田の頭脳に舌を巻いていた。自分たちが説明したことをそのまま口にしているわけだけれど、一度聴いただけで、よくここまで理解できるものだ。だから、得られた情報だけを元に、瞬時に仮説を立てることができるのか。

「このうち、棚橋さんに関しては、さすがに本当にそんな動機で殺したとは考えにくいと、あなた方は否定しています。他の人たちのうち、櫻田さんははじめから殺すつもりだったわけではなさそうです。彼が犯人だとすると、熊木さんを護りたいという自己陶酔を否定されて、カッとなって殺したというパターンでしょう。つまり実際に殺すまで、殺意はなかった。櫻田さんが熊木さんに近づいた理由について、お二人の推測が正しければ、彼が紐を用意するわけがありません」

つまり、櫻田は犯人ではないということだ。真穂は彼の憎悪に満ちた目つきから、犯人でないと考えた。沖田は別の視点から、真穂の意見に賛同してくれた。

「とすると、残るは石戸夫妻と川尻さん、下島さんということになりますね。彼らには、共通点があります。みんな、熊木さんと会って、話をしたかった。話して、情報を得たかった。その際、話の内容次第では殺してしまおうと、凶器の紐を準備することはあり得ます」

「無理心中未遂事件で、熊木さんは藤波さんに首を絞められた」

順司叔父が言った。「仮に犯人が藤波さんの事件を意識して犯行に及んだのなら、未遂を完遂にしようと考えたのかもしれない。さすがに指の痕が付く扼殺《やくさつ》はリスクが高すぎるから、代わりに紐を使ったんだろうけど。刺殺でも撲殺でもなく絞殺を選んだというのは、理解できない心理じゃない」

「藤波くんの、復讐……」

ようやく、ひろみが口を開いた。

「あるいは、藤波さんの遺志を引き継いだつもりなのかもしれません」

沖田はそう答えた。テーブルに手を伸ばし、ラスクを取る。妹と同じ仕草で齧った。

「無理心中未遂が今回の事件の原因になっていると証明されたわけじゃありませんけど、三次会に出たメンバーの中に犯人がいるのなら、やっぱりそう考えざるを得ないんですよね」

「そう思います」

「うーん」沖田が腕組みをして唸った。「そうなると、やっぱり犯人は藤波さん側、庭球倶楽部の人間ということになるんでしょうか。つまり、かつて藤波さんを好きだった石戸夫人。幼なじみで、大学までずっと一緒だった川尻さん。舎弟のように忠実だった下島さん。彼らならば、藤波さんを思うあまり、一人生き残った熊木さんを許せないと思っても不思議はないと」

喋りながら、自分の言葉に納得していないようだった。

「なんか、今ひとつ共感できないんですよね。幼なじみ。忠実な後輩。確かに絆《きずな》は深いと思うんですが、復讐しようとするほどの関係なんでしょうか。僕にも仲のいい友人は何人かいますけど、彼らが殺されても、あまり復讐しようという気は湧きません。人を呪わば穴ふたつという言葉のとおり、復讐とは自分の身を滅ぼす行為でもあります。事件が起きた直後、学生の頃ならともかく、川尻さんも下島さんも、もう社会に出て働いています。現在の自分の生活を捨ててまで、過去の復讐に乗り出すものでしょうか」

真穂たちの仮説を、あっさりと否定してみせた。ちょっと不愉快になったけれど、ひろみは完全に理性を取り戻したようだ。

「おっしゃりたいのは、智秋——石戸夫人の方に、より共感しやすい動機があるということですか」

「僕が男だからかもしれませんが」

沖田が困り顔を大きくした。

「石戸夫人は、藤波さんが好きだった。けれど藤波さんには熊木さんという恋人がいたから、自分の恋心を隠して耐えていた。そうこうしているうちに、藤波さんは自殺し、殺されかけた熊木さんは石戸夫人の前から消えた。それであの二人は過去の存在となり、気持ちの区切りをつけることができた。そして現在のご主人と結婚した。それでハッピーエンドになるはずだったのに、突然熊木さんが現れた。なぜ、と思うと同時に、無理心中未遂事件にまで精神が戻ってしまった。石戸夫人もまた、事件の原因が熊木さんにあると考えていたならば『あんたのせいで、わたしは別の男と結婚してしまった。藤波さんが生きていたら、別の選択肢もあったはずなのに』と考えたかもしれません。精神が当時に戻ってしまえば、現在の配偶者はただの邪魔者です。無視して犯行に及んだ。これならば、共感はともかく、理解できるんです。恋愛が絡むと、ドロドロしたり過激になったりしますから」

これはまた、見事な想像力だ。呆れる気分もあったけれど、真穂の女の部分は、半ば以上賛成していた。女という生き物は、見込みがないと思えばさっさと切り替えるくせに、小さなことでもこだわってしまったら、徹底的にこだわってしまうものなのだ。智秋が夏蓮の登場によって、捨てたはずのこだわりを復活させたとしても、不思議はない。

「わかります」ひろみも沖田に同意した。「ただし、これが結婚式当日で、石戸さんが一緒にいる状況でなければの話ですが」

「そうですね」沖田も認めた。「現実問題としては、石戸夫人の傍には石戸さんがいます。

仮に夫のことを邪魔者と考えていたとしても、結婚式当日に夫と別行動を取るわけにはいきません。もちろん、すでに自分の生活がある石戸さんは、破滅の危険を伴う復讐に荷担するわけがない。石戸夫人が熊木さんを殺すことは、実質的にできないと考えていいと思います」

「えっ？　えっ？」

自分でも意味不明な声を出してしまった。「じゃあ、犯人がいなくなってしまうじゃありませんか」

「そうです」沖田の返答はシンプルだった。「だから、困っているんです。新妻さんのおっしゃる憎しみの連鎖。そのとっかかりが明確にならないものですから」

新聞やテレビのニュースを見るかぎり、世の中には殺人が溢れている。そこでは、様々な動機が原因になっていることだろう。けれどそれらはすべて、自分とは関係のない世界での出来事だった。藤波の事件を経験した後も、それは大きくは変わらなかった。

なぜなら、藤波がやろうとしたことは、心中だったからだ。他人の命を奪っておきながら、自分はのうのうと暮らしている。あるいは暮らそうとしている。そんな犯罪者のエゴイズムとは、まったく違う種類の事件だった。

しかし夏蓮が殺されてしまうと、殺人は自分の問題となった。人が人を殺すという作業に、どれだけの心理的負荷がかかるのか。それを超越するためには、憎悪というエネルギーが必要だということも、真穂はようやく理解していた。

だからこそ、今の自分は沖田の困惑が理解できる。藤波が原因となって夏蓮を殺すには、心理的負荷を乗り越えるほどの憎悪が存在し得ないのだ。

横目でひろみを見る。表情を見るかぎり、自分と同じようなことを考えているらしい。ひろみは先ほど、藤波の復讐を行うならば、智秋がふさわしいという沖田の意見に賛同した。友情ではなく恋愛感情に基づくからだと。

昨晩の、ひろみのアパートを思い出す。彼女は、対《つい》になったワイングラスを出してきた。そのとき自分は、片方は彼氏用だろうに、自分が使っていいのかと余計な心配をしたものだった。ひろみに今現在恋人がいるのなら、より納得できる意見だったのだろう。残念ながら、今の自分は寂しいフリーだけれど。

――えっ？

頭の中を、何かが走り抜けた。今、自分は何かに触れた。それを捕まえろと本能が叫んでいる。走り抜けたものとは、なんだ？

わからない。思い出したいのに、思い出せない。もどかしい。

「どうしましたか？」

沖田が不思議そうな顔をして訊いてきた。しまった。顔に出てしまったか。

「い、いえ」言い訳になっていない言い訳をしたけれど、全員の視線がこちらに来てしまった。これはもう、うやむやでは終わらせられない。仕方がないから、今までの思考の流れを説明した。

「彼氏なんていないよ」

ひろみが呆れた声を出した。「あのワイングラスは、ホームセンターで二脚セットが半額だったから買っただけ」

「あ、そうなの」

「そうだよ。いつも使ってるのは片方だけ。もう片方は食器棚の奥にしまってあって、昨夜みたいなときに出してるんだ――あっ！」

今度はひろみが声を上げた。

「どうしましたか？」

沖田が同じ口調、同じ表情で尋ねる。しかしひろみは答えなかった。ただ虚空《こくう》を睨んでいる。必死に何かを考えている。それがわかった。だから、それ以上声をかけずに、ひろみの思考に決着がつくのを待った。

五秒ほどかかっただろうか。ひろみの意識が現実に戻ってきた。

「ひょっとして……」

「どしたの？」

ひろみが真穂の方を向いた。

「あんたが言った、頭の中を走り抜けたってのは、これじゃない？　川尻くんのアパートで、シモジがパスタ皿を取ってきたシーン」

「──あっ」

脳の中でがしゃりと音がした気がした。ピースがかっちりはまって、動き出した感覚。

「それだ」

間違いない。あのとき走り抜けたのは、それだ。下島が音もなく立ち上がり、食器棚からパスタ皿を二枚取り出した。

けれど、なぜあのときの光景が浮かんだのかは、わからない。単に、一対のワイングラスからの連想だろうか。

「おかしくない？──いや、パスタ皿自体には、おかしなところはない。たとえば川尻くんに彼女がいて、ときどき訪れる彼女のためにパスタ皿を二枚用意しているのなら、それは当たり前のこと。川尻くん自身は彼女はいないと言ってたけれど、こと恋愛においては、自己申告ほどあてにならないものはないしね」

たった今「彼氏なんていない」と宣言した人間が言う科白ではなかったけれど、納得できる意見だった。

「わたしがおかしいと思ったのは、パスタ皿が二枚あったことじゃなくて、それをシモジが取ってきたこと。それも、家主の許可も得ずに勝手に。おまけに、特に探す素振りもなかった。はじめからパスタ皿が二枚あることを知っていたような動き。普通なら、こうでしょ。『じゃあ、取り皿を持ってきます。川尻さん、ありますか？』『おう。パスタ皿があるよ。二枚あるから、両方持ってきてくれ』『わかりました』『食器棚の真ん中に重ねてあるだろう？』『どれどれ。ああ、これですね。はい』『サンキュ』こんなやりとりがなされるはず。それなのに、シモジはまるであらかじめ決められていたかのように動いて、川尻くんは無反応だった。シモジがこの局面でパスタ皿を取ってくるのは当然といったふうに」

「うーん」順司叔父が腕組みをした。「それって、単に下島さんが川尻さんのアパートを訪ねたことがあるってだけのことじゃないんですか？　同じテニスサークルの先輩後輩の仲なんでしょう？　訪問していても、不思議でもなんでもない気もしますが」

「いいえ」ひろみは弁護士の意見を一蹴した。

「あの動きは、一度来たことがあるという程度のものじゃありませんでした。何度も来ていて、部屋の中を熟知していないとできない、あるいは、やろうとしない動きです。学生時代ならともかく、川尻くんは就職してから引っ越していますから、学生時代の行き来は関係ありません。それに、川尻くんは横浜に住んでいます。一方の下島くんは船橋。東京を挟んで、ちょうど反対側に位置するほど遠いんです。気軽に足を運べる距離じゃありません。それに大学を卒業すると、お互いの生活があるから、どうしても疎遠になっていきます。わたし自身も、真穂さんとはSNSでのやりとりに留まって、会うことが減っているくらいですし」

「うーん」順司叔父はまた唸ったけれど、今度は納得の響きがあった。自身にも身に覚えがあるのだろう。大学時代の友人など、卒業と共に頻繁に会う存在ではなくなると。ましてや先輩や後輩ともなると、まず会わなくなる。

「にもかかわらず、下島くんは川尻くんの部屋を熟知していた。何度も来ていると考えていいでしょう。だとすると、二枚目のパスタ皿は、誰のためのものなのでしょうか」

「シモジ……」

そうなのか。二人はそういう関係だったということなのか。

「そうかもしれないですね」

順司叔父が穏やかな口調で言った。同性愛者への偏見はみじんもない。

「川尻さんと下島さんは恋愛関係にあった。だからこそ、多少の距離などものともせずに交際を続けていた。真穂ちゃんと桶川さんがそこに注目したということは、藤波さんが生きていた頃に、下島さんは藤波さんを愛していたと考えているわけですね。先ほど話をしていた、三年も前の復讐を果たすほどの思い入れ。恋愛感情ならばあり得るという話でした。ただし、石戸夫人ではなく下島さんだったと」

「はい」答えたのはひろみだった。「昨晩わたしたちは、『下島くんは同性愛者であり、藤波くんに恋愛感情を抱いていたのではないかと話をしていました。それはどちらかといえば戯《ざ》れ言《ごと》に近いものでしたが、真実だったのかもしれません」

真穂が補足する。

「そして、川尻くんもまた、同性愛者だった。藤波くんは単なる幼なじみではなく、恋愛の対象だった」

「ちょっと待ってください」

突然、千瀬が口を挟んできた。

「それって、おかしくないですか？　同性愛者というのは、単に恋愛対象が異性でないというだけですよ。同性なら誰でもいいというわけじゃありません。異性愛者が、異性なら誰でもいいわけじゃないのと同じで。藤波さんも愛して、川尻さんも愛する。あるいは下島さんも愛する。そんなに簡単なものなのでしょうか」

真剣な口調だった。そのまなざしに、真穂は気圧《けお》された。自分は昨夜、ひろみに対して「シモジは同性愛者かもしれないけど、わたしは違うからね。襲わないでよ」と言った。同性愛をネタにした冗談のつもりだったけれど、当人たち、あるいは真面目に彼らのことを考えている人たちにとっては、失礼極まりない発言だったかもしれない。

真穂のそんな感覚に、千瀬が反応した。同性愛者は、異常性癖でもなければ、性に奔放《ほんぽう》というわけでもない。そう言いたいのか。

「いや、そうでもない」

反論したのは兄だった。

「藤波さんは、もう亡くなっている。その後、二人がつき合い始めたとしても、不思議はない」

「でも、いってみればライバルだったんでしょ？　藤波さんを巡った三角関係」

「だからこそってこともある。これは、同性か異性かは関係ない。同じ相手を愛したんだから、好みが一緒だったともいえる。藤波さんを亡くした悲しみを共有しているうちに惹《ひ》かれ合うのは、十分考えられることだ。事実、石戸夫妻はそれに近い形で結婚している」

残りもの同士がくっついたのよ――。

智秋は、自分たちのことをそう表現していた。多分に自虐の入った科白だけれど、真実を捉えてもいる。真実ならば、川尻と下島に当てはまってもおかしくないのだ。千瀬も納得したのか、それ以上の反論はしなかった。

「とすると、川尻さんも下島さんも、藤波さんの復讐をする資格があるということ」

順司叔父がまとめた。「単独犯か共犯かは別として、熊木さんを追いかける途中で紐を調達することは、十分にあり得た」

そう。あり得た。では、藤波はどうだったのか。幼なじみがずっと自分に恋愛感情を抱いていたことに、気づかなかったのか。

「もう誰にも顔向けできない。かれんも殺した。自分も死ぬ」

唐突にひろみが言った。発言したというより、自分自身に向かってつぶやいたような感じ。

「藤波くんの、遺書……」

「そう」ひろみは視線を落とした。「もう誰にも顔向けできない。これは、何かをやらかしたことを意味してるんじゃないか。ずっとそう思ってきた。もう生きていけないと思い詰めるほどの失敗。あるいは罪。けれど、わたしたちには覚えがない。警察が調べても、何も出てこなかった。もちろんわたしたちや警察が藤波くんのすべてを知っているわけじやない。それでも、やっぱり彼が命を絶つほどの行為をしたとは思えなかった」

ひろみは顔を上げた。

「でも、顔向けできない理由が行為じゃなく、秘密だったら？　絶対に他人にばらされたくない秘密が白日《はくじつ》の下《もと》にさらけ出されてしまったら？　命を絶つ理由になるかもしれない」

真穂は生唾を飲み込んだ。

「……藤波くんも、同性愛者だったというの？」

「夏蓮とつき合っていたんだから、両性愛者だったんだろうけどね」

「それはどうでしょう」

千瀬が異を唱えた。

「藤波さんが同性愛者だったとしても、それが他人の知るところになったから自殺するというのは、ちょっと考えにくいんですけど。世間にはまだまだ偏見は多いですけど、理解は確実に進んでいますよ。同好の士が集まるサークルだってあります。何も死ぬ必要なんて……」

「個人が何を重視するかの問題だ」また兄が止めた。「それに、世間に広くばらされる必要はない。絶対に知られたくない、たった一人に知られてしまったら、それだけで絶望することはあり得る」

ヒュッと笛のような音が鳴った。急に息を吸い込んだため、真穂の喉が立てた音だ。

「――夏蓮が？」

沖田が悲しげな目でこちらを見た。

「たとえばの話です。藤波さんは、川尻さんと仲良くやっていました。ただ、今の日本社会では、おおっぴらにすることはためらわれました。何よりも、ご両親の理解がなければ、隠しておかなければならないでしょう。ただ、隠したところで別段困らない。自分たちだけの問題だからです。大学では下島さんという同志も現れ、藤波さんは他の友人たちと変わりない学生生活を謳歌していました。川尻さんと藤波さんの関係がぎくしゃくしなかったということは、藤波さんが川尻さんから下島さんに乗り換えたなんてこともなかったのでしょう。そこに、サークル合併の話が持ち上がり、藤波さんは熊木さんと出会ってしまった」

ぎゅっと胸を締め付けられる感覚があった。真穂はラケットラバーズに所属していたから、藤波とはじめて会ったのは合併したとき、夏蓮と一緒にだ。そのときは単に「いい男がいるなあ」と思っただけだったけれど、あの瞬間が藤波の人生を変えてしまったというのか。

「熊木さんも藤波さんに惹かれ、二人は交際を始めました。川尻さんも下島さんも、悲しかったけれど応援することにしました」

ＬＧＢＴがマイノリティかという議論は、今後活発になるだろう。けれど、現時点ではマイノリティという印象はぬぐえない。正しいか正しくないかの問題ではなく、社会がそう認識しているからだ。そしてマイノリティから外れることを、周囲はどうしても歓迎すべきこととして受け止めてしまう。川尻と下島もまた、同じように考えたのだろう。

「そのまま卒業していれば、なんの問題もありませんでした。けれどなにかのきっかけで、熊木さんは、藤波さんが男性も愛する人間だと知ってしまった。同時に、熊木さんが知ってしまったことを藤波さんも知ってしまった。僕は熊木さんという人物のことを知りません。みんなに好かれていたということは、性格もよかったのでしょう。でも、残念ながら若かった。裏切られたという気持ちも手伝って、ほんの一瞬だけ、嫌悪の表情を浮かべてしまった。それで、藤波さんの理性が飛んだ。我に返ったときには熊木さんの首を絞めていて、彼女はぐったりとして動かなかった」

もう誰にも顔向けできない。かれんも殺した。自分も死ぬ。

そうか。当初思われていたように、何かやらかして世間に顔向けできなくなったから、無理心中を図ったのではなかったのだ。顔向けできなくなったのは、自分が同性愛者であることを、最も知られたくない人に知られてしまったことが原因だった。最も知られたくない人間に知られたということは、他の全員に知られることと同義だ。だから「誰にも」という言葉を使った。そしてそれが原因となって夏蓮を殺してしまった。誰にも顔向けできない状態に加えて、夏蓮を殺したという罪が重なった。だからかれん「も」という言葉を使った。こうなった以上、責任を取って自分も死ぬ。藤波が遺書で言いたかったのは、そういうことだったのだ。

真穂は三年前の真相がようやく見えた気がした。藤波が死にたくなったから、夏蓮を巻き添えにした無理心中ではなかった。藤波は望まずして夏蓮を殺してしまったから、自分も生きていけなくなったのだ。殺人に後追い心中が加わったというのが、事件の真相だった。

では夏蓮は、生き残った夏蓮はどんな気持ちだったのだろう。真相を話して、藤波が好奇の目に晒《さら》されることは避けなければならない。だから身に覚えがないという証言しかできなかった。

それでも彼女には、自分が藤波を追い詰めたという自覚があった。激しく後悔したことだろう。過去はどうあれ、今は自分を愛してくれているのだから、ただ受け入れればよかった。しかし、できなかった。

——わたしには、行く資格がないの。

今回の上京で、横浜に行かないのかという、真穂の質問に対する答えだ。行く資格がない。藤波の死の原因が自分にあるから。それが夏蓮の心情だったのだろう。しかし、わかってあげられなかった。

あのときは、メンバー全員が一緒になって歩いていた。土曜日の渋谷。周囲は相当賑やかだったし、夏蓮の声も決して大きいものではなかった。それでも聞こえた可能性はある。犯人は真穂と夏蓮のやりとりを聞いてしまい、やはり藤波の死に夏蓮が責任を負う立場だと理解した。だから、問い質した。そして真相を口にした夏蓮の首を絞めた。それが、今回の事件の構図だというのか。

「わかっていると思うけれど」

順司叔父があらたまった口調で言った。

「今までのみんなの話、洋平くんの説明。これらはすべて証拠のない仮説に過ぎない。だから、検察や裁判所が信じるとはかぎらない」

弁護士が言うと厳しい内容に聞こえるけれど、叔父の話し方は、あくまで穏やかなものだった。

「でも今必要としているのは、裁判に勝てる証拠じゃない。関係者、この場合でいえばサークル関係者が納得できるストーリーなんだ。なぜなら、人間は納得をベースに行動するものだから。それが復讐であれば、特に。ここに来る前に説明したように、洋平くんは事件を解決するわけじゃない。犯人を特定するわけでもない。関係者が納得いくストーリーをベースに、その破局を食い止めるのが得意なんだ。だから真穂ちゃんと桶川さんが、描かれたストーリーに納得できるのなら、これがベースになる」

「納得、できます」

ひろみの答えは、ため息交じりだった。真穂もうなずく。

「たぶん、みんな賛成すると思うよ」

「そうですか」

沖田は小さくうなずいた。わずかな沈黙。皆ややうつむき加減で、それぞれ藤波と夏蓮に思いを馳せていた。

沖田がゆっくりと顔を上げた。そしてひろみを見る。

「桶川さんは、事件の真相を知りたいのですね」

そんなことを言った。

「………」

ひろみは、すぐには答えなかった。ただ、沖田を見つめ返していた。困った顔が再び口を開く。

「ひとつ、アドバイスがあります。事件について考えるときには、赤垣さんが一緒にいるときに限定した方がいいと思います」

「わたしですか？」

思わず口を挟んでしまった。どうして、自分が一緒にいなければならないのか。沖田は真穂に向かって目を細めてみせた。

「だって、赤垣さんは犯人じゃありませんから」

「え、えっと……」

気の利いた返答ができない。先ほど事件について説明した際に、ひろみは真穂が容疑者圏外だという意味の言葉で締めくくった。沖田はそれを信じたのか。でもあれは、順司叔父に対するリップサービスの意味合いが強い。素直に信じていいものではないだろう。疑念が伝わったのか、沖田は言葉を足した。

「赤垣さんはここに来る前に、新妻さんに事件の話をしたんですよね」

「え、ええ」

沖田は、にっこりと笑った。

「新妻さんは、腕利きの弁護士です。いくら姪っ子だからといって、その観察眼が曇るとは考えられません。犯人が自らの犯行について長々と語るとき醸《かも》しだされる、不自然さに勘づくことでしょう。でも新妻さんは、そんな素振りを見せていません。それどころか、ここに連れてきてくれました。状況を考えると、赤垣さんが犯人であるはずがないのです」

なるほど。ようやく納得がいった。沖田はひろみの言葉や真穂自身ではなく、順司叔父の反応を見て判断したのだ。

「物事を考える際には、軸足を定めることが大切です。無実である赤垣さんに軸足を置くことによって、桶川さんは正しい判断ができる。僕はそう思います」

ひろみは瞬きした。そして少しの間を置いて、口を開いた。「――わかりました」

沖田が満足そうにうなずく。

「みんなが納得したように」順司叔父が話を進めた。

「熊木さんを殺害した犯人は、藤波さんの復讐を動機としているようだ。そして熊木さんを崇拝していた櫻田さんは、おそらく犯人に復讐しようとするだろう」

「その心配はありますね」沖田は人間関係を書いた包装紙を見つめた。「櫻田さんは、横浜理科大学の大学院生ですか……」

そうつぶやいて、妹に顔を向けた。

「おまえも一応大学生だろう」

千瀬は頬を膨らませた。

「一応じゃなくて、れっきとした大学生」

わかったわかったと、沖田が片手を振る。

「おまえには、横浜理科大学に行ってもらうぞ」

千瀬は得意げに自らの胸を叩いてみせた。

「がってん承知の助」

第七章　事情聴取

「それで、三次会が終了したのは何時頃でしたか？」

目の細い女性警察官が質問してきた。眼鏡をかけていない方だ。

それは何度も話したと言いかけて、真穂は喉の奥で止めた。思い出すふりをする。

「そうですね。はっきりした時間はよく憶えていませんけど、十時前に帰り着きました。最寄りの王子駅から家まで十分ちょっとですから、渋谷で電車に乗ったのは、九時十分とか十五分とか、それくらいだと思います。とすると、居酒屋を出たのは九時ちょうどくらいでしょうか」

「なるほど」

眼鏡をかけた方の女性警察官が、ルーズリーフ式のシステム手帳に書き込んだ。たぶんその手帳には、同じことが三回くらい書いてある。

夏蓮が殺された連休が明けた、火曜日の夜。仕事を終えた真穂の携帯電話に着信があった。警察からだった。事件について話を聞きたいという。

「警察署に行けばいいのですか？」

そう尋ねたら『いいえ。ご迷惑でなければ、ご自宅に伺います』ということだった。警察署に呼んで任意で事情聴取して、そのまま逮捕ということではないようだ。真穂は了承し、自分のアパートで女性警察官二人の質問を受けている。現場で事情聴取を受けたときと同じコンビだ。

「熊木さんと別れたのは、駅ですか？」

「はい。ハチ公口の改札前でした」

「そのとき、一緒に改札を通ったのは、どなただったでしょうか」

酔っ払いにそんなこと訊くなよと思いながらも、ちゃんと答える。

「確か、桶川さん、石戸さんと奥さんの智秋さん、櫻田さんだったと思います」

彼らが、渋谷からJRに乗った面々だ。女性警察官がルーズリーフをめくる。

「川尻さん、下島さん、棚橋さんはどうだったのでしょうか」

「熊木さんと同じく、改札で別れました。確か、三人とも私鉄だったので」

「その後、三人は熊木さんと一緒に移動していましたでしょうか」

真穂は曖昧に首を振る。

「それはわかりません。すぐにホームに移動したものですから」

「それもそうですね」

女性警察官たちは納得顔を装う。

「赤垣さんはどの電車に乗られたんですか？」

「わたしは山手線に乗りました。外回りの方です。田端《たばた》で京浜東北線に乗り換えました」

なるほど王子ですものね、とわかりきった相づちを打つ。あんたたちが今いるのが、その王子だ。

「他の方、桶川さんや石戸さんたちはどうだったんでしょうか」

「山手線のホームで別れました。それぞれ、湘南新宿ラインと埼京線に乗ると言っていたので。渋谷駅では、そちらのホームに行くためには、一度山手線のホームを通る必要がありますから。櫻田さんは山手線の反対側に乗ったと思います」

「そうですね」

しつこくメモを取る。

「亡くなった熊木さんですが、以前と比べて変わったところはありましたか？」

「えっと……」真穂は夏蓮の姿を思い浮かべる。渋谷の路上で冷たくなった夏蓮ではなく、三次会で楽しそうに笑っていた姿を。

「髪型が変わっていました。以前はロングヘアーを茶色に染めていたのですが、今は黒髪をショートにしていました」

「態度や表情はどうでしたか？」

ひょっとして、誰かの顔を見たときに特別な反応を示さなかったかという質問なのだろうか。

「最初は硬かったと思いますが……。それでもすぐに戻りました。三次会では、完全に昔どおりだったという印象があります」

「それでは、迎え入れる側の人たちはどうでしたか？」

やはり、そうか。警察を特定の方向に誘導してしまうかもしれないけれど、正直に答えるしかない。

「そうですね。桶川さんや石戸さん夫妻は、再会した瞬間から、以前と変わりない態度でした。棚橋さんや櫻田さんは、最初はずいぶんと緊張していたように見えました。川尻さんや下島さんは、最初ちょっとよそよそしかったようにも見えましたけど、すぐに以前に戻ったと思います――ああ、これは藤波さんの事件を知っているわたしが、色眼鏡をかけて見ていた可能性が高いです。そのつもりで聞いていただきたいのですが」

女性警察官たちは素《そ》っ気《け》なく「お気遣い、ありがとうございます」とだけ答えた。

「すると、三次会のときにはみなさん、学生時代と同じ雰囲気だったということですか」

「はい。そうです。熊木さんも、他のみんなも屈託なく笑っていました」

「三次会では、昔話は出なかったんですか？」

「出ませんでした」真穂は、今度ははっきりと首を振った。「意図的にだと思いますが、過去の話題は避けていました。昔話は、どうしても事件の話に結びついてしまいますから。話題といえば、専《もっぱ》ら自分が今どうしているかというものでした。熊木さんだけでなく、一年ぶりの再会というメンバーもいたので、それほど変でもありませんでしたし」

「一年ぶり」女性警察官がくり返す。「昨年は、どういった用件で会われたのでしょうか」

「藤波さんの三回忌です」

真穂が答え、女性警察官がメモを取る。

「その藤波さんの件ですが、藤波さんがあのようなことをした理由に思い当たることはありますか？」

どきりとする。昨日出した結論。藤波が同性も愛する人間であることを夏蓮に否定されてしまったため、カッとなって首を絞めたのだと。そして夏蓮を殺したと思い込んだ藤波は、絶望して自ら首をくくったのだと。

でも言えない。あのとき、順司叔父は言った。警察や裁判所が信じるとは限らないと。

すべて証拠のない想像に過ぎないのだ。しかも根拠になったのは、下島が川尻のアパートでパスタ皿のありかを知っていたというだけのこと。自分たちは納得できても、したり顔で警察相手に一席ぶつような内容ではない。

「わかりません」真穂は首を振る。作られた動作に見えたかもしれない。「藤波さんは穏やかな人柄で、あんなことをする人ではありません。ですから、せいぜい大ゲンカしてカッとなったんだろうなと思っていました。距離が近いほど、ケンカしたときは激しくなりますから」

眼鏡をかけた女性警察官が、上目遣いにこちらを見た。

「もう誰にも顔向けできない、という遺書の意味に心当たりはありませんか？」

「ありません」否定ばかりだけれど、仕方のないことだ。「熊木さんを殺してしまったと思い込んで、そのことが顔向けできない理由なんじゃないかと思っていました」

この回答だと、かれん「も」という表現とつじつまが合わなくなる。でも、先ほどの動揺を、警察は見抜いているかもしれない。ゼロ回答だと、不審を抱かれかねない。

「そうですか」

信じたか信じていないか、それすら判断できない口調だった。

警察官たちは、その後も幾つかの質問をして、システム手帳を閉じた。

「お疲れのところ、ご協力ありがとうございました。何か思い出したことがありましたら、どんなことでも結構ですから、ご連絡ください」

警察官たちが玄関から出て行く。外階段を降りる足音が聞こえなくなってから、真穂は大きく息を吐いた。立ち上がって冷蔵庫に向かう。中から缶ビールを取り出した。プルタブを開けて、缶から直接飲む。

自分たちは圧迫事情聴取を受けるだろうと予測したのは、沖田だ。順司叔父も否定しなかった。しかし今日受けたのは、圧迫というほど苛烈《かれつ》なものではなかった。ただひたすら、しつこくて鬱陶《うっとう》しかった。

ひょっとしたら、それが狙いなのかもしれない。同じ質問をくり返し、くり返し答えさせることでボロが出るのを待つ。犯人は嘘をついている。自分は殺していないという嘘を。急所に近い場所で質問をくり返せば、嘘はいつか破綻する。それが警察の狙いなのではないだろうか。

自分は犯人ではない。だからボロも出ない。警察の方だって、冤罪《えんざい》を量産していた頃とは時代が違う。今日の事情聴取が原因で自分に疑いがかかるとは、到底考えられない。それでも気になってしまう。今夜の事情聴取で自分が発した言葉は、はたして適切だったのだろうか。

缶ビールを飲み干した。どうしよう。もう一本開けようか。そんなことを考えていたら、携帯電話が鳴った。液晶画面を確認すると、ひろみからの着信だった。取り上げて、通話ボタンを押す。「お疲れ」

第一声の意味を、ひろみも理解したのだろう。『そっちも来た？』と返してきた。

「ってことは、そっちにも？」

『うん。ついさっき帰った。でも、あの人たち面白いのね。わざわざお茶を出してあげたのに、ひと口も飲まなかったよ。飲んじゃったら、関係者からの利益供与を受けたことになるのかな』

「お主が一服盛ったんじゃないかと、心配したんじゃないの？」

『しまった、ばれてたか』

ころころと笑う。しかしすぐに口調を戻した。

『それで、どうだった？』

「圧迫事情聴取のこと？」

『そう』

「それほど高圧的ではなかったかな。ずいぶんとしつこかったけど」

『ああ、そうなんだ。こっちも脅されるようなことはなかったけど、露骨に疑いの目で見られたよ。まあ、こっちには疑われても仕方のないところがあるからね』

「それって、お主が夏蓮を呼んだから？」

『そう。加えて、ほら、沖田さんが言っていたでしょ？　前もって紐を用意できたのは、わたししかいないわけだし』

下腹に嫌な感じがたまっていく。いけない。ひろみは、また自分を責めようとしている。

真穂は強い口調で言った。

「それは、叔父さんが否定したじゃない。警察はバカじゃないよ。お主だけを疑うことなんて、あり得ないって」

少しの沈黙。続いて、低く笑う気配があった。

『ありがと。こっちだって一昨日《おととい》と同じ答えしかできなかったしね。新しい情報は得られなかったと思う。とはいえ向こうは向こうで、同じ答えでも違う気持ちで聞いてたんだろうけど』

よくわからないことを言った。「っていうと？」

『だって』ひろみが当たり前のように答える。『一昨日と違って、警察は藤波くんの事件を調べてきてるんだよ』

「――そうか」

確かにひろみの言うとおりだ。最初の事情聴取は、夏蓮の死体を発見した直後に行われた。あのとき警察は、被害者の名前すら、はっきりしたことはわかっていなかった。しかし、あれから二日経っている。優秀と評判の日本警察が、あからさまに関係がありそうな藤波の事件を調べないわけがない。事実、女性警察官は藤波の動機について質問してきた。しかも、遺書の内容を暗記していたではないか。藤波の事件という背景を理解した上で関係者の証言を聞けば、おのずと証言の持つ意味が変わってくるだろう。

『あのとき』ひろみが続ける。『警察は、藤波くんが夏蓮の首を絞めて、自分も首を吊ったと結論づけた。事実認定はしたわけだよ。でも、動機についてはわからないままだった。警察っていう組織は、そんな状態の事件を、いったいどう考えるんだろうね』

「事実関係が明らかになっているんだから、それでよしと考えるのか。それとも動機がわかっていないんだから、未解決も同じと考えるのか……」

『少なくとも、三年前はそれでよしと思ってたんでしょうね。藤波くんによる無理心中事件で間違いないと発表してから、ぱったり来なくなったからね。でも、今はどうかな』

真穂は唾を飲み込んだ。

「警察は、藤波くんの事件が関係していると結論づけたのかな」

『断定はしていないと思うよ』

ひろみの口調は丁寧だった。間違いや誤解を徹底的に排除するように。

『事件が起きたのは、土曜夜の繁華街だからね。わたしたちは否定したけど、暴行や強盗目的のセンも捨てていないはず。でも、関係している可能性の方が高いと考えるのが自然でしょう』

事件直後の事情聴取を思い出す。あのとき、自分がどんな印象を受けたのかを。

「警察は、犯人はほぼ間違いなく三次会のメンバーにいると思ってるでしょうしね」

ふうっというため息が聞こえた。『そういうこと』

三次会のメンバーは、無理心中未遂事件以来、はじめて夏蓮と顔を合わせたのだ。犯人がそこにいたのなら、あの事件に関わっていないわけがない。もちろん、理屈としては藤波の事件に関係なく、夏蓮への一方的な思い入れによって犯行に至った可能性はある。警察だってその可能性を捨ててはいないだろう。しかし、三年前の事件から辿った方が早道なのは間違いない。

「ねえ」真穂はあらためて訊いてみた。「どう思う？　昨日、沖田さんたちと話したこと。藤波くんと川尻くん、それからシモジが同性愛者だったことが、藤波くんの事件につながってるって」

『少なくとも、わたしは納得した』ひろみはそう答えた。『メンバーの誰に話しても、納得すると思う』

「あの考えが正しければ、夏蓮を殺したのは川尻くんかシモジのどちらかという結論だったよね。それも含めて？」

『それも含めて』

ひろみの答えは淀みがなかった。

「わたしたちのところに来たくらいだから、警察はあの二人のところにも行っているよね。川尻くんやシモジが事情聴取でぼろを出すと思う？」

沖田は、警察の圧迫事情聴取で事件は解決すると言っていた。今度は、ひろみはすぐに答えなかった。

『それは、わからない。少なくとも、三次会のときには、わたしは気づかなかった。あの二人だけじゃなくて、誰もが、藤波くんの事件前に戻ったように屈託《くったく》がなかった。そう見えた』

そうなのだ。真穂も警察官に対して、同じ証言をした。三次会の席で、夏蓮に対してよそよそしかったり冷たかったりした人間はいなかったと。

「日曜日の夜、みんなで川尻くんのアパートに集まったときにも、あの二人が特別挙動不審には見えなかったよ」

『同感』ひろみは素直に賛同した。『もっともあのときは、犯人が自分たちの中にいるという結論を出しちゃって、こっちも動揺してたからね。観察眼はあまり当てにならない。ただ――』

「なに？」

『あんた、サクラが憎しみに満ちた目をしていたから、犯人じゃないって言ってたでしょう』

「うん」順司叔父も賛同してくれた意見だった。

『その考えを川尻くんやシモジに応用してみれば、彼らのどちらかは、思いを遂げたわけだよ。三年越しの恨《うら》みを晴らしたんだから。だから晴れ晴れとしていたり、逆に腑抜けのようになっていてもおかしくない。冷静な警察が、その変化を見抜く可能性は低くないと思う。加えて、もうひとつ考えなきゃいけないこともある』

「もうひとつって？」

『犯人が、逃げ切るつもりなのかどうかってこと』

「――えっ？」

一瞬、意味がわからなかった。ひろみは、犯人に逃げ切るつもりがない可能性を示唆《しさ》している。誰だって逮捕されるのは嫌だろうに、なぜ逃げ切るつもりがないのか。懸命にあり得るパターンを考える。

「えっと、それって、動機が藤波くんの復讐だからってこと？　復讐ってのは確信犯だから、たとえ法に触れようとも自分が正しいことをしたという意識があるはず。だったら正々堂々と逮捕されようと考えているかもしれない。そういうことなの？」

『わかってるじゃない。今頃、あの二人のどっちかが、逮捕されている可能性だってあるよ』

「逆の可能性もあるよね」

なんとか話についていけている。

「自分は正しいことをしたんだから、どうして逮捕される必要があるんだと考えている場合。だったら、むしろ捕まってたまるもんかと考えているかもしれない」

『あり得るね。といっても、逮捕されないだろうと思うのは、楽観的すぎると思うけど』

それは同感だ。昨日、自分たちが描いた事件の構図。計画的とはお世辞にもいえない、雑な犯行だった。現段階で警察が具体的に川尻や下島を疑っていないとしても、早晩《そうばん》逮捕されるのは間違いないだろう。

しかし、問題はそこではないのだ。順司叔父が心配していたのは、犯人が逮捕される前に、別の人間に復讐されることだ。具体的には、警察が事件を解決する前に、櫻田が川尻か下島を襲うかどうか。

「サクラが犯人を憎んでいるのは間違いないよね。あの目を見れば。サクラのところにも、警察は行っているはず。警察に対して、川尻くんかシモジが犯人だと主張してないかな」

言ってしまってから、自分が前置きなく話の対象を変えたことに気がついた。しかしひろみは、なんの戸惑いもなく話についてきた。

『サクラが、自分一人でわたしたちと同じ結論にたどり着いていたら、あり得るね』

「あり得なくはないけど、ちょっと難しいかな」

同性愛原因説は、ひろみの卓越した観察力と思考力によって生み出されたものだ。横浜理科大学は、理系の私立大学の中では、わりと偏差値が高い方だと思う。その大学院に進学した櫻田が優秀な頭脳を持っているのは間違いない。しかし今回は、求められる能力の質が違う。広い視野を持ち、拾い上げた情報を他の情報と結びつけて、全体像を浮かび上がらせる。事件を再構築するためには、そのような能力が必要だ。櫻田も、それから同じく大学院に進んだ菜々美も、思い込みが強くて視野が狭い。その結果、彼らは拾うべき情報に気づかない危険があるのだ。

考えてみれば、ひろみの持つ美点こそが、研究者に求められる素質ではないか。単なるルーチンワークや目先のデータを取るための研究であれば、櫻田や菜々美の方が向いているかもしれない。けれど大きな発見をするためには、思い込みの強さはマイナスに働く。理系の大学を出ていながらアルバイト先のスポーツクラブに就職したひろみの方が、大学院に進学して研究を続けている後輩たちよりも研究者向きだというのは、皮肉な結果であるような気がする。

もちろん本人を相手に、そんなことは口に出せない。真穂は考えていることと違うことを言った。

「でも、はっきりした根拠は必要ない気もする。川尻くんとシモジは単に藤波くんと仲がよかったから、夏蓮を恨んでいたと主張することはできる。実際、二人とも事件当時には、夏蓮にも責任があるんじゃないかと言ってたでしょ。いなくなったとはいえ友だちに難癖をつけたわけだから、学生らしい軽率な発言だと思う。でも、みんな聞いてしまった。ひょっとしたら、当時の捜査記録にも載っているかもしれない。まあ、それだけなら、警察は話半分にしか聞かないでしょうけど」

それは同性愛原因説も同じことだ。だから真穂は、警察に話さなかった。

『サクラは、警察には話してないと思うよ』

ひろみは断定口調で言った。『あんたの言うとおり、根拠はともかくとして、サクラが川尻くんとシモジを疑うのは自然なことだと思う。夏蓮の復讐をしたがっているのも、十分あり得る。あんたの叔父さんが心配しているようにね。だったらなおのこと、警察に復讐の邪魔をされたくないはず。だから、かえって言わないんじゃないかな』

「――なるほど」正論だ。

「仮に警察がサクラの復讐心に気づかなくても、なんとかして防がなきゃ。これ以上の人死にはごめんだよ」

『そうね』シンプルな、ひろみの返答。

少しの沈黙。話がひととおり終わったときに生じる間だ。真穂は「じゃあ」と言って電話を切ろうとした。しかしその前に、ひろみが話を再開した。

『こうしてみると、犯人を特定できなかったのは、よかったのかもね』

またしても意味がわからない発言だった。詳しい説明を求めると、ひろみは『うん』と言ってから続けた。

『川尻くんとシモジが怪しい。そこまでは、サクラも考えるはず。でも、そこで話は止まる。じゃあ、あの二人のうちのどっちが殺したんだと問われると、答えられない』

なんとなく、ひろみの言いたいことが見えてきた。

「サクラにしろナナちゃんにしろ、川尻くんとシモジのどちらに復讐していいか、わからない……」

『そういうこと』ため息の交じった肯定だった。

『もちろん、他人の心の内はわからない。二人とも怪しいのなら、二人とも殺してしまえと、サクラは考えるかもしれない。でも、いくら精神が憎しみに支配されていたとしても、さすがにそこまでは突っ走らないと思うんだ。だって、共犯じゃなければ、片方は無実なわけだからね。無実とわかっているのに殺そうとは考えないと思う』

「……………」

ひろみの話には、どこか引っかかるところがあった。脳を探ると、すぐに答えが出てきた。

「ちょっと待って。どうして二人が共犯じゃないといえるの？　サクラは、川尻くんとシモジの共犯説を信じるかもしれないじゃないの」

もし藤波の死をきっかけに二人が関係を持ったのであれば、夏蓮は共通の仇ということになる。共犯は十分あり得るのではないか――真穂はそう続けた。

話しながら、真穂自身、真実味のある仮説だと感じていた。石戸と智秋の共犯は考えにくくても、川尻と下島の共犯はあり得るのではないか。なぜなら石戸と智秋とでは、無理心中未遂事件に対する立ち位置がまったく違う。一方、川尻と下島は同じだ。同じ恨みを持っているのであれば、共犯になる資格はある。

『共犯かもしれない』

ひろみの答えはあっさりとしたものだった。『でも、サクラの立場に立ってみれば、今度は共犯だという証拠がいる。少なくとも、自分が納得できるだけの根拠が。そうじゃなければ、二人とも殺そうなんて、考えられないと思う』

「あっ、そうか」

言われてみれば、確かにそうだ。いくら川尻と下島の共犯説に真実味があったところで、単なる思い込みで動くことはできない。加えて、さらに面倒くさい問題がある。

「共犯を証明するのは、どちらかが犯人だと証明するよりも難しそうだね」

『そういうこと。復讐心はものすごいパワーだから、二人殺すことをしんどいとは思わないだろうけど、パワーだけで動くわけにもいかないでしょ。もっとも、わたしがサクラを夏蓮殺害犯人に対する復讐者と捉えているからこその発想だけど。特定の相手に対する復讐者は、テロリストにはなり得ない。だからわたしは、彼が犯人だと信じる相手しか攻撃しないと思っている』

同感できる意見だった。サクラの夏蓮に対する心情を考えたら、彼が無差別殺人に走るはずがない。

「だとすると、復讐の相手が川尻くんなのかシモジなのかサクラが迷っているうちに、警察が事件を解決してくれればいいわけか」

彼は、犯人捜しをするわけじゃない——。

順司叔父は、沖田のことをそう説明した。あのときは、どういう意味かわからなかった。けれど、今なら想像できる。叔父が鎮憎師と呼んだ青年は、憎しみの連鎖を終わらせることができる。沖田はあえて犯人を特定しないことで、復讐の機会を奪っているのではないだろうか。真穂がそう説明すると、ひろみは唸り声を上げた。

『考え方としては正しいかもしれないけど、現実には即していないと思う。沖田さんは、別にサクラと会ったわけじゃないよ。川尻くんとシモジのどちらかが怪しいけれど、どちらかは特定できないと説明したわけでもない。それにそんなことは、サクラにだってわかってることだし。今現在、鎮憎師さんは憎しみの連鎖を止めてはいない』

「でも、千瀬さんが横理に行くって言ってたでしょ？　あの子がサクラに会って、説明するのかも」

電話の向こうで笑う気配。

『あの子、かわいいからね。いくら夏蓮を崇拝していて復讐心バリバリのサクラでも、千瀬さんがお話ししたいって言ったら、断らないと思うよ』

櫻田が鼻の下を伸ばしている姿を想像しようとしたけれど、残念ながらできなかった。

『でも、現実的にはちょっと考えにくいね。サクラが復讐を決意しているのなら、警戒心も強くなってるでしょう。いくらかわいい女の子でも、突然現れて事件のことを話し始めたら、さすがに怪しむよ』

「ごく自然な形で近づくかもしれないよ。お主、そういうことが得意だったでしょ。あの子にも、同じような特技があるかも」

口から出任せではなかった。千瀬とは一度話しただけだけれど、ひろみに似たところがあるように感じたのだ。知的で、フットワークが軽くて、公正で広い視野を持っている。彼女ならば、会社勤めで行動がままならない兄に代わって活躍してくれるのではないか。かつてひろみが夏蓮の連絡先を突き止めたように。

『こんな奴と一緒にされたら、あの子がかわいそうだ』ひろみは今度ははっきりと笑った。『説明しにじゃなくて、監視しに行ったのかもしれないけど』

「それも、あり得るかな」

『妹はともかく』ひろみが口調を戻す。『兄貴の方は、どう考えてるんだろう。本当に、どちらかわからずに済ませるつもりなのかな』

真穂はすぐに答えられなかった。ひろみは、沖田が真犯人を知っていると言いたいのだろうか。

『だって、復讐を止めるのなら、方法はふたつだよ。復讐者を突き止めるか、犯人を突き止めるか。そのどちらかしかない。復讐者の方は、サクラでだいたい決定している。だから妹が監視に動いた。でも、だよ。弁護士さんが頼りにしているほどの人が、もう片方を放置して満足するのかな』

「……………」

『もう一度、沖田さんと話をしたいね。あの人、絶対に何か考えてるよ』

絶対ときたか。ひろみがそこまで言うということは、彼女も沖田を信頼したということか。確かに、彼の表情、話しぶり、語る内容は、弁護士の叔父が信頼するのももっともだと思えた。そう思えたということは、真穂自身も信頼するようになったということだ。ひろみも同様だったらしい。

「何か新展開があれば、それを理由に連絡を取れるんだけどね」

考えなしに放った言葉だったけれど、ひろみが反応した。

『新情報なら、もうすぐ出てくるよ』

「えっ？」

『夏蓮の葬儀』

なんだって？　真穂は唾を飲み込んだ。

「——わかったの？」

藤波の事件の後、自分たちに連絡先を知らせなかった夏蓮の両親だ。彼らがお通夜や告別式について教えてくれるわけがない。そう思って、はじめからあきらめていた。それをひろみは探り出したというのか。

『ごめん』なぜかひろみは謝ってきた。『雑誌の記者と取引したの。確か、『週刊道標《どうひょう》』って言ってたかな。そこの記者が取材に押しかけてきたから、夏蓮を発見したときの状況を教える見返りに、お通夜と告別式の日時と場所がわかったら連絡をくれるようにってね。さっきメールが入った。お通夜は明後日の午後六時から、広島市内の斎場だって。告別式はその次の日。金曜日の午後一時から』

「行く」反射的に答えた。

『そう言うと思った。でも、お通夜は夜だし、広島だから遠いよ。木金と、休みを二日取らなきゃいけない。だから金曜日の告別式に行こうと思ってる。朝の新幹線に乗れば、十分間に合う』

そこまで考えていたのか。周到な奴だ。

「みんなには？」

『今からメールする。来るか来ないかは各自の判断に任せよう』

当たり前の話だ——そう考えかけて、ふと思い当たるところがあった。

「お主、まさか告別式への出欠で犯人を突き止めようとしてる？　川尻くんかシモジのどちらかが来なかったら、そっちが犯人だって」

『まさか』ひろみが真穂の思いつきを一蹴した。『そこまで単純じゃないよ』

単純で悪かったな。そう思ったけれど、口には出さなかった。

「わかったよ。じゃあ、メールお願いね」

『了解』

電話が切れた。液晶画面からバッテリーが減っていることを確認して、携帯電話を充電台に載せる。冷蔵庫に向かい、二本目の缶ビールを取り出した。ベッドに座り込んでプルタブを開ける。ひと口飲んだ。

「鎮憎師、か……」

順司叔父の造語をつぶやいた。あんな呼び方をする以上、沖田は何度も誰かの復讐を止めたのだろう。事件を解決するのではなく、復讐の連鎖を断ち切る。

でもそれは、復讐の対象者が警察に逮捕され、復讐者の手の届かない刑務所に送り込まれることとなのだろうか。それでは、復讐が事件にならないだけで、連鎖は断ち切れないような気がする。叔父は、どういうつもりで沖田をそう呼んでいるのだろうか。そして沖田は、どんな決着こそが正しいと考えているのだろうか。

川尻の、髭の剃り跡の濃い顔を思い浮かべる。

下島の、つぶらな瞳を思い浮かべる。

櫻田の、昏い双眸を思い浮かべる。

おそらくは、憎しみの渦中にいるのは彼らだ。彼らは、告別式に来るのだろうか。

櫻田は来るだろう。なんといっても夏蓮の告別式だし、大学院の実験やアルバイトは、調整できないものではない。下島が勤務している職場がどんな雰囲気なのか知らないけれど、知人の不幸と説明すれば、有給休暇の取得を認めてくれるのではないか。むしろ難しいのは、川尻かもしれない。教師の仕事は、朝早くて夜遅いと聞く。年間行事はいち教師の都合で動かせないし、行事がなくても生身の人間である生徒が相手だから、簡単に休むわけにもいかないだろう。家族ならばともかく、学生時代の友人くらいでは有給休暇を取りにくい可能性がある。

真穂は頭を振った。考えても仕方のないことだ。いくら櫻田が憎悪に目が眩《くら》んでいたとしても、告別式の会場で暴れだしたりはしないだろう。

真穂は缶ビールを飲み干した。ひとりつぶやく。

「寝よう」

第八章　残された者たち

「くそっ」

櫻田がビールを呷《あお》った。空いたジョッキをテーブルに叩きつけようとして直前で思い留まったらしく、そっと置く。「なんて、ひどい親だ」

「同感」

下島が同意して、彼もまた空いたジョッキを置いた。

「気持ちはわからないではないけど」川尻も鼻から息を吐いた。「最低だね」

金曜日の午後二時。真穂たちは広島駅ビルのビアレストランにいた。

今日は、夏蓮の告別式の日だ。前もって有給休暇の申請届を出し、いつもより少しだけ遅い時刻にアパートを出た。待ち合わせが正午に広島駅だったから、それで十分間に合うのだ。

広島駅では、メンバーたちと無事に合流できた。全員が火曜日に事情聴取を受けたそうだけれど、少なくとも警察はそこで容疑者を逮捕できなかったようだ。駅ビルのレストランで昼食を取り、タクシーで告別式の会場に向かった。そこまではよかった。

ところが、受付で状況が変わった。

「赤垣真穂様、ですか」

芳名帳に書いた名前を見た受付の女性が、表情を変えた。テーブルの下に視線を落とす。顔を上げたときには、はっきりと眉間にしわが寄っていた。

「大変申し訳ありませんが、参列はご遠慮いただきたいと、喪主が申しております」

「えっ……？」

返事ができない真穂に、受付の女性はきっぱりと言った。「お引き取りいただけますでしょうか」

明確な拒絶。交渉の余地のない態度。香典袋を受け取ろうともしない。他のメンバーに対しても、同様の態度だった。

斎場にいても、入れなくては意味がない。仕方がないから、再びタクシーで広島駅に戻った。といっても、このまま新幹線に乗りたくないというのが、全員の一致した意見だった。ビールを飲める店を探して、このビアレストランに入った。昼間から、喪服のままで。

「向こうの方が、一枚上手だったな」

石戸がため息をつく。「告別式の日時と場所を隠すことは予想できていた。だから桶川が別ルートから調べてくれたんだけど、熊木の親は、そこまで読んでいたんだな」

智秋が後を引き取った。

「夏蓮の遺品から横理オープンの名簿を探し出して、受付の人に言ってたのね。こいつらを入れるなと」

「自己満足のためにですね」

下島が憎々しげにつぶやいた。純朴な後輩にしては、珍しい口調。「あいつらには、熊木さんを弔《とむら》う気なんてないんですよ。表向きには娘のためと言いながら、気にくわない奴を見たくないだけなんです。本当に娘のことを思うのなら、生前仲のよかった友人を締め出すわけがない」

「本当ですよ」菜々美が海老の唐揚げを噛んだ。二時間前に昼食を済ませたばかりだから、それほど空腹は感じていない。そのため、つまみにはあまり腹に溜まらないものを注文している。「子供を親の所有物と考えている、石器時代の親ですね」

そして中学教師をやっている先輩に顔を向けた。

「やっぱり、まだ多いんですか？　そんな親は」

川尻は腕組みをする。

「うーん。俺が今まで関わってきた親の中には、そんな人はいなかったな。もっとも、うちの学校は一応お嬢様学校だからね。娘をお嬢様に育てたいくらいだから、親もそれなりにできた人間が多いのかもしれない。実際の印象では、それほど世間一般と違いがあるとは思えないけど」

「つまり、熊木さんの親が、特別ひどい奴だってことですね」

櫻田が結論づけた。

もちろん真穂も、みんなと同じ気持ちだ。式場では、受付の女性に香典袋を投げつけてやろうと思った。けれどそんなことをしても、取材に来ているマスコミを喜ばせるだけだ。中身の五千円を使って、自分たちだけで勝手に夏蓮を弔う方がいい。

「まあまあ」口に出しては、そんなことを言った。「許せないのはわたしも同じだけど、ここは冷静になろうよ。先方の立場に立ってみたら、納得できなくはないよ。首都圏への大学進学を認めたら、殺されかけた。地元に戻して再出発させたと思っていたら、昔の仲間と接触した途端に、今度は本当に殺された。わたしたちはあの人たちに怒っているけど、怒り具合なら、向こうの方がずっと強いかもよ。それが娘への所有欲の発露だとしても、本人たちは自覚していない」

菜々美が眼鏡の奥で眼をぱちくりさせた。

「真穂さんってば、大人ですね」

「当然でしょ」

胸を張ってはみたものの、真穂は一抹《いちまつ》の寂しさを覚えていた。

夏蓮の死体を発見した日曜日、ひろみは真穂のことを「関係が薄い」と表現した。三次会に出席したメンバーの中で、真穂だけが夏蓮に対する歪んだ思い入れがないと。

だからだろうか。歪んだ思い入れがないからこそ、夏蓮の両親に対する怒りが、理性を侵食していない。怒りの対象の気持ちを読む余裕がある。

みんなは違う。理性を飛ばしてしまうほど怒っている。ひろみの指摘どおりなのだろうか。自分だけが、仲間はずれなのだろうか。

仮にそうだとしても、仕方がない。こういってはなんだが、大学卒業と共に縁が切れていてもおかしくない関係だ。今回のように、結婚式のようなイベントでは顔を合わせるけれど、それだけのこと。社会に出て会社勤めをしているのだから、新しいコミュニティをより大切にするのは当然だろう。だから、旧友と違うところがあっても、気に病む必要はない。

――あれ？

思考が何かを捉えた。なんだ。探ったら、すぐに見つかった。

関係の薄い自分は、怒りといっても知れたものだ。一方、思い入れの強い面々は、本気で怒っている。しかし、もっと怒っている人間がいると、先ほど自分で説明したではないか。

夏蓮の両親だ。大切にしている娘が殺害された。その怒りと悲しみは筆舌に尽くしがたい。だとしたら、復讐の連鎖に加わるべきなのは、櫻田よりも夏蓮の両親なのではないのか。

真穂は、顔を合わせたことのない夏蓮の両親に思いを馳せた。彼らこそが、犯人を殺したがっている？

いや、違うな。

真穂は自らの仮説を、すぐに否定した。夏蓮の両親の行動パターンは、娘の敵を自ら手にかけようとするものではない。彼らができるのは、せいぜいが石戸夫妻やひろみを相手に訴訟を起こすことくらいだ。事実彼らは三年前、藤波の両親に対して、損害賠償の訴訟を起こした実績がある。裁判の結果がどうだったかは、耳にするだけ不愉快だから調べていないけれど。

ともかく、彼らは娘のことを大切にしていると思い込んでいるだけで、その実、最も大切なのは自分たち自身だ。復讐などという、リスクを負う行動に出るとは考えられない。

櫻田は違う。彼は、人生を棒に振るリスクを負っても、夏蓮のために復讐しようと考えている。口には出さないけれど、その昏い瞳に説得されてしまう。彼は、復讐の連鎖につながれてしまったのだと。

昏い瞳がジョッキから上げられる。テーブルを囲むメンバーを見ようとして、意識的に視線を下げた。

真穂は、何が起こったのか理解していた。彼は、憎しみを込めた目を犯人に向けようとしたのだ。しかし犯人と視線が合えば、気づかれてしまう。だから慌てて視線を落とした。夏蓮を殺したのが誰なのか正確にわからない以上、自分の復讐心は相手に隠しておこう。櫻田の行動には、そのような計算が見え隠れしていた。

では、もう一方はどうか。疑われた方は。少なくとも真穂の目には、川尻と下島の様子に変わったところはないように見える。どちらかが、あるいは二人で夏蓮を殺したのなら、もっと変化があってもいいのではないか。自分たちの想像が正しければ、愛する人の復讐を三年越しで果たしたのだから。

それとも、彼らこそ大人の対応をしているのだろうか。やったことはやったこととして自分のうちに収めておいて、表面上は今までどおりに暮らす。それができているのかもしれない。復讐は確信犯だ。法に触れるとわかっていても、自分は正しいことをしたのだという強い自覚があるのなら、難しいことではない気もする。少なくとも、自分程度の眼力では見抜けないことは、はっきりしているようだ。

「赤垣の言うとおりかもしれないな」

やや毒気を抜かれた声で石戸が言った。「娘を亡くした怒りを否定することはできない。俺たちは八つ当たりされたわけだけれど、その程度は我慢してやろう」

「中に入れたとしても、参列者が一斉にこちらを見て、針のむしろだったかもしれないし」

すぐさま智秋が後に続いた。この夫婦、本当に息が合っているな。結婚して大正解だよ。

「他人の目より」櫻田が空になったジョッキを見つめながら言った。「俺は熊木さんのご遺体を見られないです。遺影も。その意味では、門前払いでよかった」

「それ、賛成」

菜々美が残り少ないビールを飲み干した。それで全員のビールがなくなり、下島が店員を呼び止めてビールを人数分注文した。

ビールが運ばれてきた。新しいビールをひと口飲んで、川尻が息を吐いた。

「サクラとナナちゃんの気持ちはわかるな。あれから一週間近く経ったけど、ダメージは今の方が強い気がする。冷静に考えれば、俺たちはとんでもない状況に置かれているんだ。

たぶん自覚している以上に、精神は傷ついている」

「自覚している以上に、ですか」

下島もため息をついた。「そうかもしれませんね」

傷ついたのは、夏蓮を殺したからじゃないの？

真穂は心の中でそう問いかけた。もちろん答えが返ってくるわけがない。

沈黙が落ちた。誰もが次に言うべき言葉を見つけられずに、ただビールを飲んでいる。

先ほどまでは、夏蓮の両親に対する怒りを全員で共有できていた。意識が外部に向いていたのだ。しかし他ならぬ真穂自身が、彼らの目を覚ましてしまった。夏蓮の両親ではなく、夏蓮本人に意識を向けるようになった。それはとりもなおさず、夏蓮を殺害したのがここにいる誰かであることを思い出させることにつながる。誰なのか。それを考えはじめたからこその沈黙なのだ。

真相が明らかにならない宙ぶらりんの状態こそが、櫻田の行動を抑えている。それがひろみの見立てだった。だとしたら、話を先に進めるべきではないのだろう。考えはじめてしまうと、犯人が誰だかわかってしまう恐れがある。事実、真穂たちは容疑者を二人にまで絞り込んだ。真相を知りたいのは間違いないけれど、櫻田に明確な復讐の対象を教えてしまう事態は、避けなければならない。

真穂は心の中で頭を抱えた。人間である以上、真相を知りたくないわけがない。にもかかわらず、復讐者のことを考えれば、真相を知ってはいけないのだ。これほど明確な二律背反もない。それでも、先に進まなければならない。

「今日は、このまま引き下がろう」

真穂は丁寧に言った。全員の視線が集まる。ビールを飲んで、喉を湿らせた。

「さっきも言ったように、ここは夏蓮の両親に花を持たせてあげようよ。わたしたちは、お墓参りに来ればいいんじゃない？　墓地には誰でも入れるし、向こうだってお墓をずっと監視しているわけじゃない。納骨された後、頃合いを見計らって来ようよ」

「お墓って」川尻が戸惑ったように返す。「どうやって探すんだ？」

「その道のプロに頼めばいいんじゃないの」

真穂は意識的にあっさりと答えた。「探偵事務所みたいな、探す専門家がいるでしょ。安くはないだろうけど、みんなでお金を出し合えば、なんとかなると思うよ——ああ」

真穂は菜々美と櫻田を見た。

「学生さんには期待してないよ。わたしたち社会人が持つから、心配しないで」

「そ、そんな」櫻田がつっかえながら答える。「俺たちだって——」

「赤垣が正しい」

石戸が天を仰いだ。「このまま尻尾《しっぽ》を巻いて引き下がるわけにはいかない。違う形で熊木を弔う。熊木のためというより、俺たち自身が気持ちの整理をつけるために、必要な手順だ」

「だとしたら」川尻がジョッキを傾けた。「俺たちが今やるべきことは、このビールを飲み干して、新幹線に乗ることですか」

「そう思う」

真穂は実際にビールを飲み干してみせた。視線を巡らせて、仲間たちの顔を見る。誰もが納得顔だ。一時的な怒りから解放され、お互いへの疑いが深まることもなく、思考力が戻ってきている。よしよし。狙いどおりだ。関係が薄いと言われた自分だからこそ、ここまで導けた。

ひろみもビールを飲んだ。ぽつりとつぶやく。「それじゃ、間に合わない人がいるかもしれないけど」

智秋が瞬きした。「――えっ？」

「えっ？」

訊き返されたひろみが、さらに訊き返した。何を言われたのか、わからない顔。あるいは、自分が何を言ったのか、わかっていない顔。

「間に合わないって？」

智秋があらためて訊いた。ひろみが目を見開く。顔が歪んだ。しまった、という表情。どうやら、内心で考えていたことが、つい口をついて出てきたらしい。一人だけ怒りが収まらず、周りが見えていなかったのだろうか。無理もない。親の目をかいくぐって夏蓮と連絡を取っていたのに、今度はその親に先回りされてしまったのだから。

全員の視線が、ひろみに集まっていた。

「えっ、えっと……」

適当にごまかそうと思ったのだろうか。しかしこの聡明な友人にして、気の利いた言い訳が出てこない。それでもしばらくためらっていたけれど、覚悟を決めたように息をついた。

「だって、納骨までは時間がかかるよ」

沈んだ声で言った。

「一周忌に納骨したって人もいるくらい。夏蓮の親がどのくらい遺骨を手元に置いておくかは、こちらでコントロールできない。納骨される前に、警察が事件を解決するんじゃないかな」

場の空気が凍りついた。

真穂もまた、全身の毛を逆立てていた。ひろみは、何を言っている?

「桶川の言いたいことは、こうだな」

石戸がひろみから目を逸らして言った。

「事件が解決する。つまり、犯人が逮捕されるってことだ。熊木をあんなふうにしたのは、ここにいる誰かだ。納骨される頃には、そいつは逮捕されているから、熊木の墓参りに行けない――桶川、そうだろう?」

櫻田と菜々美が同時に肩を震わせた。ひろみは後輩たちの反応を無視して、ジョッキを見つめていた。

「わたしたちが心配してあげることじゃないかもしれませんが。その人は、今のうちに夏蓮を弔ってあげた方がいいんじゃないでしょうか」

また沈黙が落ちた。しかし長くは続かなかった。櫻田が、溶岩が煮えるような声を絞り出したからだ。

「その必要はないんじゃないでしょうか」

昏い視線は特定の誰かを見据えることなく、空になったジョッキに向けられていた。

「俺たちが心配してやる必要じゃなくて、その誰かが熊木さんを弔う必要がないという意味です。だって、そいつは熊木さんをあんな姿にしたんですから。今さら弔いたいと言われても、説得力がありませんよ」

少しだけ間を置いて、川尻が口を開いた。

「犯人に、被害者を弔う資格などないと？」

櫻田は川尻を見なかった。「違うと言うんですか？」

「わからん」かなり抑制された口調だった。「世間的に見たら、サクラの言うとおりなんだろう。でも、問題は犯人の心の中だからな。殺すことと弔うことが矛盾なく同居しているのかもしれない。そもそも、動機もわからないし」

「そうですよ」下島がやや顔を赤くして続いた。「ついカッとなってやってしまったのなら、むしろ犯人が最も後悔しているかもしれません。弔いたい気持ちは、誰よりも強い可能性だってあります」

「おいおい」櫻田の声には、意識しておどけさせた響きがあった。「シモジは、熊木さんがどうやって殺されたか聞いていないのか？　紐で首を絞められたんだぞ。前もって紐を用意していたのに、どうしてカッとなって殺したなんていえるんだ？」

下島が鼻白んだようにのけぞった。しかし下島にパスタ皿のしまい場所を知られていた先輩が助け船を出した。

「紐が、熊木を殺すために犯人が用意したものだったなら、サクラの意見は正しいと思うよ。でも、俺は凶器の紐がどんなものだか知らない。確かに熊木の首に巻き付いていたのは見たはずなんだけど、衝撃が強すぎたせいか、どんな紐だったのか記憶がないんだ。警察に通報してからも、最も無惨な首筋を見られなかったから、記憶に留めておくことができなかったんだな」

櫻田は黙った。そんなはずないでしょうと反論しない。彼も同様なのだ。真穂がそうだったように。

「だから、紐がたまたま現場に落ちていたものだという可能性を捨てられない。職場かどこかで、宅配便の荷物を縛っていた紐をはさみで切って、何気なくスーツのポケットに入れていたのかもしれない。ともかく、凶器は犯人の事前準備を証明しない。どうだ？サクラ」

「かなりご都合主義ですけど、否定はできません」

まだ川尻と目を合わせない。「でも、そのつもりがなかったのに殺してしまったにしては、ずいぶんと平気な顔をしてますね」

ようやく顔を上げた。サークルの仲間たちを一人一人見つめる。

「前もって殺す意思があって、覚悟ができていたとしても、実際に殺したらビクビクするんじゃないでしょうか。熊木さんの死に顔が頭から離れないとか、いつ警察が自分を逮捕しに来るか心配になって。それなのに犯人は、殺すつもりはなかったにもかかわらず、平然としてるって？　俺には、ちょっと考えられません」

「サクラは、こう言いたいのね」菜々美が押し殺した声で言った。「犯人には前もって夏蓮さんを殺す意思があり、しかも殺した後も平気でいられるほど強い動機を持っていた、と」

「殺した後も平気でいられる、強い動機」石戸が繰り返す。「怨恨《えんこん》か。それも、強烈な怨恨」

「そう思います」櫻田は断言した。「犯人は三年越しの思いを遂げて、意気揚々と立ち去った。恨みを晴らした圧倒的な充実感が、犯人の精神を支えている。だから平然としていられる。そう考えるのが自然じゃないでしょうか」

「ひどい思い込みだな」

下島が櫻田に指先を突きつけた。「全然、自然じゃない。それなら、三年間自分を支え続けてた動機がなくなってしまって、腑抜けのようになるんじゃないのか？　でも、ここにはそんな人間はいない。つまり、サクラの考えが事実じゃないってことだよ」

櫻田は動揺しなかった。上目遣いに同期の友人を見上げていた。

「腑抜けになら、俺がなっているけどね」

聞きようによっては、自分が犯人だと告白しているようにも取れる。しかしこの場でそう信じた人間は、一人もいなかった。櫻田の瞳が、現役の怨恨を宿していることに気づいているからだ。

「どうして動機がなくなった後に、空っぽのままじゃなきゃいけないんだ？　犯人にだって普段の生活がある。今までが、普通の生活に怨恨がプラスされた状態だっただけだ。怨恨がなくなってしまったら、普通の生活だけが残る。後は人生を謳歌すれば、それでいい。棚橋の言うとおりだよ。強い動機があれば、犯人は普通に生きていける。今、ここにいるみんながそうしているように」

「いるの？　そんな神経の太い人が」

智秋は疑り深そうな顔をした。櫻田が首を振った。

「今現在、ここにいます。犯人は、俺が言ったようにビクビクもしていなければ、シモジが主張したように腑抜けにもなっていません。事件の後も普通に暮らして、しかも自分が殺した相手の告別式に出席するために、広島まで来ています。疑われないための行動かもしれませんが、現実にそこまで神経の太い人間が、この場にいるんです」

誰も反論しなかった。櫻田の主張は、正しいようにも聞こえるし、めちゃくちゃな理屈だというふうにも聞こえる。ひとついえることは、妙な説得力を持っているということだ。

復讐心のため、極端に視野が狭くなっていてもおかしくないのに、犯人の心情を丁寧に拾っていった結果、犯人の酷薄さにたどり着いた。真穂はその事実に少なからず驚いていた。

櫻田の意見がある程度の説得力を持っているため、自説を次々と否定された下島も、ムキになって再反論できないでいる。いや、再反論どころではない。下島もまた、周りを見回したのだ。神経の太い奴は誰だというふうに。あるいは、自分が神経が太い奴だと見られていないか、確認しているのか。

「わかったよ」川尻が両掌を櫻田に向けた。「サクラの意見だと、犯人は熊木に強い恨みを持っていることになる。三次会に参加したのは、横理オープンのみんなだ。つまり、藤波の無理心中事件を経験した連中ってこと。そんな中で熊木に恨みを持つのは、藤波と仲がよかった奴だろう。つまり、俺」

川尻は象のような目を後輩に向けた。

「おまえは、俺を疑ってるんだろう?」

その声に怒りは含まれていなかった。あるのは、そう思われても仕方がないという、一種のあきらめ。

正面から問われて、櫻田はのけぞった。まるで飛んできた砲丸を避けるように。

「別に、川尻さんだけを、疑っているわけじゃ、ありません」

慎重に言葉を選びながら答えた。

「信用されないのはわかっていますが、俺は犯人じゃありません。ですから俺にとっては、残る人たちはみんな容疑者です。川尻さんもその一人だというだけです」

「うん」川尻は小さくうなずく。「俺も、まったく同じ意見を返させてもらおう。俺は、自分が犯人じゃないことを知っている。だからサクラもまた、容疑者の一人だ」

「犯人じゃないなら」櫻田が顔に血を上らせた。「どうして、犯人を憎まないんですか。川尻さんが藤波さんの幼なじみであることは知っています。でも、熊木さんの友だちでもあったわけじゃないですか。まさか、誰かが藤波さんの仇を取ってくれて、せいせいしたと思っているわけじゃないですよね」

「サクラっ！」

下島がテーブルを叩いた。ばん、という音が店内に響いて、店員が驚いてこちらを見る。

「いくら何でも、先輩に対して失礼だぞ！」

「そうだな」下島が激した分、櫻田は冷静さを増したようだった。「確かに言いすぎました。申し訳ありません」

頭を下げる。素直な反応に、下島が怒りの持って行き場を失って、目を泳がせた。川尻がそんな後輩を掌で制した。

「それほどでもないさ」川尻が穏やかに言った。「俺が、サクラが熊木を自分一人のものにするために殺したと疑っているのに比べたら、かわいいもんだ」

ひゅっ、と高い音が鳴った。菜々美が息を呑んだのだ。「サクラ、あなた……」

「な……」櫻田はただ菜々美の視線を受けていた。次の言葉が出てこない。

「どうしても、夏蓮さんを自分のものにしたかったの？」

菜々美は顔を引きつらせたまま続けた。

「夏蓮さんは、わたしたちのところに戻ってきた。でもそれは、石戸さんと智秋さんの結婚式のため。休みが終われば、広島に戻ってしまう。それがわかっていたから、実力行使に出たの？」

「バカなっ」

櫻田が大声を出した。また店員がこちらを見る。

「そんなこと、するわけないだろう。だいたい、どうして殺すことが自分のものにすることなんだよ」

菜々美は動じなかった。

「少なくとも、他の男の手には渡らない。そうじゃないの？」

櫻田が苛立《いらだ》ったように頭を振った。「バカバカしい」

効果的な反論がないせいか、菜々美の目が異様な光を帯びてきた。

「どこで何をしているかまったくわからなかった今までと違って、これからは夏蓮さんが広島で暮らしている光景がはっきり浮かぶ。でもひろみさんと違って、サクラは夏蓮さんに会えない。中途半端に顔を見せて、後はお預け。辛いよね。だから――」

「いい加減にしろっ！」

櫻田が立ち上がる。慌てて石戸が櫻田の両肩に手を当てた。櫻田は我に返ったように「すみません」と先輩に謝って、座り直した。激してしまった自分が恥ずかしいのか、菜々美を睨みつけるわけでもなく、うつむいてしまった。

真穂は口をぽかんと開けて、後輩たちのやりとりを見ていた。

真穂は、菜々美のことを思い込みの強い性格だと思っている。それにしても今日は極めつきだ。菜々美は櫻田と川尻のやりとりから、一人でストーリーを作ってしまった。

しかし残念ながら、間違っている。沖田たちとの議論で、櫻田が前もって紐を用意するはずがないという結論が出ている。川尻はたまたま持っていたとか現場に落ちていたとか理屈をつけていたけれど、現実的には考えにくい。櫻田は、夏蓮を殺したりしていないのだ。

しかし無実のはずの当人は、同期の女の子の糾弾を粉砕できない。ただ、口ごもっているだけだ。櫻田は夏蓮殺しの犯人ではない。当然自分は攻めたてる方だ。そう信じていたのに、急に攻められる立場に立たされてしまった。攻めに意識が集中すると、守りがおろそかになる。今の櫻田が、その典型だ。

「棚橋。俺はそこまで言ってないぞ」

ゆとりのある川尻の発言だった。「動機の面から考えても、水掛け論になるだけってことだ。俺たちは仮にも理系の大学を出てるんだから、もうちょっとエビデンスベースの話をしよう」

「エビデンスって」智秋が訝しげな顔をした。「わたしたちは警察じゃないよ。証拠を集められる立場にないし、能力もないでしょ」

「確かにね」川尻は教師の表情でうなずいた。「でも、考えられることはあるだろう。たとえば、誰なら熊木のところに行くチャンスがあったのか」

「あ、それダメ」

真穂が答えた。「だって、わたしたちは全員違う路線に乗って帰ったんだよ。だから自分が乗る路線のホームに行くふりをして一人になってから、こっそり改札を出て夏蓮を追うことができた」

日曜日の夜、ひろみと話した内容だ。真穂はメンバーの帰宅ルートを説明した。

「なるほど」川尻が瞬きした。「たまたまだけど、そんな状態だったのか。そりゃ、警察は頭を抱えるな」

なぜか楽しげだった。「機会では判断できないか。じゃあ、凶器だ。誰なら、事前に紐を用意できたのか」

先ほどは、凶器は犯人の事前準備を証明しないと言っておきながら、今度は自分から持ち出した。先ほどの反論は、櫻田を黙らせるための方便だったということか。

「それも難しいよ」

真穂が、紐は途中で買えるという、順司叔父の説明を披露した。

「うーん」川尻が唸る。「確かに、そのとおりだ。やっぱり、紐は犯人を証明しない」

川尻は背もたれに身体を預けた。「やっぱり、素人《しろうと》がエビデンスを語るのは無理があったか。もうちょっとなんとかなると思ってたんだけど。それにしても、とっくに考えてたとは、赤垣はすごいな」

「そんなこと、ないよ」

真穂は本音で否定した。あれは、すべてひろみと順司叔父が考えたことだ。自分はただうなずいていただけ。感心される謂《いわ》れはない。

横目でひろみを見る。ひろみはただ、じっと虚空を見つめていた。議論には参加せず、ただ黙っていた。櫻田と川尻、下島の対立を作ったのが自分の失言とわかっているから、自粛しているのだろうか。

それでも、今日のところは悲劇は回避された。櫻田は、川尻と下島のどちらが夏蓮を殺したか、判断できない。むしろ、先輩の川尻に簡単にいなされた。あれでは、復讐の対象を決められない。

真穂は、川尻の髭の剃り跡が濃い横顔を見つめた。川尻は、まるで他人事のように事件について語っていた。それどころか、櫻田を疑っているとまで言い切った。彼は、犯人ではないのだろうか。

わからない。犯人だからこそ理論武装してきたと考えることもできる。エビデンスの話を持ち出したのも、犯人が誰だかわからないという結論を出すための手順なのかもしれない。だとすると、自分は川尻に利用されただけになる。そのことについては別に腹は立たないけれど、自分が知る川尻は、そこまで狡猾《こうかつ》ではなかった。彼も社会に出て、ずるさを身につけたのだろうか。

一方の下島はどうか。彼は簡単に櫻田の挑発に乗っていた。元々が真面目で純な性格だ。犯人――復讐の対象者――が誰だか探ろうとする櫻田の掌で踊っただけに見える。しかし結局のところ、下島はまったく疑われていない。櫻田は容疑者を二人から一人に絞ろうとしたのだろうけれど、完全に失敗している。これは下島が余計なことを言わなかったからなのだろうか。対立者の術中にはまったようにみえて、その実、何も与えていない。櫻田は、今日の議論に収穫を見いだせないだろう。つまり、川尻・下島連合軍の勝ちということになる。

言い合いを聞くかぎり、真穂には二人が前もって打ち合わせをしていたようには思えなかった。二人が共犯であればあり得たのだけれど、今日の印象では、共犯も考えにくい。やはりどちらかの単独犯行なのか。川尻と下島のどちらかが、藤波の仇として夏蓮の首を絞めたのか。

川尻が足元の鞄を取った。中から財布を取り出す。こちらを見た。

「申し訳ないけど、赤垣に会計を頼めるかな」

「いいよ」

川尻は財布から一万円札を抜き出した。

「とりあえず、これだけ出しておくよ。おつりが出たら、後で返してくれ」

「後でって」真穂は福沢諭吉を受け取りながら言った。「いつ？」

「いつか」そう答えて川尻は立ち上がった。

「俺は帰るよ。ただし、新幹線には乗らない」

「えっ？」

「俺は、サクラに疑われているようだから。同じ車両に乗りたくないだろう。バスで空港へ行って、そこから飛行機に乗るよ」

「そ、そんな」櫻田が戸惑った声を出す。「別に疑ってなんて――」

「大丈夫」川尻は、慈《いつく》しみ深い微笑みを浮かべた。中学校で生徒にそうするように。「警察に任せよう。お墓参りには、生き残った人間だけで行けばいい」

下島も立ち上がった。財布から一万円札を取り出して、真穂に手渡す。

「僕も行きます。探偵にお墓の場所を探してもらうときには、言ってください。資金は出しますから」

では、と言い残して、二人で店を出た。

なにひとつ得るもののなかった徒労感だけを残して。

第九章　状況報告

「ここ？」

真穂は隣に立つひろみに声をかけた。

「ここらしいよ」

ひろみが改札の内側を眺めながら答える。

広島から戻ってから一週間経った土曜日。二人は横浜市にいた。緑《みどり》区にある、東急田園都市線長津田駅。

「長津田は、はじめてだなあ」

周囲を見回しながら、真穂は言った。ひろみが拍子抜けしたように応える。「そう？」

「うん。通学は相鉄《そうてつ》線だったし、こっちに用事はなかったし」

「この辺りから通ってくる子もけっこういたよ。大学に行くには乗り換えが必要だけど、渋谷まで一本で行けるから、地方から来た人たちが好んで住むんだ」

「あ、そうなんだ」

広島駅のビアレストラン。議論の最中、ひろみはずっと黙っていた。しかし新幹線に乗ってから、活動を開始した。トンネルだらけの東海道新幹線も、最近は携帯電話の電波がかなり安定している。みんなが居眠りしたりぼんやりしている間、頻繁に親指を動かしていた。横から液晶画面を覗きこんだりはしなかったけれど、メールのやりとりをしているように見えた。

その内容がわかったのは、終点の東京駅で新幹線を降りて、在来線に乗り換えてからだった。品川駅で先に新幹線を降りたひろみから、メールが届いたのだ。

『沖田さんとアポが取れたよ。来週土曜日の夕方。来ない？』

やはり、新幹線で沖田とやりとりしていたらしい。隣に座る真穂に言わなかったのは、他のメンバーに知られたくなかったからだろう。なぜ知られたくないのか。自分たちの問題に、部外者を巻き込んだことを恥ずかしく思っているから？　そうかもしれない。そうでなくても、他の面々に沖田のことを黙っておきたいのは、真穂も同様だった。仲間を疑い、他者を信用するという行為に、裏切りの臭いを感じるからだ。疑っているのに信じてほしいという、ムシのいい願望は隠しておきたい。

土曜日は休みだし、別段用事は入っていない。行くと答える代わりに「どこ？」と返信した。答えはすぐに返ってきた。『長津田』

そして真穂は長津田駅の改札口にいる。事件から二週間経った今日になっても、沖田と会う約束はまだ生きている。それはつまり、警察がまだ犯人を逮捕できていないということだ。

女性警察官たちは何度か話を聴きに来たけれど、こちらも話せる新しい情報はない。世間の殺人事件が、どの程度の期間で解決しているのか、真穂は知らない。それにしても容疑者がこれほど限定でき、犯行自体も相当雑に見える今回の事件を二週間も解決できていないのは、優秀といわれる日本警察に似合わないように思える。それとも、順司叔父が言ったように、事件そのものはほぼ解明できていて、今は証拠固めをしている最中なのだろうか。

真穂は両手でボストンバッグを持っている。ただ話を聞きに行くだけにしては大荷物だけれど、これには理由がある。ひろみがまた「うちに泊まっていかない?」と誘ってきたのだ。「沖田さんと話した後、わたしたちだけで反省会をしなきゃいけないから」

真穂は誘いを受けることにした。そのためのお泊まりキットが入っている。着替えと洗面用具、それから化粧品だ。重くはないけれど、嵩張《かさば》るのが残念だ。

携帯電話を取り出して、現在時刻を確認する。午後五時十分。約束の時刻は午後五時十五分ということだった。もうすぐだと思ったら、改札から見覚えのある人物が出てきた。短く整えられた髪。穏やかだけれど少し困ったような顔。

「お疲れさまです」

真穂たちを認めると、沖田洋平が近寄ってきてそう言った。ひろみがぺこりと頭を下げた。

「すみません。せっかくの週末に、お時間をいただきまして」

「いえいえ」沖田が軽く片手を振った。「こちらこそ、遠くを指定して、すみませんでした」

後半は真穂の方を向いて話した。ひろみは同じ神奈川県の川崎市に住んでいるけれど、真穂のアパートは東京都の王子だ。ここまでやってくるのに一時間以上かかっている。そのことを詫《わ》びているのだ。しかし巻き込んだのは、こちらの方だ。謝られる筋合いのものではない。

「いえ。わたしは全然。でも、どうして長津田に？」

「それはですね」突然、背後から声がした。「わたしがいるからです」

振り向くと、沖田の妹、千瀬が立っていた。右肩にスポーツバッグを抱えている。「お疲れさまです」

「こんにちは」ひろみが笑顔で返した。真穂も会釈する。くりくりとした瞳。栗色のショートカット。相変わらず天真爛漫な大学生そのものといった印象を受ける。

「早かったな」

兄が妹に向かって言い、妹が胸を反《そ》らせた。「手際のよさは誰にも負けないよ」

「さすが。じゃあ、行こうか」

沖田がブルゾンのポケットから四つ折りにしたコピー用紙を取り出した。開くと、印刷した地図だった。ひと目で飲食店紹介サイトから印刷したものだとわかる。有名な居酒屋チェーン店の名前が書かれてあった。

「ああ、あっちですね」

二分ほど歩いて、ビルの一階にある居酒屋に入った。沖田が店員に声をかける。

「すみません。五時半から個室四名で予約していた沖田ですけど、もう入れますか？」

店員が予約表を見る。

「沖田様。はい、大丈夫ですよ。四名様、ご案内！」

細長い通路の、奥から二番目の個室に通された。中は、四人掛けのテーブルがあるだけの狭い空間だ。引き戸は薄い障子だけれど、よほど大声を出さないかぎり、他所《よそ》に聞こえることはないだろう。事件の話をするには最適だった。

真穂たちは、沖田兄妹と向き合う形で席に着いた。障子が閉じられたと思ったらすぐに開いて、注文したビールが届けられた。

「あらためて、お疲れさまです」

「お疲れさまです」

ジョッキを軽く触れ合わせた。

ビールをひと口だけ飲んで、沖田はジョッキを置いた。穏やかな目でこちらを見る。

「進展があったそうで」

ひろみが曖昧にうなずく。「進展といっていいかどうかわかりませんけど、いろいろとありました」

「圧迫事情聴取はありましたか？」

千瀬の声は明るかった。まるで、期待しているかのように。ひろみが彼女の兄のような表情を作った。困った顔になったのだ。

「圧迫というほどではありませんでしたけど、しつこかったですね」

ひろみと真穂が順番に、先週の事情聴取について話した。沖田は特に質問を差し挟むことなく、静かに二人の話を聞いていた。

「なるほど」話を聞き終えると、やはり穏やかな声で言った。

「お話を伺うかぎりでは、警察はあなた方を本気で疑っているわけではなさそうですね。むしろ、貴重な情報源として大事にしようという姿勢が感じられます」

「そうですか？」ひろみが疑り深そうに訊き返す。「露骨に疑いの目で見られたと思いましたけど」

沖田は年下の女性に向かって笑ってみせた。困った顔で笑うから、苦笑に見える。

「その程度で済んでいるということですよ。もちろん被害者である熊木夏蓮さんを東京に呼んだわけですから、他の関係者よりは事件の中心近くにいる。そんな意識はあるでしょう。ですからより多くの情報を引き出そうとするとは思いますけど、決して疑いが濃いとは考えていないと思います」

その場にいたわけでもないのに、見てきたようなコメントだった。警察の捜査に詳しいのだろうか。そう思って、尋ねてみることにした。

「あの、沖田さんは叔父とお知り合いですけど、やっぱり法曹界《ほうそうかい》におられるんですか？」

「いいえ」

沖田は即答した。

「父が弁護士だったんです。新妻さんが所属している弁護士事務所におりまして、父はいわば先輩に当たります。この前、新妻さんが世話になったとおっしゃったのは、そのことがあるからです。実際のところは、数多くの弁護士を抱える大手事務所でしたから、たまたま同じチームになっただけだと思いますが」

謙遜《けんそん》だ。たまたま同じチームになっただけで、子供たちとまで懇意になるはずがない。よほど丁寧に面倒を見てくれたのだろう。真穂だって一応は社会人だ。その程度のことはわかる。沖田が頭を掻いた。

「もっとも、休日そっちのけで働く父の背中を見てきたおかげで、子供が二人とも理系に進んだわけですが」

一緒になって笑った。真穂もひろみも、理系の大学を出ているからだ。とはいえ真穂は、メーカー勤務といっても調査部門にいる。ひろみに至っては、理系と何の関係もないスポーツクラブで働いているから、胸を張って理系でございますとは言いにくい。

沖田が表情を戻した。デイパックから折りたたんだ包装紙を取り出す。開くと、メモが書き散らされていた。初めて会ったときに、自分たちが横理オープンの人間関係について説明したものだ。復習のために持ってきたらしい。

「赤垣さんも桶川さんも、事情聴取を受けたのですね。とすると、少なくとも第一発見者だった川尻さんと櫻田さんも、同時期に事情聴取を受けている可能性が高いと思います。そのような話は出ましたか？」

「出ました」真穂が答える。「熊木さんを発見したわたしたちだけでなく、上野で待機していた石戸夫妻や下島くん、棚橋さんのところにも来たということでした。何を訊かれて何を答えたかといった、詳しい話はしませんでしたが」

千瀬が少しだけがっかりした表情を見せた。この子は野次馬根性丸出しで圧迫事情聴取を望んでいたのだろうか——そう考えかけて、思い直す。兄の方は、警察は疑いを持っている相手に対して圧迫事情聴取を行う、といった意味のことを話していた。厳しく質問された人間こそ容疑者。そういったアプローチで犯人像に迫ろうとしたのかもしれない。どうやら想像は当たっていたようだ。千瀬が息を吐いた。

「少なくとも、今日時点で犯人が逮捕されていないということは、誰も事情聴取でぼろを出さなかったということですね」

「はい。そのおかげで、全員が告別式に向かうことができました」

告別式に参列したとは言っていない。ひろみが帰りの新幹線からどのようなメールを送ったのかは知らないけれど、沖田は事情を知っているようだ。気遣うような視線をこちらに送ってきた。

「わざわざ広島まで足を運んだのに、残念でしたね。熊木さんのご両親の行動は褒《ほ》められたものではありませんが、気持ちはわからないではありません」

広島で真穂が言ったことと、同じことを言った。つまり、第三者ならではの発言。少し胸が痛んだけれど、すぐに気を取り直す。

「そう思います。わたしたちは、わたしたちだけで熊木さんを弔おうと考えています」

沖田が目を細めた。

「そうですね。熊木さんのためにも、みなさん方ご自身のためにも、その方がいいと思います。ただ、告別式には出られなくても、中身の濃い話はされたということですね。その内容をお聞かせいただけますか?」

もちろん、そのために会っているのだ。主に真穂が話して、ひろみが内容を追加する形で、広島での出来事を沖田兄妹に伝えた。兄の方がときおり質問を差し挟む。

「ふむ」

ひととおり説明が終わると、沖田が感心したような声を出した。

「話してくださったのが、あなた方二人でよかった」

そんなことを言った。

「実によく憶えておられる。一人でなく、二人というのもよかったですね。お互いの記憶を補完し合いながら説明できるから、かなり細かいところまで知ることができました」

そう言われて悪い気はしないけれど、褒めてもらうために話したわけではない。先週の出来事から、沖田は何を得たのか。それが重要なのだ。ひろみは沖田の言葉に反応せず、じっと困った顔を見つめていた。もちろん沖田もわかっているようで、少しだけ宙を睨んで考えをまとめていた。

「その上で、納得したことがあります」

「納得？」

意味がわからず、つい訊き返してしまった。沖田はうなずく。

「櫻田さんです。櫻田さんは、熊木さんを殺害した犯人を憎んでいて、復讐の連鎖につながれてしまったと考えられます。なんとかして、犯人を特定して復讐したい。そんな意思があなた方を通しても伝わってきました」

ひろみが上目遣いで沖田を見た。

「櫻田くんが仕掛けたやりとりのことですね」

沖田は目を細めることで同意の意を示した。

「そうです。意図的に挑発することで、相手がぼろを出すことを狙ったのでしょう」

「意図的な、挑発……」広島での議論を思い出す。正確には、思い出してたった今話した内容を思い出す。すぐに見つかった。櫻田の、川尻に対する発言。

「まさか、誰かが藤波さんの仇を取ってくれて、せいせいしたと思っているわけじゃないですよね――」

この場の全員が同じ科白を思い浮かべていたのだろう。反対意見は出なかった。力を得て、真穂は話を続ける。

「あれは、熊木さんを藤波くんの仇と考えているか、確認するものでした。露骨に川尻くんを疑った発言ではありませんでしたが、もし川尻くんが犯人だったら、逆上していてもおかしくありません。まさしく、殺害動機を正確に言い当てられたわけですから」

「でも実際に逆上したのは、川尻くんでなく下島くんでした」

ひろみが言い添えた。「でも、下島くんが犯人だという証拠にはなりません。恋人である川尻くんが侮辱されたから怒ったと考える方が自然だと思います」

沖田によって引き出された、三年前の真相。それは、川尻と下島が同性愛者の恋人同士とわかったことがきっかけになって判明した。しかし沖田は、ひろみの意見に難しい顔をした。

「そうですね。とはいえ熊木さんを殺害するわかりやすい動機と機会があるのは、川尻さんと下島さんだと考えられています。その意識が下島さんにあったとしたら、犯人でないにせよ、痛いところを突かれたと思ってカッとなることはあり得ます」

――あれ？

沖田の言葉の、何かに引っかかった。けれど、それが何かがわからない。

「そう考えると」

千瀬が眉間にしわを寄せた。新たな発言によって、真穂の思考は開始直後に中断された。

「正面切って侮辱されても平然としていた川尻さんよりも、逆上した下島さんの方が犯人に近いのかな」

しかし妹の意見に、兄はあっさりと首を振った。

「そうともいえない。川尻さんは犯人だからこそ、前もって心の準備をしていたとも考えられる。犯人じゃない下島さんは、虚を衝かれて逆上したのかもしれない」

むむむ、と千瀬が唸った。「難しいのね」

「そりゃそうだ。だから警察も検察も裁判所も、物的証拠を重視するんじゃないか。こんな当て推量で犯人を決められたら、たまったもんじゃない」

身も蓋《ふた》もない科白だった。

あらためて思い出す。順司叔父が沖田について語ったこと。彼は犯人を特定するわけじゃないのだと。復讐の連鎖を断ち切るのが、その役割なのだと。必要なのは裁判所を納得させる物的証拠ではなく、関係者を納得させるストーリーだということだった。現役の弁護士の発言とは思えないが、現役の弁護士だからこそ、司法の限界もよくわかっているのかもしれない。だから、叔父が「鎮憎師」と呼ぶ存在が必要になってくる。

「けれど櫻田さんは、犯人の特定に失敗しました。新しい情報が入らない以上、櫻田さんは行動に移せない。もっとも、その新しい情報が記憶の中から掘り出されたのなら、どうしようもありませんが」

ここで沖田は、妹に声をかけた。「どうだった？」

「うん。無事に潜り込めたよ」

突然話題が変わったから、話についていけない。潜り込むって、なんだ？

千瀬はちゃんと説明してくれるつもりのようだ。若い瞳を輝かせた。

「棚橋さんのアルバイト先で、わたしも働くことにしたんです」

「アルバイト先？」

「ああ、なるほど」

真穂の疑問とひろみの納得が重なった。真穂は千瀬からひろみに視線を移す。

「なんなの？」

「二次会のときだったかな」ひろみが宙を睨む。「菜々美が『今日はバイトを休んで来ちゃいました』って言ってたんだ。聞いてみたら、土曜日の午後はコンビニでバイトしてるんだって。アパートのある長津田駅前の店ということだった。店の名前も聞いたから後で調べてみたら、長津田駅前にはそのチェーン店はひとつしかなかったから、特定できたってわけ。そのことを、沖田さんに教えたんだよ」

「そうなんだ」

そんな話は、吉祥寺のマンションでは出なかった気がする。その後、沖田と連絡を取り合った際に訊かれたのだろうか。ひょっとして、こいつは沖田のことが気に入って、事件そっちのけで連絡を取ったんじゃあるまいな。まあ、それならそれで、いいんだけど。

それよりも問題は、真穂の方だ。事件当日、メンバーは全員違う路線に乗って帰ったという話をしていた。その際、菜々美は長津田だから東急田園都市線に乗ったはずだと、ひろみから聞いていたではないか。にもかかわらず長津田という駅名を聞いて、菜々美に思い至らなかった自分の迂闊《うかつ》さに腹が立つ。今になって思えば、「長津田は、はじめてだなあ」と言った真穂に、ひろみが拍子抜けしたように「そう?」と応えたのは、当然の反応だったのだ。

千瀬が真穂の心の内に気づかぬように話を続けた。

「桶川さんから伺った店に連絡を取ったら、棚橋さんと同じシフトがまだ空いていたから、申し込んだんです。この一週間、棚橋さんからいろいろと教えてもらいました。丁寧で優しくて、とてもいい人ですね。少なくとも今日までは、思い込みの激しい人とは思えません」

それはそうだ。一週間で年下の女の子に見抜かれるほど、菜々美も底が浅くない。それどころか、真面目な彼女のことだ。新人アルバイトに、懇切丁寧に教えてあげたに違いない。

「でも、どうして棚橋さんのアルバイト先に？」

「関係者と接点を持つためです」

千瀬ははっきりと言った。「今週、一緒に飲みに行きました。かなり仲よくなれたと思います。事件の具体的な話はしてくれませんが、知っている人間になら想像がつく話も、ぽつりぽつりしてくれています」

「すごいですね」

真穂は素直な感想を漏《も》らした。別に菜々美は人見知りする性格ではない。それでもわずか一週間の間に親密になった千瀬の人たらし術に、皮肉抜きで感心したのだ。もしかしたら、他人から情報を引き出すことに関しては、ひろみよりも上かもしれない。

「なるほど」ひろみがにやにや笑いで尋ねた。「ひょっとして、棚橋さんを経由して櫻田くんに近づくつもりなんですか」

「そうできればいいんですけど」

千瀬が珍しく困った顔になった。兄と同じ表情だ。そんな顔をすると、さすが兄妹と思ってしまうくらい、雰囲気が同じだった。

「大学院生というのは、近づくのがけっこう難しいんです。学部生なら講義がありますから、同じ講義を聴講すれば、近づくきっかけはできます。サークル活動もありますし。でも大学院生は、基本的に研究室とアルバイト以外に外出先がありません。理系ともなると、なおさらです。棚橋さんは運よくバイト先に潜り込めましたけど、櫻田さんはどこで働いているか、わかりません。ですから同じ大学院生の棚橋さんから聞けないか、期待してるんですが」

「そういえば」真穂は腕組みした。「この前の二次会で、櫻田くんとは今でもよく顔を合わせるし、会えば話もすると言っていました。別に深い仲にはなってないと思いますけど、棚橋さん経由で櫻田くんと知り合いになることは、できる気がします」

「それはいい情報ですね」千瀬がジョッキを手にした。ビールを飲む。「工夫してみます」

横目でひろみを見た。目が合った。ということは、ひろみもこちらを見ていたのだ。

――沖田兄妹は、サクラを監視することで、悲劇を防ごうとしてるよ。どう？

――うーん。正しいとは思うんだけど。

視線だけで、それだけのやりとりができた。沖田は正しいのだろう。けれど、問題が解決するようには思えなかった。

ひろみが二回瞬きした。その間に覚悟を決めたようだ。ジョッキの底に残っていたビールを飲み干すと、この席唯一の男性に顔を向けた。

「それで、沖田さんはどうお考えですか？　熊木さんを殺したのは、川尻くんなのか、下島くんなのか」

第十章　犯人はどちら

ストレートすぎる質問だった。沖田が犯人捜しを重要視していないことを知っているにもかかわらず。

正面から見据えられて、それでも沖田はのけぞったりしなかった。むしろ質問を予想していたかのように、穏やかな表情を崩さなかった。

「ビール、もう一杯いきますか？」

ひろみは沖田から視線を逸らさずに答える。「はい」

沖田は全員のジョッキが残り少なくなっていることを確認して、店員を呼んだ。ビールを四杯注文する。ビールが運ばれてくると、ゆっくりとした口調で話し始めた。

「その問題を考える前に、心に留めておきたいことがあります。非常に興味深いこと。いや、興味深いと言ったら叱られるかな」

沖田は申し訳なさそうな顔になる。

「あなた方のサークル、横理オープンの人間関係についてです。元々は庭球倶楽部とラケットラバーズという別々のサークルだった。どちらも活動が低調で、早晩なくなる可能性があったから、存続のためにたいして仲のよくないふたつのサークルを合体させた。そうでしたね」

そのとおりだ。以前に説明したことだし、その際に書かれた相関図を、沖田は持参してきている。

「うまくいくわけがないと思っていたのに、それぞれのサークルの人気者だった藤波さんと熊木さんが交際を始めたことをきっかけにして、ひとつに融合した。藤波さんの事件が起こる頃には、もう誰も出身母体を気にすることはなくなっていたくらい。それは、藤波さんの事件が起こった後でも続いた。融合のきっかけになった二人の関係が消滅しても、みなさんは元に戻らなかった」

沖田の理解は正しい。事実そうだったし、それは先週末まで変わらなかった。

「そうしてみると、藤波さんと熊木さんは、かすがいのような存在ではなかったということですね。サークルは、二人が抜けたらバラバラになってしまうような状態ではなかった。おそらくは、藤波さんの動機に心当たりがなかったことも一因でしょう。川尻さんと下島さんは、事件の原因が熊木さんにあるのではないかと疑っていたということですが、それは彼らと藤波さんの個人的な関係に由来しているものです。出身母体とはあまり関係がない。あなた方は、未だにサークル仲間として良好な関係を維持している」

沖田の目が優しげに細められた。

「このような関係だと、相手を疑うのが難しくなります。理屈の上では、熊木さんを殺害した犯人はこの中にいる。自分たちは警察に対してそう証言したも同じだし、警察も納得していたようだった。疑うのが当然なんです。でもあなた方は、他のメンバーに対して疑心暗鬼に陥《おちい》っていない。もし陥っていたのなら、一緒になって他人の悪口など言えません。相手の一言一句が信用できなくなりますから、会話が成立しないんです」

「なるほど」

ひろみが思い至ったように目を大きくした。

「それで興味深いとおっしゃったんですか。犯人が自分たちの中にいるとわかっているのに、今までの関係を維持できているから」

「そういうことです」我が意を得たりとばかりに、沖田が大きくうなずいた。「櫻田さんが広島であのような発言をしたのも、同じ根っこがあると思います。櫻田さんは犯人を憎悪している。でも、犯人候補を憎悪できていません。犯人に対して復讐したいと思っていて、有力な犯人候補が川尻さんと下島さんなのはわかっている。でもそんな状況ですら、彼らを罵《ののし》ろうとしない。思考を停止して、犯人と決めつけられない。真の意味で疑ってはいないんです。疑うことができていないと言い換えてもいい。だからこそ、犯人の心情をトレースしてみんなの反応を確認することで、犯人を特定しようとした。復讐心と犯人候補を憎みきれないという二つの感情に挟まれて、櫻田さんはそのような発言をせざるを得ませんでした」

言われて思い出す。広島での櫻田は、事件直後と変わらぬ昏い瞳をしていた。復讐を誓った者だけが宿すことができる、危険な光。しかし口調は極めて理性的だった。そして話す内容は理路整然としていた。少なくとも、挑発に乗って激昂《げっこう》した下島や自分勝手にストーリーを作ってしまった菜々美よりも、ずっと。菜々美の自己満足的ストーリーに怒りはしたけれど、すぐに理性を取り戻している。

あのときは火花散るやりとりに圧倒されて気づかなかった。けれど今ならわかる。櫻田の表情と言動は、一致していなかったのだ。その理由を、沖田の説明によって理解できた気がした。

「わたしたちが今、そのような関係になっていることは、おっしゃるとおりだと思います。それなら、部外者である沖田さんたちはいかがですか？　必要ならいくらでも疑える立場から見て、川尻くんと下島くんのどちらが怪しいんでしょうか」

沖田は真穂に小さくうなずいてみせた。大丈夫、忘れていないと。別の話ではぐらかしてもいないと。

「みなさんの心情を振り返ったのは、質問について考えるためです」

先ほどと変わらぬ口調で答える。

「サークルOBという人間関係ですと、現状のようにならざるを得ない。不愉快に思われるかもしれませんが、日常生活ではほとんど会うことのない相手です。せいぜいが、SNSでやりとりする程度。藤波さんの法事で集まって以来、石戸さんの結婚式まで会わなかった人たち。では、川尻さんと下島さんはどうでしょう。パスタ皿のしまい場所を知っているほど頻繁に行き来している二人は、状況が違います。関係が深い分、事件がより濃く影を落とすことでしょう。考えてみてください。仮にあの二人が共犯でなければ、犯人でない方は、事件についてどう考えているんでしょうか」

予想外の質問に、どきりとする。

「え、えっと……」懸命に頭を回転させる。ビールはまだ一杯しか飲んでいない。思考能力が低下するほどではないはずだ。

「えっと、それは、犯人でない方が、相手を疑っているかどうかということですね」

「そうです。今までお話ししたように、犯人は川尻さんか下島さんではないかという仮説は、わりと簡単に思いつきます。二人が同じ仮説にたどり着いたとしても、おかしくありません。では川尻さんと下島さんは、二人で事件の話をしなかったんでしょうか」

「そっか」

千瀬が納得顔をする。「犯人じゃない方にとって、現在の自分の恋人こそが、最も疑わしい存在になる」

「だったら、かえって事件の話をしにくいかもしれません」

ひろみが後を引き取った。

「事件の話をしてしまうと、自分が相手を疑っていることがわかってしまう。恋人を信じきれない自分に憤《いきどお》りを感じると同時に、疑った自分が嫌われてしまうと恐れても、不思議はないでしょう。そういった葛藤《かっとう》は、異性だろうが同性だろうが同じだと思います」

「まさしく、疑心暗鬼の状態に陥るわけですね」

真穂が言い添えた。

沖田が満足そうな表情を浮かべた。自分の想定どおりに議論が進んでいるときの顔だ。

「では、犯人はどうでしょう。川尻さんと下島さんのどちらかが熊木さんを殺害したとして、その事実は相手に対する気持ちを変化させるでしょうか」

「普通は、隠すよね」

すぐさま千瀬が答えた。「犯罪の露見は身の破滅につながるわけだから。いくら愛し合っていたとしても、わざわざ他人に言う必要はない。相手に隠し事をした時点で、素直に接することができなくなる。関係にひびが入るかもしれないよ」

「そうとも限らない」

兄もまた間髪《かんはつ》容れずに反論する。「動機が藤波さんの復讐だった場合、相手は同じ復讐心を共有している。より絆を深めるために、あえて話した可能性もある」

「もし話していたとしても」

ひろみがビールジョッキを見つめながら言った。視線を動かさないのは、思考に精神を集中しているためだろうか。

「犯人じゃない方は、恋人を告発したりしていませんね。もしそうなら、どちらかが逮捕されているはずですから」

沖田は目の前のスポーツクラブ社員を見つめていた。

「そうですね。では、もう少し想像を続けてみましょう。恋人から熊木さん殺害を告白された方は、どのような反応を示すでしょうか」

「葛藤、ですか」

真穂は思いつくまま答える。

「愛情と社会正義に挟まれて悩むと思います。結果的に告発していませんが、ものすごい量の悩みを抱えたことでしょう」

「なんとか隠し通そうと考えたかもしれないね」

ひろみが指摘し、真穂は同意する。

「うん。どちらにせよ、聞かされた方はひょっとしたら犯人以上に事件について考えることになる。むしろ犯人の方が淡泊かも。この前話したように、復讐は確信犯。本人は正しいことをしたと信じているから、堂々としている。そんな相手を必死に説得して、自首などしないようにさせる。そんな感じかもね」

「いいセンですね」沖田は目を細めた。「聞かされた犯人でない方は、犯人以上にビクビクすることになりそうです。昨日の川尻さんと下島さんにそのような様子はありましたか？」

ある。

櫻田が川尻を侮辱したとき、下島が激昂した。あれは、まさしく犯人以上に犯人らしくなってしまったからではないのか。

口に出していいのだろうか。少しためらったけれど、結局言うことにした。カミソリの刃を舌先に載せて差し出すように。

「聞かされたのは、下島くんの方……？」

つまり、犯人は川尻ということだ。

沈黙が個室を覆った。

ひろみの目が見開かれた。

千瀬が瞬きした。

沖田は表情を崩さなかった。

真穂は、自分がどのような表情をしているか、見当がつかなかった。

川尻が夏蓮を殺したって？　バカな。あり得ない。決して美男子とはいえないけれど、象のような優しい目は、他人に好感を抱かせる。性格も真面目で、他人思い。おそらくは生徒たちからも慕われているだろう。同性愛者かもしれないけれど、千瀬の指摘を待つまでもなく、そんな特徴は人間的魅力をいささかも減じない。いくら藤波を愛していたとしても、あの川尻が復讐心に狂って夏蓮の首を絞めたなど、おおよそ考えられない。実際、事件の後、川尻は何も変わっていないじゃないか。

――バカ。

心の奥底から自らを罵倒《ばとう》する声が聞こえた。変わっていないことが問題なんじゃないか。川尻は、疑心暗鬼に陥ったりしていない。下島を見る目が変わったりもしていない。自分以外の誰もが無実であると知っているからだよ。

——何を言っている。

別の自分が割って入った。だから、川尻は真面目で他人思いだと言っているだろう。殺人なんて、身勝手な奴がやるものだ。川尻は最も不向きな性格だぞ。

ははん。他人思い。いいじゃないか。だからこそ藤波のことを思って犯行に及んだんじゃないのか。そりゃ、真面目なんだろうさ。不真面目な人間が、確信犯になれるわけがない。

ぐらり、と視野が揺れた。脳の中で複数の自分が勝手に論争を始めてしまったため、理性が処理し切れていないのだ。

「そうかもしれません」

真穂の混乱は、沖田の声によって急停止させられた。慌てて目の焦点を合わせる。沖田の顔はビールによってやや赤みを帯びていたけれど、その瞳は未だに強い光を宿していた。結論を出して満足しているようには見えない。沖田は続く言葉で真穂の印象を裏書きした。

「でも、その結論に至るためには、多くの条件をクリアすることが必要です。川尻さんと下島さんが、藤波さんの無理心中の動機が、両性愛者であることを熊木さんに否定されたことだと考えていること。それを確信するために、三次会へ行く道中での『わたしには、行く資格がないの』という熊木さんの発言を、川尻さんが聞いていること。下島さんとの共犯でないこと。事後に川尻さんが下島さんに、自分が犯人だと告げたこと。数多くの分岐点で、すべて都合よく選択された場合、川尻さんが犯人ということになりそうです。それぞれの条件を検証しないと、犯人扱いは失礼ですね」

複数の真穂が一斉に黙った。沖田の言うとおりだったからだ。

「え、えっと」ひろみが戸惑った声を上げた。その表情からすると、彼女もまた川尻犯人説を信じていた。それなのに議論を引っ張って、自分たちから結論を引き出した沖田が疑問を呈したものだから、混乱しているのだ。彼女にはちょっと珍しいくらい動揺していた。

「川尻くんは、犯人ではないと?」

沖田はわずかに眉を動かした。肯定とも否定とも取れる仕草。

「あり得る可能性ですから、除外する必要はありません。新妻さんもおっしゃっていたように、人間は納得をベースに行動するものです。ですから川尻さん犯人説に納得すれば、復讐者は行動を起こせます。でも納得させるには、ちょっと弱いですね。たとえば、犯行後に川尻さんが、自分の犯行を下島さんに告げたという条件。もし本当だとしたら、どうやって告げたのでしょうか」

「えっ？」

ついバカみたいな聞き返しをしてしまった。それほど予想外の質問だった。沖田は説明不足を感じたのか、さらに言葉を続けた。

「メールでしょうか。そんなはずありませんね。証拠が残ります。電話はどうでしょう。この時点で警察が盗聴しているとも思えませんから、証拠は残りません。でも、これほど大切なことを電話で済ませますかね」

「直接会ったということね」千瀬が答えを言った。「それ以外、考えられない」

「そうだね」沖田は妹の答えを肯定した。「もし話すのなら、直接会って話す以外はあり得ないと思う。何しろ、ことは殺人だからね。では、さっき言ったことだけど、同じ復讐心を抱いているから、さらに絆を深めるために話すというのは、あり得るだろうか」

さっきはあり得ると言ったじゃないか。そう抗議しようとしたけれど、理性が止めた。一般論としてはあり得るのだろう。しかし川尻に当てはまるかどうか。自分の内部で起こった論争に出てきたことだ。川尻は性格が真面目で他人思い。そんな男が、わざわざ他人を巻き込むだろうか。それも、最愛の恋人を。

「話さないと思います」

口から、そんな言葉が滑り出てきた。

「同じ復讐心を抱いているから、さらに絆を深めるために話す。一見恰好《かっこう》いい行為ですが、それって要は事後共犯になることを強要していますよね。川尻くんがその真面目さから復讐に走ったとしても、それに下島くんを巻き込むとは思えません」

「そうですね」

沖田は自分の出した仮説を否定されても不機嫌にならなかった。むしろ、異なる意見を出してもらって嬉しそうだった。

「赤垣さんの意見はもっともだと思います。ただ、復讐という観点からいえば、事後共犯にすることも同志の証といえます。どちらの可能性もあるからこそ、説得力が弱いのです。櫻田さんが納得するとは思えません」

ふうっ、とひろみが大きなため息をついた。ぐったりしている。一度信じかけた仮説が揺らいでしまい、緊張の糸が切れたのだろうか。

「ちょっと待ってよ」

千瀬が唇を尖らせた。

「それなら、下島さんが犯人ってことも、十分あるじゃない。自分の復讐に川尻さんを巻き込みたくないからこそ、櫻田さんの挑発に激昂したと考えられるわけだから」

「そうだよ」

無責任なまでに兄が肯定した。「誰も否定してなんかいない」

「じゃあ、桶川さんの質問に答えていないじゃんか！」

最後は大声だった。他の個室に聞こえたんじゃないかと、一瞬ひやりとしたけれど、聞こえてまずい科白ではないと思い直す。

しかし兄は、妹の百分の一も興奮していなかった。

「うん。答える気はないよ」

他の三人が反応する前に、言葉を続けた。

「桶川さん。この事件は、あなたが解くべきです。そうでなければならないんです」

「……………」

ひろみは、穴のあくほど沖田を見つめていた。沖田もまた、ひろみを見つめていた。

「桶川さん。事件を解いてください。警察が犯人を逮捕する前に。なぜ熊木さんは殺されてしまったのか。なぜ川尻さんと下島さんの関係は、事件の後もぎこちなくならないのか。そして、熊木さんを殺害したのは誰なのか。解答にたどり着くための情報を、あなたはすでに得ています。その気になれば、物的証拠も得られます。自分の解決を、サークルのみなさんに教えてあげてください。そうしてこそ、この事件における復讐の連鎖は止まる。僕はそう思います」

沖田はいったん口を閉ざした。ひと呼吸置いてから、再び話し始める。

「桶川さん。最初にお話ししたときに、僕がアドバイスしたことを憶えていますか？」

アドバイス。えっと、なんだっけ。真穂が考えている間に、ひろみが答えを言った。

「事件について考えるのは、赤垣さんと一緒にやること」

「そうです」沖田は微笑んだ。

「そのアドバイスは、まだ生きています。桶川さんには、赤垣さんがいます。犯人を特定する作業は、赤垣さんが傍にいるときに限定してください。いいですか。これは必ず守ってください」

真穂は返事ができなかった。沖田の言いたいことがわからないからだ。確か前回は、真穂が無実だから、軸足としてふさわしいという説明だった。しかし今に至って、必要な条件なのだろうか。自分には、ひろみのような観察力も分析力も再構成力もない。一緒にいたところで、役に立つとも思えない。それなのに、なぜ？

ひろみを見る。同じことを考えていたのか、彼女もまたこちらを見ていた。理解しているふうではない表情。

「――わかりました」

紙に書いたものを読んでいるような、ひろみの返事だった。それでも沖田は満足したようにうなずいた。

それを汐に、引き上げることにした。支払いに関して若干の押し問答があったけれど、結局完全割り勘——千瀬の分は沖田の支払い——で決着がついた。一緒に店を出る。

携帯電話で現在時刻を確認する。午後七時五分。始まったのが早かったから、まだこんな時間だ。普通なら、今から飲みに行こうと言っているレベルの時間帯。

長津田駅に着いた。沖田は妹と共に改札に向かう。

「僕たちは、田園都市線に乗ります。お二人はJRでしたよね。ここでお別れです」

吉祥寺に住む沖田兄妹は、東急田園都市線で渋谷に行って、そこから京王井《けいおうい》の頭《かしら》線に乗り換えるのが便利なのだという。一方真穂とひろみは、隣接するJRの駅から横浜線に乗るルートだ。

真穂はぺこりと頭を下げた。

「今日はどうもありがとうございました。進捗《しんちょく》がありましたら、あらためてご報告いたします」

まるで商談の締めのような科白だ。しかし他に言いようもない。沖田が笑顔を見せた。

「では、ここからは、お二人でお帰りください。お気をつけて」

沖田兄妹が改札をくぐった。真穂たちはJRの駅に向かう。横浜線のホームで、口を開いた。

「どう思う？　最後の」

事件はひろみが解くべきだという、沖田の意見だ。聞いた瞬間はなんて無責任なと思ったけれど、考えてみれば沖田は、別に謎解《なぞと》きを依頼されているわけではない。

「ああ、あれ？」ひろみが向こう側のホームを見ながら答える。「よくわかんないね。ただ、熟慮の末の発言だとは感じたけど」

ずいぶんなひいき目だ。やっぱり沖田のことが気になっているのだろうか。そう思ったけれど、茶化す雰囲気でもない。

「でもまあ、あんたが傍にいることってのは、わからないではないね。前にもちょろっと言ったけど、あんたには夏蓮に対する歪んだ思い入れがない。わたしが変な妄想を広げるのを防いでくれってことじゃない？」

もしそれが本当なら、沖田は考え違いをしている。ひろみは自分などいなくても、公正なものの考え方ができる人間だ。

電車がホームに滑り込んできた。乗り込む。この時間帯の上り方面だから、空いていた。並んで座る。

「それにしても、しつこかったよね。別れるときにも、わざわざ『ここからは、お二人でお帰りください』だって。女子高生じゃないんだから、そんなに一緒にいないって」

ひろみが薄く笑った。

「今から、わたしたちが夜通し飲み明かすって、見抜いてたんじゃないの？　それにつき合わされちゃたまんないから、そそくさと逃げ出した」

「ああ。それなら理解できる」

二人で笑った。現実は違う。自分たちは今から、ひろみのアパートで、反省会を開く。沖田兄妹と交わした話を検証するのだから。

「でも、最高に訳がわからなかったのは、物的証拠を得られるってところだよね。そんなものが手に入るんなら、苦労はないっつーの」

そもそも、物的証拠でなく関係者の納得が大切だというのが、沖田のスタンスではないのか。そう真穂が指摘すると、ひろみもうなずいた。

「うん。実際のところ、わたしたちは物的証拠なんて持ってない。それなのに、なぜ――」

電車が東神奈川《ひがしかながわ》駅に着いた。ここで京浜東北線に乗り換える。川崎駅でさらに南武線に乗り換えて、ひろみの最寄り駅である尻手に到着するのだ。もしひろみのアパートに寄らずに帰宅するのであれば、このまま京浜東北線で王子駅まで行ける。

でも今日はお泊まりだ。膝の上のボストンバッグは、ひろみのアパートに泊まる準備を表している。

ふと気づいた。ひろみの視線を感じるのだ。しかし、その視線は微妙にずれている。ひろみは真穂ではなく、膝の上のボストンバッグを見つめていた。自分から泊まれって言ったくせに、どうして奇異な目で見るのか。

ひろみが唇を開いた。喋るためというより、ついうっかり開いてしまったという感じ。いわば「ぽかん」だ。

しかしひろみは自分の口元に気づいていないように、真穂のボストンバッグを見つめ続けていた。どのくらいの時間が経っただろう。電車が川崎に到着する直前に、ひろみの目が見開かれた。

「では、ここからは、お二人でお帰りください……」

そうつぶやいた。

「そうだったの……」

真穂はひろみの変化を感じ取った。けれど、正しい反応はできなかった。ただ、顔を上げることしかできなかった。

ひろみはぶん、と音がしそうな勢いでこちらを見た。

「ごめん」

ひろみはそう言った。「こっちから誘っておいてなんだけど、今日は帰ってくれない？」

「えっ？」

返す言葉が見つからず、真穂はひろみを見つめた。ひろみが申し訳なさそうな表情を作る。

「ごめん。ちょっと、一人で考えたいことがあるんだ。まだ夜も早いし、一人で帰れるでしょ？」

まるで小学生に対する科白だ。とはいえ、これでムッとするほどこちらも子供ではない。ひろみは何かに思い至ったのだ。それを静かに検討したいから、一人になりたい。それはわかる。

しかし。沖田は言ったではないか。謎解きしている間は、決して一人にはなるなと。一緒にいる相手として真穂を推薦したのは、単に無実だからか。それとも多くの事件に関わるうちに、頼りになる人物像を見定めているのか。後者であってほしいと思うけれど、それこそ妄想だ。でも現実に、自分は頼りにされている。だったら、応えるべきではないのか。

「行くよ」

きっぱりと言った。ボストンバッグを叩く。

「せっかく準備してきたんだからね。お主の家の酒を飲み尽くすまで、帰らないから」

茶化しはしたけれど、ここは引き下がれない局面だ。ひろみは何かに勘づいた。それが何かはわからないけれど、事件解決のヒントを得た可能性が高い。それならば、自分は一緒にいた方がいい。犯人特定の作業には自分が必要だと、沖田も言っていたではないか。

ややあって、ひろみが反応した。「もうっ」

不満と安心の入り交じった声だ。ひろみが拒否しなかった以上、自分はひろみのアパートに泊まらなければならない。

川崎駅に到着した。ひろみは南武線のホームに向かい、真穂もついていく。待っていたかのように、黄色いラインの電車がホームに入ってきた。

「一応言っておくけど」

真穂は考え込む友人に話しかけた。「行くのは行くけど、襲わないでね」

「もちろん」ひろみも乗ってきた。「夏蓮はともかく、あんたは襲わない」

相変わらずきわどい冗談を言う奴だ。こちらも返す。

「お主は襲わなくても、わたしが襲ったら？」

「しまった」ひろみが自分の額をぴしゃりと叩いた。「防御までは考えてなかったな。まあ、仕方ない。あんたの良識に期待することにしよう」

二人で笑った。ここまで言えるのなら、大丈夫だろう。ひろみが何に勘づいたかはともかく。

尻手に到着した。電車を降りる。アパートまでの道では、ひろみは何も言わなかった。真穂も無理に問い質さない。沖田がなんらかの意図を持ってひろみに下駄を預けたのも、ひろみが何かに思い至って一人になりたかったのも、すべてもっともな理由があるのだ。自分はその理由がわからない。それなら、できることをするまでだ。

「ひろみ」

正面を向いて歩きながら、真穂は言った。「一人にしないからね」

ひろみは笑わなかった。ただ、真穂の手を握った。

「——うん」

第十一章　招集

枕が変わると眠れない、なんてことはない。

ただ、爽《さわ》やかな目覚めというわけにはいかなかった。理由は枕でもベッドでもない。昨晩の深酒のせいだ。のっそり起き上がる。二日酔いの頭痛はないけれど、明らかに酒が残っている。頭と胃の両方に重い感覚があった。

床では、ひろみが毛布にくるまって眠っている。毛足の長いラグマットが敷かれているから、寝心地はいいのだろうか。よく眠っているようだ。

昨晩は、ひろみのアパートに泊まった。一人で考えたいことがあるから帰ってくれと言われたのに、半ば強引に泊まり込んだ。かといって、ひろみが迷惑そうだったわけではない。むしろ、安堵したようにさえ見えた。だから心置きなく無遠慮さを発揮できたのだ。

そして二人で、部屋にあったビールと赤ワインを、淡々と飲んだ。事件の話はしなかった。事件を思い出させる、学生時代の思い出話もしなかった。ぽつりぽつりと、他愛のない話をした。そして飲むものがなくなったところで眠ったのだ。

枕元の携帯電話で時刻を確認する。午前七時四十分。酒を飲んだ後の日曜日としては、早く起きられた方だろうか。ひろみを起こさないように、そっとベッドから降りる。キッチンへ向かい、昨晩使ったワイングラスを軽くすすいでから、水を入れる。酒を飲んだ翌朝は、水がおいしい。一気に飲み干した。もう一杯。

「ふうっ」

人心地ついた。本人曰く「彼氏のために買ったわけではない」ワイングラスを流し台に戻す。

朝食の準備でもするか。小型の炊飯器を開けると、中は空だった。今からご飯を炊くのでは、時間がかかりすぎる。昨晩乾き物を取り出していた食料庫を見ると、六枚切りの食パンが見つかった。インスタントのコーンスープもある。一杯だてのドリップコーヒーも。冷蔵庫を開けると、卵とベーコンがある。食パンを買っているくらいだから、マーガリンくらいあるだろうと思ったら、ない。代わりに、トースト用の溶けるスライスチーズがあった。最低限の朝食は作れそうだ。

いったんキッチンを離れて、洗面所で顔を洗う。寝間着代わりのジャージはどうしよう。ベーコンを焼くと油が飛び散るかもしれないから、着替えは後でいいか。

フライパンはどこだ。包丁とまな板もないぞ。流し台の下や吊り下げ棚を見たけれど、見つからない。と思ったら、全部洗いかごにあった。それもそうか。昨日使って、洗ってから出掛けたのなら、そのままにしていてもおかしくない。

他人の台所は、何がどこにあるのか、よくわからない。トーストとベーコンエッグを載せる皿と、コーンスープを入れるカップが二人分必要だ。まだ酒の残る頭をなんとか働かせながら探し出す。

なるほど。川尻と下島が深い関係にあるわけだ。

真穂は一人納得する。食器棚のどこに何がしまってあるか把握していなければ、下島はあんな行動を取れない。そして食器棚を知っているということは、幾度も食事を用意したということだ。船橋に住む下島が、横浜にある川尻宅で食事する意味は、他に考えられない。

二人が恋人同士なのは、別にかまわない。幸せになってくれと思うだけだ。けれど残念ながら、実現しない可能性が高い。二人のうちのどちらか——あるいは両方——が夏蓮を殺害したのなら、早晩警察に逮捕されるだろう。裁判のことはよくわからないけれど、おそらくは明確な殺意を持った犯行なのだから、実刑は免れないのではないか。二人は、司法によって引き離されるのだ。たとえ警察が犯人を特定できなくても、ひろみがやる。

「桶川さん。この事件は、あなたが解くべきです。そうでなければならないんです」

昨晩、沖田はそう言った。彼とはたった二回話しただけだ。けれど、いい加減なことを言う人物でないことは理解できた。そんな沖田が断言した以上、事件におけるひろみの役割は大きいのだ。同時に、沖田はひろみなら事件を解決できると信じているのだ。

では、なぜひろみが解かなければならないのか。

沖田は説明しなかった。ひろみも問い質さなかった。ただ、納得があった。二人の間に、すでに心の交流があるからなのか。それとも、同じことを考えていたのか。それはわからない。それでも、ひろみが沖田の言葉を受け止めたことは間違いない。だからこそ、真穂が泊まると主張した際に安堵したのだ。「犯人を特定する作業は、赤垣さんが傍にいるときに限定してください」という、もうひとつの沖田の言葉を信じたから。

ベーコンをパックから取り出して、包丁でカットする。フライパンに載せて、弱火にかけた。ベーコン自身から出る脂で、揚げるように焼くのだ。ガスコンロは二口だから、もうひと口にやかんをかけて、お湯を沸かす。食パンを二枚、スライスチーズを載せて、オーブントースターに入れる。ベーコンがいい感じに焼けてきたら、卵を落とす。少量の水を入れて蓋をする。黄身に火が通り過ぎないところで火を止めた。できあがったベーコンエッグを皿に載せる。お湯も沸いたから、コーンスープを作る。ふたつのマグカップを、二本のスプーンを使って両手で混ぜていたら、オーブントースターが軽やかな音を立てた。

「やらなくても、よかったのに」

背後から声が聞こえた。振り返ると、ボサボサ頭のひろみが立っていた。

「ちょうどよかった。できたよ」

「サンキュ」

言い残してひろみは洗面所に消えた。料理が冷める前に戻ってくる。二人で、ちゃぶ台を挟んで座った。

「おいしそうだ」ひろみが切れ味のいい笑みを浮かべた。「あんた、いい奥さんになるよ」

「こんな手抜きでいい奥さん呼ばわりされちゃ、世の奥さんたちがかわいそうだ」

「違いない」

二人で笑った。両手を合わせて「いただきます」と声を揃える。

「今日は、どうする？」

トーストをかじりながら、真穂は尋ねた。ひろみが宙を睨む。

「今日中に決着をつけられればいいんだけど、みんなの予定はどうかな」

真穂はひろみを見つめた。

「……わかったの？」

「沖田さんが、ヒントをくれたからね」

ひろみは嬉しそうな悲しそうな、複雑な表情を浮かべた。

「全体の説明がつく『絵』は見えた。合っているかどうかは、わからないけど」

その絵とは、どのようなものなのか。唇から質問が滑り出る前に、ひろみが言葉を続けた。

「みんなの予定を確認しなくちゃ」

関係者が揃ってから、話をするという意味だ。だから真穂は、この場で問い質すのはやめておいた。代わりに「食パン、もう一枚食べる？」と訊いた。食べる、という返事に立ち上がる。スライスチーズを載せた食パンを二枚、オーブントースターに入れた。ちゃぶ台に戻って、マグカップを取った。スプーンであらためて混ぜる。よし、飲める温度になってきた。そっとすすると、滋味溢れる味が口の中に広がった。

ひろみが座ったまま手を伸ばして、ラグマットに置いてあった携帯電話を取った。次のトーストが焼けるまでの間に、メールを打つつもりらしい。

「日曜日の八時過ぎだから、まだみんな寝てるかも」

「それでもいいよ。返事さえもらえれば」

ひろみはムダのない動きで携帯電話を操作する。しばらく待っていると、真穂の携帯電話が鳴った。ベッドに置いてあった自分の携帯電話を取る。液晶画面を確認すると、メール着信の通知が表示されていた。送信者はひろみ。

『広島ではお疲れさまでした。ちょっと話したいことがあるんですけど、みなさんの今日の予定はどうですか？　返事ください』

宛先を見ると、真穂だけではなく、三次会に参加した面々のメールアドレスが表示されている。電子メールのいいところは、同じ内容を、同時に複数の相手に送信できることだ。ひろみは、関係者のメールアドレスを、あらかじめグループ登録していたらしい。事件の関係者だけが参加できるソーシャル・ネットワーク・サービスを使えばいいのだろうけれど、残念ながら現時点では設定できていない。

『わたしは何時でも大丈夫だよ』

目の前の差出人に返信した。口で言えばいいようなものだけれど、メールの返信という形を取らないと、他のメンバーにこちらの意思が伝わらない。送信ボタンを押すと同時にオーブントースターがチンという音を立てた。ひろみの皿を取って、オーブントースターからトーストを移動させた。自分の皿にも。

真っ先に返信が来たのは、川尻からだった。真穂と同様「全員に返信」を選んで返信したのだろう。真穂とひろみ、二台の携帯電話がほぼ同時に着信を知らせた。

ひろみがキッチンに立つ真穂に、メールの内容を伝えた。

『ただ今通勤電車の中。昨日と今日は休日出勤。でも今日は、午後の早い時間に終わると思う』

あらら。さすが、学校の先生は忙しい。

「こっちは、別に何時でもいいんだけどね。みんなの返事を待とう」

三十分しないうちに、後輩たちから返信が来た。

『わたしは、何時でも大丈夫です』

『僕も、川尻さんの都合に合わせられます』

菜々美と下島だ。みんな「全員に返信」モードで返信してくるので、情報共有しやすい。

『僕もいつでもＯＫです』

少し遅れて櫻田からも返信が来た。

「まったく、今どきの若い者は、せっかくの日曜日に予定もないのか」

ひろみが毒のない口調でぼやく。言い出しっぺの本人が、そもそも予定がないから招集をかけたのだろうに。もちろん、自分にもない。

智秋から返信が来たのは、九時過ぎだった。

『ごめん。これから予定があるから、夕方まで空かない』

『夕方って、何時ごろ？』

ひろみがそう訊くと、すぐに返信が来た。

『銀座で五時半までなんだ。集合場所はどこ？』

液晶画面からひろみに視線を移す。「どこで話す？」

ラグマットに寝転んで、携帯電話を眺めていたひろみが身を起こした。「どこがいいかな」

「考えてなかったの？」

「うん。条件はあるけどね」

「条件って？」

ひろみが宙を睨んだ。

「他人に聞かれずに、静かに話のできるところ。それから、できれば駅の近くがいいな」

そんなの、どこにでもあるだろうと思ったけれど、意外にも、すぐに実例が思い浮かばない。

「他人に聞かれずにって、広島のビアレストランみたいなところじゃダメってことね」

「そう」ひろみが苦笑を浮かべた。「あれは、まずかった。あんな、誰が聞いているかわからないところで話す内容じゃなかったね。まあ、あのときは犯人の話をするつもりなんてなかったから、仕方ない部分はあるけど」

広島での重い議論は、ひろみが口を滑らせたことから始まった。苦笑は、その自覚があるためか。

「じゃあ、昨夜《ゆうべ》みたいに個室居酒屋にする？　智秋たちが合流できるのは、どうせ夜になるよ」

「何かと理由をつけて、飲みに行こうとしないの」

あっさり否定されてしまった。確かに、昨晩も沖田兄妹と飲んでいる。二晩連続だと、身体にも財布にも辛い。もっとも、ひろみはアルコール抜きで真面目に話したいだけなのかもしれないけれど。

「この前みたいに、川尻くんのアパートを使わせてもらう？」

ひろみは自らの顎をつまんだ。

「それがいいかな――いや、川尻邸は横浜だからなあ。都内がいいと思う」

真穂は天を仰いだ。「贅沢《ぜいたく》な奴だ」

三次会のメンバーで都内に住んでいるのは真穂と石戸夫妻だけだ。そして新婚の石戸家には、殺人事件に関わってしまった自分たちは入るべきではないと、結論を出している。残るは真穂のアパートしかないけれど、残念ながら女性専用だ。男どもを入れることはできない。

「よし」ひろみが自分自身に対してうなずいた。「個室居酒屋にしよう」

真穂がうなだれる。「なんだ、それ」

「まあ、いいじゃんか」

「それで、どこの居酒屋にする?」

ひろみは即答した。「渋谷」

ぞくりと、背筋に悪寒《おかん》が走った。渋谷といえば、夏蓮が殺された場所ではないか。苦悶の死に顔が頭をよぎる。

しかしひろみは真穂の動揺に気づかぬ様子で携帯電話を取った。

「みんなにメールするね」

先ほど同様、しなやかな指使いでキーを押していく。

『じゃあ、今夜六時半に、渋谷駅のハチ公口でいいですか?』

渋谷という地名に、みんなどのような気持ちになったのだろうか。心配していたら、次々と返信が届いた。

『うちの都合で申し訳ない。絶対間に合うように行くから』

智秋が真っ先に返信してきた。

『ハチ公口ですね。了解しました』これは菜々美。

下島もすぐに返信してきた。『今日は予定がないので、六時半で問題ありません』

『間に合うと思うけど、万が一仕事が押したら連絡する』

さすがに川尻は慎重だ。こちらには『無理しないで、仕事優先でお願いします』と返した。

櫻田も丁寧な言葉遣いで返してきた。『六時半まで待ってもらえれば、助かります』

これで決まった。仕方がない。一人で行くわけではないから、それほど精神的なダメージはないだろう。そう自分に言い聞かせた。

真穂は立ち上がった。

「じゃあ、いったん戻るよ。部屋の掃除もしなけりゃだし、シャワーも浴びたいし」

「わかった」ひろみも立ち上がる。「悪かったね。朝ごはん、作らせちゃって」

「材料費はお主持ちだったから——って、何言ってんだ、わたし。払うよ」

「いいよ、そんなの」ひろみがぱたぱたと手を振る。「昨夜の酒代は割り勘にしたんだし。それで十分だよ」

朝食の材料費といっても、一人二百円するかしないかだ。給料をもらっている社会人が押し問答するような金額でもない。お言葉に甘えることにして、荷物をまとめた。荷物といってもジャージと洗面用具、それから化粧品程度。あっという間にボストンバッグに詰め終わった。玄関で靴を履く。

「じゃあ、帰るね」

「うん——ああ、そうだ」

「どしたの？」

ひろみは真穂の目をまっすぐに見つめてきた。

「昨夜は、帰ってくれって言ったけど、やっぱり泊まってもらってよかったよ。ありがと」

「え、あ……うん」

これだけ正面切って礼を言われると、いくらつき合いの長い友だちでも照れてしまう。

真穂は頭を掻いた。

「酒飲んで、くだを巻いてただけだけどね」

「それがよかったんだよ」

「じゃあ、六時半に渋谷ね」

「待ってる」

「ふうっ」

真穂はぴかぴかになった部屋を眺めて、満足げな表情を浮かべた。

平日は、掃除機をかけられるような時間帯には帰れない。一週間経つと、埃《ほこり》も目立つようになる。ようやく人間らしい住まいになった。

携帯電話で時刻を確認する。十二時五十分。朝食はいつもより少し遅かったけれど、掃除で身体を動かしたから、空腹を覚えていた。昼食はどうしよう。磨き上げたガステーブルを、すぐに汚したくない。外食しようか。夜はひろみの発案で、居酒屋に行くことが決まっている。あまりお金をかけずに済ませられる店といえば、駅前にイタリア料理のチェーン店がある。

真穂はバッグひとつ持ってアパートを出た。十分も歩かないうちに駅に着く。目的のイタリア料理店に行ってみると、行列ができていた。

「あちゃあ」

一人つぶやく。考えてみれば、日曜日の午後一時だ。最も混む時間帯に当たってしまった。かといって、アパートに引き返して料理する気力は、もうない。行列に並ぶのは好きじゃないから、他を探そう。若い女として正しいことかどうかわからないけれど、牛丼屋にだって一人で入れる性格だ。少し歩いたら、やはりチェーン店のカレー屋に空席があった。この店の味はよく知っている。ドアをくぐった。

カウンターの席を取って、メニューを眺める。居酒屋といえば、揚げ物が多い。昼間も揚げ物だとさすがに重いから、カツカレーはやめておこう。チキン煮込みカレーを注文した。栄養のバランスを考えて、シーザーサラダも付ける。

カレーが出てくるまでの間、ぼんやりと店内を眺めていた。カレー屋だけあって、客は若い男性が多い。学生が仲間と連れだってきたという感じのグループもいる。

昔は、自分たちもあんなふうだったたな。

横理オープンは一応テニスサークルだったから、きちんと練習していた。身体を動かすと腹が減るのは道理で、練習が終わると、みんなで盛りつけ自慢の定食屋に駆け込んだものだ。中には「ロースカツ鶏の唐揚げソーセージ全部のせ大盛りカレー」なるメニューもあって、男子学生たちが果敢に挑んだものだ。真穂の記憶では、確か全員が完食したのではなかったか。いい男キャラが定着していた藤波も。いや、それは正しくない表現だ。あの頃は、大食いであることもまた、男性の魅力になっていた。

突然、目が潤《うる》んできた。

あれ？　いったいどうしたんだ？

真穂はハンカチを出して、目元を押さえた。木綿が涙を吸い取る頃には、自分の心に何が起こったのか理解していた。

自分たちは、あの頃とは違う人間なのだ。

藤波が死に、夏蓮が姿を消した。残された仲間たちは、乗り越えたはずだった。卒業して、ある者は就職し、ある者は大学院に進学した。全員が首都圏に残ったとはいえ、新しい生活を大切にしているうちに、疎遠になっていった。他のすべての大学生がそうであるように。

しかし、夏蓮が現れて、変わった。いや、それも正しくない。石戸と智秋の結婚式で全員が集結するのは不思議ではない。そこに、ずっと行方がわからなくなっていた夏蓮が現れても。自分たちは二次会、三次会と楽しみ、続く日曜日と月曜日を共に過ごした後、夏蓮を見送っていたはずだ。そしてまた普段の生活に戻る。それまでと違ったところといえば、SNSのやりとりに夏蓮が加わることくらいで。

それなのに、夏蓮が殺されたことによって、流れに狂いが生じた。いってみれば、大人になった精神のまま、学生時代に強制的に戻されたような感覚。あの頃とは違う場所にいることがわかってるのに、舞台の書き割りはキャンパスなのだ。高校を卒業したのにセーラー服を着せられた居心地の悪さ。それが感覚的には最も近いだろうか。窮屈だし似合わないのに、夏蓮の死によって自分たちは学生時代の衣を着せられた。

いけない。真穂はハンカチを握りしめた。自分の境遇を憐れんでも、なんの意味もない。夏蓮は再び姿を現したのだし、死んでしまったのだ。なかったことにはできない。事件を抱え込んだまま、自分たちは先に進まなければならない。

カレーとサラダが運ばれてきた。カレールウもご飯も熱いから、かき込むようには食べられない。サラダをつまみながら、ゆっくりとご飯をルウに混ぜて口に運ぶ。

そう。自分たちは先に進まなければならない。では、先に進みたくない人間はどうか。復讐の連鎖に囚われてしまった人間は。たとえば櫻田。復讐を誓うということは、事件のあった場所から一歩も動かないことを意味する。だって、動くということは、事件と距離ができることにつながるから。それでは、復讐心が薄れてしまう。

広島のビアレストラン。櫻田は川尻や下島を挑発することで、犯人を特定しようとした。しかし失敗した。彼は、これからどうしていくつもりなのだろうか。同じように犯人を特定しようとして、失敗し続けていくのだろうか。それでは復讐できない。いずれは警察が犯人を逮捕するだろう。裁判で有罪になれば、刑務所行きは免れない。犯人が服役している間、ずっと事件のあった場所に居続けるつもりなのだろうか。何年後か十何年後かに犯人が出所したときに、あらためて復讐するのだろうか。

自分には、絶対にできない。暗い執念に気が遠くなりそうになるけれど、妙に納得している自分も自覚していた。考えてみれば、藤波の事件のせいで夏蓮が消えたことを、最も引きずっているのが櫻田だった。元々理屈っぽくて、純朴な下島や思い込みの激しい菜々美と言い争いをしていたけれど、あれほど暗い男ではなかった。いくら時を経ても、人間は根っこのところでは、そう変わらない。櫻田義弘という人間は、そんなふうにしか対応できない人間なのかもしれない。

いや、彼には救世主がいる。ひろみだ。今夜、ひろみは決着をつけると言った。事件を終わらせるという宣言だ。彼女は「全体の説明がつく『絵』は見えた」とも言っていた。絵を解き明かす過程で、おのずから犯人もわかるだろう。ひろみが丁寧に説得すれば、櫻田は思い留まってくれるのではないだろうか。櫻田は犯罪者になることなく、先に進むことができる。沖田はそうなることを望んでいるからこそ、ひろみに下駄を預けたはずだ。

そういえば、ひろみは沖田に今夜のことを話したのだろうか。

ひろみは、いわば沖田から宿題を出された恰好になっている。問題は解き終えたと報告したのだろうか。それとも、すべてが終わってから話すつもりなのだろうか。

わからないけれど、沖田は元々自分が順司叔父に紹介されたのだ。ひろみに任せっぱなしなのも申し訳ない。いったんスプーンを置いて、携帯電話を取った。沖田兄妹のメールアドレスは教えてもらっている。

『お疲れさまです。昨晩はありがとうございました。桶川さんが、答えを出したようです。今夜、決着をつけると言っています。六時半に渋谷駅に集まることになりました。終わったら、また連絡します』

それだけ入力して、メールを送信した。今日は日曜日だ。今夜解決したとしても、顚末《てんまつ》を報告するのは、また次の土曜日になるだろう。呑気《のんき》な話だけれど、お互い仕事を持っている以上、仕方がない。カレーを食べ終わる頃に、返信が来た。

『ご幸運をお祈りします。渋谷駅は、事件の日にみなさんが別れたという、ハチ公口ですか？』

さすが、いい勘をしている。そうです、と返事する。次の返信はすぐに来た。

『気をつけて』

櫻田が暴走しないよう、気をつけろという意味だろうか。そもそも順司叔父が沖田を紹介してくれたのは、復讐の連鎖を止めてもらうためだった。心配してくれるのはありがたいけれど、これは自分たちの事件だ。自分たちでカタをつける。

昼食を終えてアパートに戻ったら、午後二時を過ぎていた。約束の時間までにやることといえば、シャワーを浴びることくらいだ。しかし、それは後でいい。昨晩は深酒したからら、ぐっすり眠れなかった気がする。事件の緊張で疲労も溜まっているのか、身体の芯が重い。少し横になろう。

念のため目覚まし時計を午後四時三十分にセットして、ベッドに寝転がった。目を閉じる。

すぐに眠れるかと思ったけれど、心の奥のどこかが興奮しているのか、なかなか眠れない。けれど疲労感と眠気はあるという、中途半端な状態だ。まあいい。無理に眠らなければならないわけではない。せっかくの日曜日に、なんの予定もない暇人《ひまじん》だ。このままごろごろしていればいいだろう。

他のみんなは、どうしているのだろう。

菜々美は大学院で菌を扱っている。菌も生き物だから、世話をしに研究室に行っているのかもしれない。

櫻田はどうだろう。いつでもOKと返事してきたことからして、用事はないと思われる。一人の部屋で、犯人への憎悪をたぎらせているのだろうか。

石戸と智秋は、用事があって銀座に行っている。考えてみれば、夏蓮は二人の結婚式当日に殺害された。友人が殺されるなんて、最悪の船出ともいえる。本人たちはともかく、双方の両親は事件に対して腹を立てているかもしれない。腹を立ててどうなるものでもないけれど。

下島はどうか。恋人の川尻は、休日出勤中だ。昨日もそうだったらしいから、この週末は、横浜に行っていないだろう。船橋の自宅で一人過ごしているのだろうか。彼が犯人だったら、夏蓮を殺したことを、どう考えているのだろう。犯人でなければ、川尻のことを疑って悶々としているのだろうか。あるいは川尻から犯人だと聞かされていて、恋人が逮捕される瞬間を想像して恐怖しているのだろうか。いずれにせよ、心穏やかな週末とはいいがたい。

川尻は学校で仕事中か。あるいは、午後の早い時間帯に終わるということだったから、もう家路についているのかもしれない。仕事を終えて一人になっているのであれば、下島と同様に暗い気持ちでいるのか。

そう考えたけれど、具体的に想像できていない自分に気がついた。なぜか。純朴な下島は、悶々とする光景がよく似合っている。しかし川尻は、どちらかといえば泰然自若《たいぜんじじゃく》というタイプだ。性格の違いを知っている自分の偏見が原因なのか。

目を閉じたまま、川尻の顔を思い浮かべる。象のような目。元々優しげな顔は、楽しげだった。あれ？　この表情は、過去のものじゃない。つい最近見た。

思い出した。広島のビアレストランだ。櫻田の追及をいなしていたときじゃない。その後、自分から率先して議論を進めていたとき。動機でなく、エビデンスベースの話をしようと言っていた。あのとき、川尻は楽しげだった。真穂は、その表情に引っかかるものを感じていたのだ。なぜ楽しげなのかと。しかし凶器である紐の話題に移ったから、意識がそちらに向いてしまい、深く考えなかった。それでも印象に残っていたのだろう。だからこそ、今になって思い出した。

なぜ川尻は楽しげだったのか。曖昧な動機や態度ではなく、エビデンス、つまり証拠が見つからないかと、川尻は主張した。それはとりもなおさず、お互いがお互いを疑い合う状況を作り出すことにつながる。とても楽しげな気分になれる状況ではない。

可能性はふたつある。ひとつは川尻が犯人で、完璧な犯行をやってのけたから、証拠など見つかるはずがないと高を括《くく》っていた可能性。これはあり得ない。あの事件は、捜査の素人である自分が見ても、雑な犯行だ。いくら裏道で人通りが寂しかったとはいえ、目撃者がいなかったのは幸運だったに過ぎない。とても完全犯罪でございますと胸を張れるものではない。あの川尻が根拠のない安心をするはずがないのだ。

では、もうひとつの可能性が正しいことになる。川尻は、犯人ではない。犯人でないから、いくら議論を進めても痛くも痒《かゆ》くもない。話しているうちに、櫻田に疑いがかかることもあるだろう。自分を侮辱した後輩にお灸《きゅう》を据えるつもりもあったかもしれない。だから楽しげだった。

真穂は勢いよく身を起こした。

ちょっと待て。川尻は犯人じゃない。それが本当なら、犯人は下島ということにならないか？

眠気が吹き飛んでいた。下島が犯人だって？

下島は大学に入って、サークルの先輩である藤波に恋をした。その頃は、藤波は幼なじみの川尻とつき合っていたのかもしれない。それでもよかった。同性愛者がマイノリティという自覚のある下島は、手の届かない相手というより同好の士として、二人と仲良くしていた。

しかし夏蓮が現れて、状況が変わった。藤波は異性も愛する人間だった。藤波は夏蓮とつき合い始めた。残された川尻と下島は寂しかったけれど、マイノリティを卒業してマジョリティに向かう藤波を応援する気になっていた。

下島には、藤波が無理心中を図った理由がわからなかった。藤波と夏蓮の間に起こったトラブルが原因ならば、関知しようがない。生き残った夏蓮に対しては素直でいられるはずもないけれど、夏蓮は大学を中退して、姿を消してしまった。下島は、藤波の存在を過去のものにするしかなかった。

それには成功したのだ。同じ悲しみを背負う川尻とつき合うようになり、大学を卒業した。仕事場は川尻の住む横浜からは遠かったけれど、週末ならば通えない距離ではない。それなりに充実した生活を送っていたのだろう。

そんな下島の前に、再び夏蓮が現れた。夏蓮の登場はいやがうえにも藤波を思い出させたけれど、顔を見ただけで殺意を抱くには、事件から時間が経ちすぎていた。それにこの連休が終われば夏蓮はまた広島に戻ってしまい、下島に顔を見せることはなくなる。そう割り切って、三次会に向かった。その道中で、聞いてしまったのだ。

——わたしには、行く資格がないの。

行きたくないというのなら、わかる。恋人に危うく殺されかけた記憶は重い。わざわざ思い出したくない場所に行きたがるはずがない。けれど夏蓮は違った。行く資格がない。この発言は、夏蓮が無理心中未遂事件に責任を感じているから出たのではないか。一方的な被害者なのに、なぜ責任を感じるのか。藤波が事件を起こした原因が、自分にあるから。

誰もがうらやむ恋人同士だった藤波に、殺意を抱かせるほどの責任とは何か。下島には心当たりがあった。夏蓮と出会うまで、藤波には同性の恋人がいたのだ。もし夏蓮がそのことに気づいて、藤波を責めたとしたら?

根拠はある。下島もまた、藤波の遺書の内容を知っているのだ。夏蓮の言葉をきっかけに『もう誰にも顔向けできない』という言葉から、最も知られたくない秘密がばれてしまった事態を想像するのは簡単だ。そして、下島は藤波の秘密を知っていた。下島は、真相を知ることができたのだ。

藤波は夏蓮によって追い詰められ、事件を起こしたのではないか。責任が夏蓮にあるのなら、なぜ夏蓮は生きているのか。

怒りが殺意に変わるのに、時間はかからなかった。渋谷駅で地下鉄に向かうふりをして夏蓮を追跡する。藤波は夏蓮を扼殺しようとしたけれど、こちらは指の痕を残すわけにはいかない。途中のコンビニエンスストアで荷造り用の紐を買って、夏蓮を追いかけた。幸いにも、夏蓮が投宿していたプチホテルは裏通りにあった。周囲から人影が消えたところで下島は夏蓮に近づき、一気に首を絞めた——。

ぶるりと身体が震えた。絵が見えた。そんな気がした。

ひろみも、同じ絵を見たのか。いや、彼女だけではない。あのときビアレストランにいた誰もが、川尻の表情を見ている。直前まで夏蓮の両親に対してあれほど怒っていたのに、事件の具体的な話を始めた途端、楽しげになった。元々誰の頭にも、無理心中事件の原因を夏蓮に求めていたのは、川尻と下島だという意識がある。川尻が楽しげに事件をエビデンスで語ろうとしている以上、犯人とは考えにくい。だったら、消去法で犯人は下島。そこまで考えることは誰にでも可能だ。誰にでも可能ということは、櫻田にも思いつくということだ。櫻田が下島犯人説に至ってしまえば、後は復讐の連鎖が回り始めるだけだ。悲劇は防げない。

はたして、櫻田は気づいているのだろうか。どうやって確認すればいいのか。

「待てよ……」

真穂は携帯電話のメールソフトを起動させた。今夜の予定を調整したメールを呼び出す。櫻田のメールだ。

『僕もいつでもOKです』

ひろみの最初のメールに、櫻田はこう返信してきた。しかし、集合時刻を午後六時半に設定したら、こんな返信が来たのだ。

『六時半まで待ってもらえれば、助かります』

おかしいではないか。いつでもOKなのに、どうして六時半まで待ってもらえれば助かるんだ？

考えられることとしては、一本目の返信と二本目の返信との間に、用事ができた可能性がある。用事はできたけれど、午後六時半であれば問題ないと判断して、あのようなメールを送ったのか。それとも、何か思惑があるのか。

ひろみが招集をかけた理由は「話がある」というものだった。このメンバーでする話といえば、事件のことしか考えられない。いきなり招集メールを送りつけられたメンバーたちにとっても、話の内容を類推できたのではないか。ひろみには、犯人がわかったのだと。櫻田がそう考えたとしたら、どうか。櫻田は犯人に復讐したがっている。しかし櫻田よりひろみの方が先に犯人に行き着いてしまえば、櫻田が復讐を実行する前に、犯人は警察によって逮捕されてしまう。復讐できなくなるのだ。彼にとって許されることではない。だったら、集合時刻までに決着をつけてしまおう。そう考えても不思議はない。考えた挙げ句に二本目の返信をよこしたのなら、櫻田はすでに同じ結論を得ている。だからこそ、行動に出られるのだ。

鼓動が速くなるのを感じた。なんとかしなければ、櫻田は一線を越えてしまう。

下島の携帯電話の番号は知らない。知っていても、かけるわけにはいかない。こちらが疑っていることがばれたら、逃亡される危険がある。

同様に、櫻田に連絡を取るわけにもいかない。突然真穂から電話がかかってきたら、櫻田は怪しむ。むしろ真穂から聞き出そうとするだろう。櫻田の暗い圧力に対抗する自信がない。

ひろみに相談しようか。いや、彼女にも腕ずくで荒事を止める力はない。とすると、残るは一人だ。

真穂は携帯電話を取った。液晶画面の時刻表示は、午後四時となっていた。眠れないと思っていたけれど、うつらうつらしながら考えていたのだろうか。けっこう時間が経っている。

ボタンを操作して、アドレス帳を呼び出す。か行。川尻の名前がすぐに出てきた。川尻は二次会の幹事をやっていた。何かあったときに連絡を取るため、携帯電話の番号を聞いておいたのだ。

少しためらって、通話ボタンを押す。電話を耳に当てる。三コールでつながった。

『はい』

「あ、ああ、川尻くん？」

『なんだ、赤垣か。突然どうした？』

「えっと、まだ仕事？」

『いや、もう終わって家にいるよ。約束の六時半には間に合うよ』

出欠の確認をしたと思ったのだろうか。どこかしら呑気な口調だった。

どうしよう。電話をかけたはいいけれど、本当に川尻でよかったのか。下島が犯人だと聞かされたら、川尻は彼を逃がすのではないか。

逃がしてもいい。

真穂はそう結論づけた。下島が逃げることで、櫻田が罪を犯さずに済むなら。復讐の連鎖が止まるのなら。

「あの、ひとつ聞きたいんだけど」

『何？』

「川尻くんは、犯人じゃないよね？」

『何言ってんだ』電話機の向こうで笑う気配。『無実だよ。こっちは聖職者だぜ。犯罪に手を染めるわけがない』

教師の不祥事など、しょっちゅう新聞紙上を賑わせているじゃないか。そう思ったけれど、口に出している余裕はない。

「わかった。それを信じるとして、今からシモジと会う予定、ある？」

『シモジ？』怪訝な響き。『いや、ないけど……』

「連絡を取ってくれない？」

『連絡って、なんで？』

「なんでも」これ以上ないくらい、相手に不審感を抱かせる言い方。しかし他に思いつかない。

「電話してみて、捕まったら、できるだけ早く合流して。渋谷まで、離れず二人でいてほしいんだ」

『――赤垣』川尻の声が低くなった。『おまえ、何が言いたい？』

「今は言えない」これまた疑念を増すだけの返答だ。でも、ことの重大さは伝わるだろう。「渋谷で合流してから、説明する。だから今は、言うとおりにして」

しばらく、川尻から返事はなかった。十秒ほど沈黙が続いただろうか。携帯電話を握りしめる手が白くなった頃、ようやく川尻が口を開いた。

『わかった』その声は、いつもの川尻のものだった。『言うとおりにするよ。その代わり、会ったら説明しろよな』

「うん。恩に着るよ」

『じゃあ、後で』

電話が切れた。

ふうっと息をついて、携帯電話を置く。仮に櫻田が真相にたどり着いていたとしても、川尻が近くにいたら、手を出せないだろう。とりあえず、悲劇は回避できる。

こっちは、シャワーでも浴びよう。今夜も遅くなって風呂に入れなければ悲劇だ。衣装ケースを開けてバスタオルを取り出したとき、携帯電話が鳴った。液晶画面を見ると、川尻からだった。フリップを開いて通話ボタンを押す。

「どうだった？」

いきなり本題に入った。しかし川尻は答えなかった。逆に質問を返してきた。

『赤垣。おまえ、何を知ってる？』

「何をって……」

説明しづらい。ためらっていると、川尻が言葉をつないだ。

『シモジに電話したけど、出なかった』

あり得ない現象を目の当たりにしたときの口調だ。肌が粟立《あわだ》つ。

『赤垣。おまえ、心当たりがあるんだろう。そうじゃなきゃ、突然シモジの話なんて、するはずがない。何を知ってる？』

低く抑えられた声に、川尻の緊張が表れていた。

「証拠があるわけじゃない」真穂は言葉を選びながら言った。「サクラが、シモジが犯人だと思い込む危険性に気がついたんだ。ほら、事件の後のサクラって、雰囲気がやばいじゃんか。念のため、シモジの傍に誰かいた方がいいと思ったんだよ」

嘘ではない。というか、今の真穂が提供できる、最大限の情報だ。本気が伝わったのだろうか。川尻が電話の向こうでぬうっと唸った。

『そう言われても、電話に出なけりゃどうしようもない。サクラの方はどうなんだ？　あいつと連絡は取れたか？』

「まだ取ってない。というか、サクラの携帯番号を知らないんだ」

『俺ならわかる』川尻はそう言った。『二次会の幹事をやったから、出席者全員の携帯番号を聞いている。かけてみるよ。話ができれば、お前が心配しているようなことにはならないと思う』

この前対立したばかりの相手に対して、ずいぶんと優しい発言だ。やはり、川尻はこうでなくては。

「お願い」

『わかった』

再び電話が切られた。川尻なら、きちんと電話して、首尾を教えてくれるはずだ。真穂はシャワーを浴びるのをやめて、川尻からの電話を待った。

二分も待たなかった。携帯電話が鳴り、手に取る。「どうだった？」

『出ない』

返事は短かった。唾を飲み込む。復讐の連鎖につながれた二人の男。二人とも連絡が取れないって？

『とにかく、今から出るよ。渋谷に向かう。途中で連絡が取れればいいんだけど』

「わかった」真穂も言った。「わたしも、すぐに行く」

電話を切った。もう、シャワーどころではない。支度して、すぐに出よう。いや、その前にひろみだ。真穂は、今度はひろみに電話をかけた。ひろみは、すぐに電話に出た。

『どしたの？』

「大変だよ」ひろみの声を聴いて安心したのか、涙が出そうになった。「シモジとサクラが、連絡が取れないんだって」

『ええっ？』

「もしサクラがシモジのことを犯人だと思っていたら、行動を起こすかも」

『真穂、ちょっと待って』

強い口調で言った。『ちゃんと説明して』

真穂は先ほど得られた解答について、ひろみに説明した。

「というわけで、わたしたちと同じものを見ていたサクラが、同じ結論にたどり着いても不思議じゃないでしょ？　安全策を講じておくに越したことはないよ」

ひろみは、すぐには答えなかった。ほんの数瞬の間を置いてから、口を開いた。

『あんたの叔父さんは言ったよね。人間は納得をベースに行動するって。確かに、サクラがあんたの仮説に納得すれば、行動を起こせる。ちょっと、危険かな』

『わかった。まだ早いけど、わたしも行くよ』

「でしょ？」

「うん。じゃあ、ハチ公口で」

『オーケー』

電話を切った。出掛けなければ。トイレを済ませて歯を磨いていたら、目覚まし時計が鳴った。そういえば、午後四時三十分にセットしていた。手を伸ばしてアラームを止めて、口をゆすぐ。化粧を直していたら、四十五分になった。急ごう。

――サクラ、早まらないで。

真穂は、家を飛び出した。

第十二章　復讐の連鎖

渋谷駅に到着したときには、日はとっぷりと暮れていた。

待ち合わせ場所のハチ公口には、すでに川尻とひろみが到着していた。下島も、櫻田もいない。

「二人と、連絡は取れた？」

川尻の顔をひと目見て答えはわかったけれど、訊いてみる。案の定、川尻は首を振った。

「何度も電話もメールもしたけど、反応がない」不安を隠しきれない声だ。「シモジが電話に出ないなんて、はじめてだ」

ダメか。肩を落とす。連絡が取れないのでは、どうしようもない。

「六時半って指定したのが、まずかったかもね」

ひろみが押し殺した声で言う。

「真穂の言うとおり、わたしが何を言いだすのかわからないから、サクラはその前に決着をつけようとしたのかも」

「それで」川尻が二人を睨みつけた。「どうしてシモジが犯人だと疑われなきゃならないんだ？」

真穂は一度川尻の顔を見て、それから目を逸らした。

「川尻くんが、楽しげだったから。広島で事件を解決しようと話をしたとき」

川尻が瞬きした。「俺が？　楽しげ？」

心当たりがあったようだ。そこから真穂の思考をトレースしたのだろう。うつむいてつぶやく。「そういうことか……」

しかし、すぐに顔を上げる。

「赤垣がそんなふうに考えたのなら、確かにサクラが同じことを考えても、不思議はないな。藤波の件で熊木にわだかまりがあるのは、俺とシモジとドーモっちゃんだ。ドーモっちゃんは石戸さんと一緒にいたから、犯人であるはずがない。真相究明にビクビクしない俺が犯人じゃなければ、消去法でシモジか」

沈痛な面持ちで頭を振る。

「説得力はあるよ。俺が犯人じゃないってのも、本当のことだ。でも、シモジが犯人というのは間違っている」

「えっ？」

川尻はまっすぐに真穂を見た。

「赤垣は間違っている。シモジは、犯人じゃないんだ」

「……」

真穂は答えられなかった。犯人は川尻でもなく、下島でもないとは、どういうことなのか。

「そう。犯人じゃない」

ひろみも言った。「真穂。あんた、肝心なところを忘れてる。昨晩、沖田さんが話したじゃない。犯人でない方は、事件についてどう考えてるのかって。沖田さんは、ヒントをくれたんだよ。川尻くんが犯人じゃなかったら、川尻くんはシモジが犯人かもしれないと思って疑心暗鬼に陥るはずでしょ。だったら、川尻くんが楽しげでいられるはずがないよ。川尻くんが楽しげだってことは、シモジも犯人じゃないってことなの」

「あ、そうか」言われてみればそうだけど、だからといって真相は見えてこない。ひろみは口を真一文字に結んだ。「でも、サクラがそう信じている可能性は否定できない。なんとかして、見つけださなきゃ」

「見つけださなきゃって、どうやって？」

混乱が収まらないまま、真穂は尋ねる。ひろみは自らの顎をつまんだ。

「サクラは神奈川で、シモジが千葉。二人が会おうと思ったら、都内になる可能性が高いよね。だったら、サクラが指定しそうな場所って、わかりそうなものじゃない？」

わかりそうと言われても、困る。そう抗議しようとしたら、川尻が目を見開いた。

「ここかっ！」

ここ――渋谷のことか。

「そう」ひろみは小さくうなずいた。「さらに言えば、もっと絞れるでしょ」

「事件現場、だな」

「そこにいなかったら、アウトだけどね。夏蓮に強い思い入れのあるサクラなら、シモジを事件現場に呼び出して追及しそうな気がするんだ」

「そのとおりだ。行くぞ」

川尻がせかせかと歩きだした。慌ててついていく。

混乱はまだ収まっていない。下島が犯人じゃないという二人の意見を整理できていない。けれど、櫻田が夏蓮が見つかった場所を目指すというのは、理解できた。

日曜日の夕方だ。渋谷は人でごった返している。しかし一本入った小道には、人影がなかった。あの夜もそうだったのだろうか。

「この先だ――あっ」

川尻が声を潜めた。真穂には、声の意味がわかった。五十メートルほど先の街灯。その灯りにふたつの人影が照らされていたのだ。二人で何か話しているようだけれど、この距離では声までは聞こえない。

「行こう」

川尻が短く言って歩きだした。数メートル歩いたところで、人影に反応があった。こちらを向いたのだ。それで顔が見えた。やはり。下島と、櫻田だ。

「よおっ！」

わざと明るく、大声で川尻が声をかけた。まるで、学校で生徒に話しかけるように。二人の後輩が、びくりと震えるのがわかった。

「川尻さん」

下島が戸惑ったような声で言う。「どうして、ここに？」

「それは、こっちの科白だ」川尻は同性の恋人を睨みつけた。「なんで、お前がここにいるんだ」

「いえね」下島は櫻田の方に顎をしゃくって見せた。「サクラが、約束の一時間前に来てくれってメールしてきたんですよ。川尻さんの話をしたいからって」

「俺の?」

櫻田を見る。櫻田は口を閉ざしたままだ。下島が唇を歪めた。

「駅で合流したら、ここに連れてこられたんです。それで話をしてたんですが……」

「ですが?」

「川尻さんは犯人じゃないって、サクラが言うんですよ。どうしてそんな当たり前のことを言うのか不思議がっていたら、川尻さんたちが来たんです」

櫻田の言わんとしたことはわかる。川尻は犯人じゃない。だからお前が犯人だと言いたかったのだろう。

どの程度ぎりぎりだったのかはともかくとして、少なくとも、二人とも生きている。それでも、真穂たちが待ち合わせ時刻どおりに来ていたら、その前に悲劇は起きていたかもしれない。真穂の判断は正しかったのだ。結論は間違っていたかもしれないけれど。

櫻田は黙っていた。ただ黙って川尻と下島を見つめていた。

「サクラ」

今度はひろみが話しかける。顔を近づけないと聞こえないくらい、小さな声で。

「サクラ。あんた、紐を持ってる?」

空気が凍りついた。真穂も、川尻も、下島も固められたように動けなくなった。

櫻田は、変わりなかった。ただ一度動いた。右手をジャケットのポケットに突っ込み、引き出した。

「——っ！」

真穂は息を呑んだ。櫻田の右手には、荷造り用の麻紐が握られていたのだ。

「それ、どうしたの？」

「ここに来る途中で買いました。ディスカウントショップがあったので」

ようやく櫻田が口を開いた。

「それを、シモジに使うつもりだったの？」

「決めていたわけじゃありません」

紐を、またポケットにしまう。「シモジが犯人だという確証が得られたら、です」

ひろみは、今度は下島に顔を向けた。

「シモジは、どんな準備をしてきたの？　川尻くんの電話に出なかった以上、考えることがあったと思うけど」

下島は黙ってショルダーバッグに手を入れた。抜き出した手には、カッターナイフが光っていた。

「念のための準備です。サクラが僕や川尻さんを殺そうとするのなら、防御しなけりゃいけませんから」

真穂は理解していた。櫻田に呼び出されたとき、下島は彼の狙いに見当をつけた。そして万が一にも川尻に危害が加わらないよう、自分一人で対処しようと考えたのだ。

「そう」ひろみがまた櫻田を見た。「二人とも、使わなくてよかったね。そんな必要はなかったから」

櫻田が眉を上げた。「必要はない？」

「あの」川尻が口を挟んだ。「もうすぐ六時半だから、一度駅に戻らないか？　みんな待ってるぞ」

反対意見はなく、行きとは打って変わってのろのろとした足取りで渋谷駅に戻った。まだ午後六時二十分だったけれど、すでに石戸夫妻と菜々美は到着していた。

「あら」智秋が高い声を上げた。「あんたたち、妙なところから来るのね」

「ちょっと事情があってね」

ひろみがなんの説明にもなっていない答え方をする。智秋は不満げだったけれど、それ以上尋ねてはこなかった。

「それで、今からどうするの？」

午前中の話では、今から個室居酒屋を探して入ることになっている。当然ひろみがそう言うと思ったら、ひろみは川尻と下島に顔を向けた。

「ごめん。二人にお願いがあるんだけど」

「何？」代表して川尻が問う。ひろみは改札口を指し示した。

「二人、Ｓｕｉｃａだかｐａｓｍｏだか持ってるでしょ。券売機で、使用履歴の印字をしてきてくれない？」

なんだ？　それは。

思いきり奇妙な依頼だった。二人とも依頼の意味を理解してはいないようだけれど、ひろみに従った。券売機に向かい、交通ＩＣカードを挿入して使用履歴印字を行った。印字された用紙を持って戻ってくる。

「やってきたぞ」

「ありがと。じゃあ、行こうか」

「行こうって」今度は石戸が尋ねた。「どこに？」

ひろみは簡単に答える。「事件の現場です」

「……………」

石戸が黙ったのを了解の意味にとったのか、ひろみが歩きだした。全員が黙ってついていく。歩きながら、川尻がさりげなく下島と櫻田の間に身体を入れていた。

「ちょっと」ひろみの横を歩きながら、真穂は話しかけた。「誰にも話を聞かれないところがいいんじゃなかったの？」

しかしひろみは素っ気なく答えた。

「ここも似たようなものでしょ。殺人事件の目撃者がいなかったくらいだし」

真穂が効果的な反論を思いつく前に、現場に到着してしまった。

表通りから一本入っただけの、狭い路地。投宿していたプチホテルは、ここから二百メートルと少し。そんなところで、夏蓮は殺害された。紐で首を絞められて。発見したときには、死体に段ボール箱をかぶせられた状態だった。そう。あれは、ほんの二週間前の出来事なのだ。

現場のすぐ近く、街灯が照らしている空間で輪を作る。ひろみが、ゆっくりと顔を回して全員を見た。

桶川ひろみ。

石戸哲平。

石戸智秋。

川尻京一。

下島俊範。

櫻田義弘。

棚橋菜々美。

そして自分、赤垣真穂。

ここに熊木夏蓮を加えた九人が、三次会に参加した。

「みんな、ごめん」

ひろみは、そう切り出した。

「みんなには、迷惑をかけた。だから、幕引きするのも、わたしの責任だと思うんだ」

石戸が眉を上げた。「桶川の責任？　どうして？」

ひろみは申し訳なさそうな顔を先輩に向けた。

「今から説明します」

そして全員を等分に見た。

「余計なことは言わない。さっさと話を進めるよ。夏蓮は、この場所で、この中の誰かに殺された」

「それは」石戸が抑制された声で返す。「強盗や暴行目的の事件でなければの話だな」

「そのような痕跡はありませんでしたから」

川尻が代わって答える。石戸もわかっていて言ったのだろう。ただ、必要な手順を踏むためになされた発言のようだった。ひろみもわかっているようで「話の腰を折りやがって」といった不快感は示さなかった。ひとつうなずくと、話を進めた。

「まず智秋」

ひろみは新婚の女性の名を呼んだ。智秋が表情を硬くする。

「智秋は、かつて藤波くんのことが好きだった。藤波くんの無理心中事件のときも、藤波くんを擁護する側だった。つまり、夏蓮にも責任があるのではないかという立場。だからいきなり夏蓮が現れたとき、藤波くんの動機を訊きだして、夏蓮により重い責任があったら復讐のために殺害する。そんな動機を持ってもおかしくない」

智秋は何も言わなかった。ただ、ひろみの話を聞いていた。

「では、智秋が犯人なのか。違うと思う。なぜなら、石戸さんがいるから。まさか新婚初日に、新郎を放置して殺人に出掛けることはできない。共犯でもない。石戸さんはかつて夏蓮のことが好きだった。夏蓮に対する思い入れの方向が真逆だから、夏蓮を殺す手伝いをするはずがない。二人は二人でいたという事実だけで、無罪」

智秋が大きく息をついた。その肩を、石戸が抱く。

「次は真穂。真穂には、動機がない。藤波くんを好きだったわけでもないし、無理心中事件のときにも、別に擁護していなかった。夏蓮にも思い入れがない。他に重大な疑いがかからないかぎり、容疑を外していいと思う」

ひどい言われようだ。けれど誰も異を唱えないから、同じように思われているのだろう。無罪判決はありがたいけれど、やはり寂しい気がした。

「わたし。わたしは夏蓮を呼んだ張本人。だからいちばん怪しいようだけれど、逆に最も疑われるタイミングに殺すのも、考えにくい」

「そうですか？」下島が眉間にしわを寄せた。「殺せるタイミングがここしかないからじゃないんですか？　だって、熊木さんが上京するタイミングこそが、千載一遇のチャンスですよ」

ひろみは下島に笑みを向けた。

「千載一遇じゃないよ。だって、わたしは夏蓮の住所を知っているんだよ。広島まで殺しに行けばいいだけじゃんか。いつでも殺せる」

下島が鼻白んだようにのけぞる。

「サクラはどうかな。広島で、川尻くんは、サクラが夏蓮を自分だけのものにするために殺したって言ってたよね」

川尻は象のような目を細める。「ああ、言ったな」

「本当だと思う？」

「ないね」川尻は即答した。「サクラは熊木を崇拝していた。サクラがホテルに帰る熊木を追いかけたとしたら、自分の思いの丈を伝えるためだ。藤波のときは護れなかったけれど、もう失敗しないと」

「それを拒絶されたから殺したんじゃないんですか？」

菜々美が冷ややかな声で言った。しかし川尻は首を振る。

「それだと、紐を前もって用意できたはずがない。サクラは熊木を殺したりしていないんだ」

菜々美が言葉に詰まった。なんだ、川尻も自分たちと同じ結論に達していたのか。広島では、わかっていてあえて言及したということだ。おそらくは、ひどい言葉を放った後輩にお灸を据えるため。

ひろみが声を明るくした。

「さあ、ここでメインイベント。川尻くんの登場です。藤波くんの幼なじみで、誰よりも事件後の藤波くんを擁護していた。つまり、夏蓮の責任を訴えていた。動機としては、最も強い人ですね」

二次会の司会者のような、わざとらしい喋り方。

「でも、残念ながら川尻くんも違います。なぜなら、広島で謎解きを始めたときに、妙に楽しげだったからです。自らの罪を暴露されそうなときに楽しげになる奴はいません。犯人じゃないからこそ、川尻くんはそんな振る舞いができました。よって無罪」

ひろみが下島を見据えた。下島の表情が硬くなる。

「じゃあ、シモジはどうでしょうか。シモジもまた、藤波くんを強く擁護していました。夏蓮に原因があるんじゃないかと疑っていました。川尻くんが犯人じゃない以上、シモジが犯人だったら、スッキリするんだけど」

川尻が苦笑する。「スッキリとは、ひどい言い方だ」

ひろみも渋い顔をして笑った。

「ごめんね。それで、ひどいついでに訊きたいんだけど」

「何？」

ひろみは、川尻と下島を見つめた。

「あんたたち、できてるでしょ」

空気が固まった。

智秋と石戸は、何を聞いたのか理解できなかったのか、きょとんとしている。

櫻田は顔を強張らせた。凍りついた表情のまま、二人を見つめる。

菜々美は両手で自分の口を押さえた。驚きのため叫びだすのを防ぐかのように。

川尻は表情を変えなかった。むしろ優しげに、同期の女性を見返した。

「ああ。別に隠すことでもないからな」

「はい」

下島も首肯した。手を伸ばして、川尻の手を握る。

「うん」単に事実確認をしただけ、といった口調でひろみは続ける。

「さっき、智秋と石戸さんが無罪といった根拠に、二人が一緒にいたからって話をしたでしょ？　同じことが、川尻くんとシモジにも言えるんじゃないかと思ったんだ。なんといっても三連休の初日だよ。二人で同じ場所に帰る方が自然だと思った。そこで、物的証拠」

ひろみは掌を前に差し出した。「さっきの、利用記録を見せて」

川尻がシャツのポケットから印字された利用記録を取り出した。下島も倣う。街灯の光で眺める。利用記録は、日付、入った駅名、出た駅名、そして残額が書いてある。細かい印字は読みにくかったけれど、街灯の下で覗きこんで、なんとか内容を読み取ることができた。事件のあった日、十月十一日の記録を見る。川尻のカードは、渋谷駅から入って、菊名駅から出ている。そして下島のカードは——同じだった。

そうか。

真穂はようやく理解していた。昨晩、帰りの電車の中で、ひろみは真穂の外泊用荷物を凝視していた。あのとき、気づいたのだ。沖田がしつこく「二人で帰ってください」と言っていた理由に。夫婦である石戸と智秋が同じ家に帰るように、恋人同士である川尻と下島が同じ家に帰るのは、ごく自然なことなのだと。

二人がずっと一緒にいたのなら、二人とも犯人か、二人とも無罪かのどちらかになる。

ひゅっと息を呑む音が聞こえた。ひろみは聞こえないふりをして、話を続けた。

「使用履歴には、時刻が記載されていない。だからシモジが夏蓮を殺してから川尻くんの後を追った可能性もあるわけだけど、そんなことをしたら川尻くんに疑われることになる。事件について話しているとき、恋人を疑っている川尻くんが、楽しそうにできるはずがない。やっぱり、二人は同時に渋谷から電車に乗ったんだよ」

話しながら、ひろみは誰の顔も見ていなかった。

「川尻くんは無罪という話だった。その川尻くんと行動を共にしていたシモジもまた、無罪ということになるね」

真穂は何も言えなかった。バカな。下島は犯人ではないというのか。信じられない。けれど、ひろみは物的証拠を見つけてしまった。沖田が言ったとおりに。

川尻は犯人じゃない。下島も犯人じゃない。とすると、犯人は決まっている。

真穂は、昨晩抱いた違和感を思い出した。沖田が「熊木さんを殺害するわかりやすい動機と機会があるのは、川尻さんと下島さんだと考えられています」と言ったときに、妙にくどい言い回しに引っかかった。あれは、わかりにくい動機にも目を向けなさいというメッセージだったのだ。

全員の視線が、一人に集まった。先ほど息を呑んだ人間に。

「そんなの」菜々美が言った。暗い街灯の下でも、青ざめているのがわかる。「めちゃくちゃじゃないですか。誰も彼も、無罪の根拠が薄弱すぎます」

ひろみの答えは、あっさりしたものだった。

「うん。そう思うよ」

菜々美が眼鏡の奥で目を大きくする。「じゃあ――」

「人は、納得をベースに行動するものだからね。わたしは、裁判員を説得するつもりはないよ。気になるのは、ここにいるみんなが、わたしの与太話《よたばなし》に納得するかどうかだけ」

ぶん、と音を立てて菜々美が右を向いた。続いて左。かつて同じサークルにいた仲間たちの様子を確認したのだ。大きくした目が、さらに見開かれる。菜々美は知ってしまった。全員が、ひろみの説明に納得したことを。

「な」それでも菜々美は気力を振り絞って立っていた。「何を、証拠に」

「訊きたいのは、こっち」

ひろみが菜々美の言葉を遮った。一歩前に踏み出す。押されたように、菜々美が一歩下がった。

「ナナちゃんに訊きたいの。夏蓮を殺したかどうかじゃない。もっと別のこと」

そして、一言ずつ、はっきりと言った。

「どうして、わたしを殺さなかったの？」

また、高い笛のような音が聞こえた。菜々美の喉が出した音だ。

「な、な……」

「ナナちゃんが本当に憎むべき相手は、夏蓮じゃなくてわたしだったはず。それなのに、どうしてわたしじゃなく夏蓮を殺したの？」

ひろみの声は決して大きくなかった。しかし鞭《むち》となって菜々美の身体を打った。その証拠に、ひろみが発言する度に、菜々美の身体は震えていた。

そしてひろみは、決定的な言葉を放った。

「夏蓮が藤波くんを裏切ったと思ったからなの？」

「あ、あ、あ……」

真っ青だった菜々美の顔が今度は赤黒くなった。窒息しているように、周りの空気を吸おうとする。しかし無限にある空気を、菜々美は吸うことができないようだった。

「ひゅっ！　ひゅっ！」

菜々美の身体が激しく震えだした。

「まずいっ！」

川尻が大きく踏み出し、菜々美の身体を抱えた。

「――――っ！」

声にならない声を上げて、菜々美が失神した。お嬢様女子校の教師であり、同性愛者である川尻が、後輩の女の子を抱きしめていた。その体勢のまま、ひろみを見る。

「どこかで、休ませた方がいいな」

左右を見回す。その視線が止まった。視線の先に目をやると、二人の女性がこちらに向かって歩いてきていた。見覚えがある。真穂のアパートに事情聴取しに来た、女性警察官だ。

女性警察官たちは二メートルほど手前で立ち止まると、警察手帳を見せた。櫻田の顔がまた強張る。

「棚橋さんは、わたしたちが介抱いたします。ご安心を」

川尻から菜々美の身体を引き離した。一切の異議を許さない口調と動作。眼鏡をかけていない方が、真穂を見た。

「またお話を伺おうと思ってお邪魔したんですが、急いでおられたようだったので、タイミングを探っていたんです」

ということは、王子のアパートから尾行されていたのか。警察は、ずっと自分の動きを追っていたのかもしれない。容疑はかけられていなくても、重要な情報源だと、沖田が言ったことがある。まさしく、そのとおりだったのだろう。そして、ひろみの話も、全部聞かれた。

「あの」智秋が女性警察官に話しかけた。眼鏡をかけた方が振り向く。

「あの、ナナちゃん——棚橋さんをどうするんですか？」

眼鏡をかけた方は、表情をまったく変えなかった。

「今申し上げましたとおり、介抱いたします」

失礼します、と言い残して、二人の女性警察官は菜々美を抱えて歩いて行った。どこまで行くつもりかと思ったら、すぐそこにパトカーが止まっていた。菜々美ごと後部座席に乗り込むと、パトカーはすぐに発車した。真穂たちは、また現場に残された。一人減った状態で。

「ひろみ……」

智秋が震える声で言った。「どういうことなの?」

ひろみが答えようとしたとき、携帯電話が鳴った。真穂のものだ。液晶画面で発信者を確認する。沖田だった。フリップを開く。「はい」

『すみません。沖田です』いつもと変わらぬ口調。『今から、そっちに行っていいですか?』

「そっちって?」

『パトカーがいなくなったから、そろそろ行こうと思いまして』

「えっ……」

先ほどの川尻と同じように左右を見回す。また二つの人影が現れた。今度は男女だ。誰だかは、すぐにわかる。沖田兄妹だ。

「お疲れさまです」

沖田は困った顔をこちらに向けた。そして横理オープンのメンバーたちに会釈する。

「みんな、この人たちは沖田さんっていうの」真穂が紹介した。「わたしの叔父さんが弁護士をやっていてね。お二人には、叔父さんが世話になってるの」

仲間たちが沖田について正確に理解したとは思えない。でも「弁護士」と「世話」というワードに反応したのだろう。ぺこりと頭を下げた。

沖田は、先ほどまでパトカーが止まっていた場所を眺めた。

「今、連れて行かれたのが、棚橋菜々美さんですか」

「……はい」

一瞬の間を置いて、ひろみが肯定した。そして沖田を睨みつける。

「沖田さん」声が低かった。「最初から、わかっていたんですね」

沖田は簡単に答えた。「はい」

ひろみは眉間にしわを寄せた。

「真穂――赤垣さんの叔父さんは、沖田さんは事件を解決するわけじゃないとおっしゃいました。復讐の連鎖を断ち切るのが役割なのだと。それなのに、なぜ事件の謎を解いたんですか？」

「事件の骨格を考えていたら、自然とわかっただけです」

沖田の答えは、相変わらずシンプルだった。

「赤垣さんと桶川さんの話がすべて正しいものとして考えていくと、犯人が棚橋さんしかいなくなった。それだけのことです。事件の夜、川尻さんと下島さんが一緒の電車に乗って帰ったことに気がつけば、答えは出ますから」

「あの」

石戸が口を挟んだ。

「すみません。石戸と申します。沖田さんでしたっけ。沖田さんと桶川の話が、よく見えないんですが」

沖田は石戸に向かって、もう一度会釈をした。

「赤垣さんの叔父さんに、ときどき頼まれるんです。殺人事件が起きると、残された関係者たちの憎悪が、次の事件を引き起こす恐れが生じることがあります。そんな事件につ いて、連鎖反応のように事件が起きるのを防いでくれと。熊木夏蓮さんが殺害された事件に関しても、単独で終わる事件には見えませんでした。残された人間が、犯人に対して復讐を決行する危険がありました。だから僕が呼ばれたんです」

「復讐を決行」櫻田がぐつぐつと煮えたぎる声で言った。「俺のことですね」

沖田は櫻田に顔を向けた。「櫻田さんですか？　そう、あなたも候補者です」

「でも、どうしてナナちゃんが」

智秋が頭を振った。「ひろみの説明には説得力があった。納得できた。でも、理由がわからない。どうしてナナちゃんが夏蓮を殺したの？」

ひろみに訊いているようにも、沖田に訊いているようにも聞こえた。おそらくは、どちらと指定して質問したわけではないのだろう。ただ、答えを欲しているのだ。

ひょっとしたら、智秋も負い目を感じていたのかもしれない。自分たちの結婚式に夏蓮が来たから、夏蓮は殺されてしまったのだと。自分たちの責任でなくても、原因はあるのだと。最初の事情聴取の後、石戸が後輩たちに謝ったことを思い出す。智秋もまた、同じ気持ちでいたのだ。

ひろみも沖田も、すぐには答えなかった。沖田はひろみの目を見つめた。確認しているように見える。言ってしまっていいのかと。ひろみがうなずいた。沖田の妹、千瀬が目を閉じた。はじめて見る、悲しそうな表情。

沖田が口を開いた。

「棚橋さんの話をする前に、僕が事件の話を聞いたときに感じたことをお話しします」

智秋にというより、全員に向かって語りかけた。

「三次会で盛り上がったときのことを伺って、妙に感じたことがありました。それは、桶川さんについてです」

「ひろみですか?」

思わず口を挟んでしまった。ひろみは真穂と共に事件の説明をした人間だ。沖田は二人の話を正しいものとして考えを進めたはずだ。それなのに、なぜ奇妙に感じたのか。

「そうです。熊木さんがご実家に帰られてから、桶川さんはありとあらゆる手段を講じて、熊木さんの住所を突き止めた。ものすごい行動力ですね。感服しました」

素直な賛嘆の響きがあった。しかし、表情が裏切っている。困った顔が、困った表情をしていたのだ。

「桶川さんは、他のメンバーに熊木さんの連絡先を教えませんでした。それどころか、熊木さんと連絡を取っていること自体を隠していました。その理由について桶川さんは、熊木さんのご両親にばれるとまずいから、現在の熊木さんのことを知る人間は少ない方がいいからと説明しています。奇妙に思ったのは、ここです。仮に、桶川さんがみなさんに熊木さんの連絡先を教えたとしましょう。みなさんはどうしますか？」

沖田は真穂の顔を見ていた。慌てて頭を働かせる。

「え、えっと、メールしたり、電話したり」

「夏休みには、広島まで会いに行ったりするかもね」

智秋が補足する。沖田はうなずいた。

「そんなところでしょうね。確かに何人もの友だちが、熊木さんと交流を再開するでしょう。秘密は、知る人間が増えれば増えるほど露見しやすくなる。それは常識です。ですから桶川さんの説明には説得力があります。でも、本当にそうなのでしょうか。この場合、秘密がばれてはいけないのは、熊木さんのご両親に対してです。熊木さんは、広島で大学に入り直しました。年下とはいえ、大学生の友人がたくさんできたのです。メールにしろ、電話にしろ、外で会うにしろ、あなた方との交流は、広島の新しい友人たちとの交流に紛れ込んでしまいます。ご両親に聞こえるように藤波さんの話でもしないかぎり、ばれるはずがありません。桶川さんはわかっていたはずです。それなのになぜ、熊木さんのことを黙っていたのか」

全員が一斉にひろみを見た。先ほど、一斉に菜々美を見たように。

「妙なことはまだあります。二次会会場に熊木さんが現れたのは、桶川さんが呼んだからでした。みなさんは突然の登場に驚いたそうですね。では、桶川さん自身の様子はどうだったのでしょうか。こっそりメールのやりとりをしていただけだったら、桶川さんもまた、熊木さんと対面するのは藤波さんの事件以来です。あれほどの執念で交流をつなぎ直した桶川さんこそが、感涙を流す勢いで熊木さんに接したことでしょう。でも、桶川さんは仕掛け人に徹していました。これは何を意味するのか。桶川さんは、広島まで熊木さんに会いに行ったことがあるのです。おそらくは、何度も。でも、そのことを、みなさんに言わなかった」

ひろみは黙っていた。ただ能面のような無表情で、沖田の話を聞いていた。

「なぜ桶川さんは熊木さんのことを黙っていたのか。みなさんに対しても、熊木さんのご両親に隠すのと同じ慎重さを持って隠したのか。お二人が再現してくださった三次会の様子に、ヒントが隠されていました」

「三次会？」

事件の後、真穂は順司叔父に連れられて、沖田と会った。その際、二次会の夏蓮登場からひろみのアパートでの議論まで、詳細に話をした。ひろみの助けもあって、かなり細かく再現できたと思う。でも、そこに沖田が指摘するようなヒントはなかったはずだ。

沖田はまたひろみを見た。ひろみは無表情だった。小さくうなずいて、話を再開する。

「そう、三次会です。熊木さんの住所をつきとめるため、桶川さんがどのような手段を講じたかの説明をしているときです。熊木さんの出身校と同じ学校を出た学生さんを探し出し、卒業名簿から実家の住所を調べてもらう。個人情報ですから、簡単には教えてもらえません。桶川さんは、誠心誠意お願いしたと説明しましたが、その前に冗談口を叩きましたね。『そこはそれ、色仕掛けで』と」

思い出した。ひろみは確かに言った。

「熊木さんがすぐに『わたし、女子校だよ』とコメントしたおかげで、オチがつきました。見事なボケとツッコミですね。でも考えてみてください。桶川さんは、すでに熊木さんの出身校を知っている。女子校だと知っているのです。卒業生に男子がいないのは自明の理。

熊木さんの住所を教えてくれたのも、女子学生でしょう。話の大前提がそこにあるのに、なぜ桶川さんは『色仕掛け』などという言葉を使ったのでしょうか。ボケにしては、奇妙です」

あの夜は笑い話だったはずなのに、今は背筋が凍った。沖田は、何が言いたいのか。

沖田は一つ息を吸うと、一気に答えを言った。

「熊木さんと連絡を取れることを特権と考え、友人たちに与えないようにした。これは、熊木さんを独占することにつながります。そして女子に対して、色仕掛けという言葉を使っている。僕は想像しました。桶川さんは同性愛者であり、熊木さんを愛していたのではないか」

ぱん、と顔面をはたかれた感覚があった。

自分は今、何を聞いたのか。バカな。ひろみが同性愛者だって？　信じられない。だって、大学一年生のときに出会って以来、そんな素振りは見せなかったではないか。

いや――。

真穂は思い出していた。事件の後、ひろみの家に泊まった夜のことを。「襲わないでね」という真穂の冗談に、ひろみは「夏蓮はともかく、あんたは襲わない」と切り返した。あのときは、単なる冗談の応酬と解釈していた。けれど、ひろみが同性愛者だったのなら、意味はまったく違ってくる。ひろみは、ただ本当のことを言っただけだったのだ。かつて千瀬が話していた。異性愛者が異性なら誰でもいいわけではないのと同じで、同性愛者だって同性なら誰でもいいわけではないと。川尻がそうだった。下島がそうだった。ひろみもそうだったというのか。

沖田は真摯な表情をひろみに向けた。

「その先は、桶川さんに訊くしかありません。桶川さんは、熊木さんと交際していたんですか？」

「違います」

ひろみは、きっぱりと言った。「夏蓮は、異性愛者でした。あの子は、藤波くんを愛していた。わたしのは、ただの片想いです。ですから、広島に帰ってしまった夏蓮の居場所を突き止めたのは、単なるストーカー行為です」

智秋が自らの身体を抱きしめた。震えを抑えるように。

真穂はそっと川尻と下島を見た。男性同性愛者である彼らは、身近にいた女性同性愛者のことを、どう見ているのだろうか。

川尻の表情は優しかった。強い共感をその目に宿していた。下島もだ。かつて憧《あこが》れていた藤波に死なれた下島は、ひろみに自分の姿を見ているのだろうか。

沖田は小さなため息をついた。

「でも、そう考えなかった人がいました。棚橋さんです。おそらく棚橋さんは、熊木さんのひと言を聞いてしまった。『わたしには、行く資格がないの』というひと言を。藤波さんに殺されかけた横浜に行く資格がないというのは、あの事件に責任を感じていることを意味します。棚橋さんは、どのような責任なのか、突き止めようとした。加えて、三次会でのやりとりです。棚橋さんは僕と同じ経路を辿って、桶川さんが同性愛者であることに気づきました」

「そうですか？」衝撃からいち早く立ち直った石戸が口を挟んだ。「棚橋さんが犯人だとわかってから後付けしているようにも感じますけど」

反論された沖田は、動揺のかけらも見せなかった。

「ところが、そうでもないのです。棚橋さんは、自分から見抜いたことを白状しています。広島で、櫻田さんを責めたてたときに」

「広島で……」

ビアレストランでのやりとりを思い出す。昨日沖田に向かって詳細に説明したから、記憶はまだ鮮明だ。あのとき菜々美は何と言っていたか。真穂がたどり着く前に、ひろみが答えを口にした。

「でもひろみさんと違って、サクラは夏蓮さんに会えない――」

どきりとした。それだ。確かに、菜々美はそんなことを言っていた。ひろみは押し殺した声で続ける。

「わたしたちは三次会の終わりに、お互いの連絡先を交換しています。サクラもです。それなのに、なぜナナちゃんは会えないと言ったのか。しかも、なぜわたしと違ってなのか。ナナちゃんは、夏蓮がわたし以外の人間とは会わないと思っていたんです。なぜか。わたしが夏蓮を独占したがっていて、夏蓮もそれを認めていたと考えたから。今まで夏蓮のことを隠していた理由に納得していたら、そんな科白は出てこない。ナナちゃんは、わたしの気持ちに気づいていたんです」

「な……」石戸が口を半開きにした。石戸は自分の結婚式の二次会以来、みんなと同じ場所にいた。同じやりとりを聞いていた。しかしまったく気づくことができなかった。その自覚が、彼からコメントを奪ってしまったのだろうか。

沖田は静かに首肯した。

「そういうことです。棚橋さんも、そこまでは正しかった。ただ、残念だったのは熊木さんの責任を追及しようとしているときの発見だったことです。思い込みの激しい棚橋さんは、この二つを簡単に結びつけてしまった。桶川さんと熊木さんがつき合っていると解釈してしまったのです。つまり、熊木さんもまた、同性愛者だと考えた。その視点で藤波さんの事件を見直してみたら、こんな構図ができあがります。熊木さんは、女性同性愛者ということを隠して藤波さんと交際していた。けれど何かの弾みで藤波さんに知られてしまった。裏切られたと思った藤波さんはカッとなって熊木さんの首を絞めた。ということは事件の原因は熊木さんの裏切りだ。熊木さんが感じる責任とは、それだと。そんなストーリーを作り上げてしまった」

真逆だ。事実は、藤波が両性愛者だったことが事件の原因だった。しかし菜々美は藤波や川尻、下島が同性愛者であることを知らなかった。手の届く範囲で見つけた事実だけで事件を構成してしまったから、真逆の解釈をしてしまったのか。

「棚橋さんは、藤波さんと熊木さんの関係を、理想のカップルと神格化していたそうですね。それを、熊木さんが壊した。それも、藤波さんと交際していながら、桶川さんと浮気したという理由で。なんてふしだらなと思ったのかもしれません。酔った勢いもあって、ホテルに帰る熊木さんの後を追った。藤波さんが熊木さんの首を絞めたことを思い出して、途中で紐を用意した。人気《ひとけ》のない裏道で熊木さんを捕まえ、問い質した。事件の真相はなんだったのかと。熊木さんは本当のことを言わなかったでしょう。でも、横浜に行く資格がないと自覚していた熊木さんです。自然と、自分に責任があるといった答えをしてしまった。やはり。憎悪に理性を失った棚橋さんは、紐で熊木さんの首を絞めた――」

うぐっ、とくぐもった声が聞こえた。櫻田が口に手を当てたのだ。夏蓮の死を詳細に説明されて、胃がねじれたのだろうか。しかしなんとか嘔吐《おうと》せずに済んだようだ。血走った目を沖田に向けた。息を荒くしながらも、しっかりとした声で話しかける。

「熊木さんのことは、わかりました。沖田さんは、連鎖的に事件が起こるのを防ぐとおっしゃいましたね。熊木さんが殺されて、犯人を憎んだのは俺です。殺してやりたいと、心底思いました。沖田さんは、俺を止めに来たんですか？」

自分が殺人犯候補であると認める発言だった。ある意味、自爆テロのようなものだったけれど、沖田は素っ気なく首を振った。

「違います」

櫻田が険しい表情になった。「違う？」

「はい」沖田はむしろ涼しい顔でうなずく。「櫻田さんが復讐の連鎖に囚われたのは、話を聞いているだけでよくわかりました。でも、あまり危険はないと思いました。櫻田さんは、憎しみのあまり理性を飛ばしたりしていません。視野狭窄《しやきようさく》にも陥っていません。おそらくは川尻さんと下島さんを疑っていたのでしょうけれど、彼らを犯人と決めつけられませんでした。二人を最有力容疑者としながらも、なんとか理詰《りづ》めで犯人をつきとめようとします。犯人は憎んでいても、犯人候補は憎み切れていない。だから理性が先行した。そんな人間は、突飛な行動を取りません。放置していても、それほど問題はないと判断しました」

「そうね」ひろみも昏い瞳をした後輩に言った。

「ついさっきもそう。サクラはシモジを犯人と思い込んで、待ち合わせ時刻までに決着をつけようとしていた。紐まで用意して。でもあんた、わたしたちに言ったよね。紐を使うのは、シモジが犯人だという確証が得られたらだと。この期に及んですら、憎しみに目が眩んでいない。シモジが無実を主張し続けたら、結局あんたはシモジの首を絞められなかった。復讐者としては、覚悟が足りないね」

「………」

櫻田が反論しようとして口を開いた。しかし言葉にならず、ただ唇を虚しく震わせるだけだった。

真穂は、ようやく千瀬の行動の意味を理解していた。千瀬は、菜々美のアルバイト先に潜り込んだ。その際、櫻田とは接点を持ちにくいから菜々美に仲介してもらうと説明してくれた。あれは本音ではなかったのだ。櫻田にたいした危険はないとわかっていた。むしろ真犯人である菜々美こそ、監視する必要がある。でも本当のことを言ってしまうと、ひろみ自身に謎を解かせることができない。だから適当なことを言ってごまかした。

「繰り返しますが、僕は櫻田さんにあまり危険を感じませんでした。けれど今回の事件では、櫻田さん以上に復讐の連鎖に囚われた人がいました。そちらの方が、遥《はる》かに危険だ。僕の役割は、その人を止めることです。それは誰か。桶川さんです」

櫻田が息を呑んだ。穴のあくほどひろみを見つめる。ひろみは、櫻田のことを完全に無視していた。ただ、沖田を見つめていた。

「考えてみれば、当然の話ですよね。愛する熊木さんをようやく見つけて、こっそり会いに行っていた。石戸さんたちの結婚式を、そろそろ公表する機会だと考えて、東京まで呼んだ。それなのに、熊木さんは殺されてしまった。桶川さんは、激しく自分を責めたことでしょう。自分が呼ばなければ、熊木さんは殺されずに済んだと。同時に、愛する人を殺害した犯人を激しく憎みました。熊木さんを殺害した犯人に復讐してやる。絶対に。そう考えたとしても、おかしくありません」

「そうか……」

思わず、そんな言葉が口をついて出てしまった。みんなの視線が真穂に集まる。しまった。ひろみを見る。ひろみは黙ってうなずいた。仕方がない。覚悟を決めて説明しよう。

「沖田さんは、わたしたちが、容疑者が絞れても、お互いを疑い合えていないと言ってたよね。疑い合っていたら、会話が成立しないはずなのに。お主が、まさにそうだった。お主は心の底から犯人を憎んで、犯人候補であるみんなを一切信じられなくなった。唯一、犯人でなさそうな、わたしを除いては。だからみんなで集まったときには、ほとんど口を開かなかった。そのくせわたしや沖田さんたちといるときには、事件に関して能弁だった」

「そのとおりだよ」ひろみが力なく微笑んだ。「わかってるじゃない」

違う。自分は何もわかってなどいない。ひろみが最も苦しいときに、力になってあげられなかった。

真穂たちのやりとりに満足したのか、沖田は話を続けた。

「桶川さんも櫻田さんと同様、思考停止に陥ってはいませんでした。けれど執念が違いました。なんとかして犯人を特定しよう。事実、桶川さんは事件の謎を解こうと懸命に考えた。間違いなく犯人でない赤垣さんを相手に話をすることで、考えをまとめていった。行き詰まると、突然しゃしゃり出てきた僕を利用しようとしました」

確かにひろみは、ずいぶんとしつこかった。犯人は川尻と下島のどちらかなどと、ストレートな質問をぶつけていた。真穂は沖田のことが気になっているのではないかと疑ったけれど、まるで的外れだった。ひろみは、ただ真実を知りたいだけだったのだ。

「広島のビアレストランでの議論も、桶川さんが仕組んだものですね。失言のふりをして、みなさんに対立してもらいました。川尻さん、下島さん、櫻田さんが言葉をぶつけ合うことで、誰かがボロを出さないか、待っていたのです。結果はうまくいきませんでしたが、桶川さんの執念を感じさせます」

ひろみは反論しなかった。ただ黙って沖田の話を聞いていた。その無言は、沖田が真実を捉えていることを示していた。

沖田は、ひろみの事件における役割を次々と解き明かしていく。ひろみこそが、復讐の連鎖に囚われていたのだと。最も危険な虜囚《りよしゆう》なのだと。それではなぜ、事件を解決しろなどと言ったのだろうか。勝手に事件の謎を解かせたら、それこそ勝手に復讐してしまうではないか。

疑問が顔に出ていたのだろうか。沖田が真穂を見て言った。

「強い憎しみに囚われた桶川さんに、復讐を思い留まらせるためには、どうすればいいか。僕は、桶川さんに事件に向き合ってもらうことにしました。事件を正確に解き明かしたら、必然的に事件におけるご自身の役割を理解します。熊木さんを東京に呼んだことではなく、熊木さんを愛してしまったことこそが、熊木さんの死を呼び込んだことを。辛い体験だと思いましたが、誰も助けてあげられません。桶川さん自身が消化しなければならないことです。事件について納得できたら、熊木さんを殺したのが棚橋さんとわかっても、復讐しない。僕はそう考えました」

——どうして、わたしを殺さなかったの？

ひろみは、菜々美の首を絞めなかった。代わりに、そう言った。沖田の話を聞いた今ならわかる。ひろみは、事件に自分自身でカタをつけたのだ。

ただし、ひろみ一人ではない。ひろみが事件の全貌を理解したときには、自分が傍にいた。昨晩、もしひろみの求めに従って家に帰っていたら、どうなっていただろう。ひろみは事件を消化することなく、事実だけを持って、菜々美を殺しに行ったかもしれない。あの晩、真穂と二人で酒を飲むことによって、ゆっくりと時間をかけて、夏蓮の死を受け止めたのだ。

復讐の連鎖を実現させないためには、犯人と復讐者の両方を抑える必要がある。真穂とひろみが話していたことだ。沖田兄妹は、そのとおりにやっていた。犯人は千瀬が監視し、復讐者は真穂が制御する。沖田の狙いは、そこにあった。真穂に沖田の思惑など、わかるはずがなかった。けれど覚悟はあった。無実の友人として、ひろみの軸足になろうと。真穂は、ひろみの苦しみをわかってあげられなかった。けれど最後の最後に、沖田の期待に応えたのだ。

菜々美は警察官に連れて行かれた。回復したら事情聴取を受けて、おそらくはそのまま逮捕されるだろう。裁判にかけられ、刑務所に入る。いくら櫻田が菜々美を殺したくても、出所するまでその機会はない。

けれど櫻田は、もう菜々美を殺そうとはしない。崇拝とは、虚像を愛する行為に他ならない。そして虚像とは、自らを投影させるものだ。櫻田にとって夏蓮は虚像だった。櫻田は、夏蓮を崇拝しているつもりで、実は崇拝している自分に酔っていたのかもしれない。自己陶酔の結果、夏蓮を崇拝している以上、自分は復讐しなければならないのだと思い込んだ。

一方ひろみは、生身の夏蓮を愛していた。生身の憎しみと悲しみを目の当たりにした櫻田は、自分自身の憎しみもまた虚像なのだと理解した。彼もまた、復讐の連鎖から解き放たれた。

すべては、沖田の狙いどおりだった。沖田洋平。鎮憎師。順司叔父は、まさしく自分たちが欲していた人物を紹介してくれたのだ。

「――ひろみ」

真穂は、大学時代からの友人に声をかけた。ひろみがゆっくりこちらを向く。

「真穂。ごめんね。いろいろ利用しちゃって」

真穂は首を振る。

「そんなの、いいよ。でもね」

「でも?」

一瞬、言葉の選択に迷う。でも、すぐに決めた。事件において、最も関わりの浅い自分なら言えることを。

「夏蓮のお墓参りには、行くよ。探偵事務所に場所探しを依頼しなくちゃいけないから、費用分担をお願いね」

ぷっ、とひろみが噴き出した。

「わかったよ」

終章

真穂は、岡山県にいた。

探偵が見つけてくれた夏蓮の墓は、広島でなく隣県の岡山にあった。夏蓮の父親は岡山県の出身だったのだ。これでは、自分たちで探そうとしても、見つかるはずがない。

ひろみがいる。

川尻がいる。

下島がいる。

櫻田がいる。

石戸がいる。

智秋がいる。

他には、誰もいない。夏蓮の両親も。

真穂は、岡山駅で買った花束を抱えていた。男性陣が墓石を掃除し、真穂が花を活け、智秋が線香に火をつけた。両手を合わせる。

――夏蓮。

真穂は死んでしまった友人に、心の中で語りかけた。藤波くんの死は、残念だった。あなたの死も。でも、復讐の連鎖はここで止まった。もう、誰も死なない。

思い返してみれば、一連の事件は、愛情によって引き起こされたものだった。

藤波が起こした事件は、藤波が川尻を愛し、そのことを夏蓮に知られたことが原因だった。

菜々美が起こした事件は、ひろみの夏蓮に対する愛情を、菜々美が歪めて受け取ったのが原因だった。

あのまま放っておけば、今度はひろみが夏蓮に対する愛ゆえに、菜々美を殺害していただろう。けれど連鎖は止まった。沖田のおかげで。

自分には、歪んだ思い入れがない。

かつてひろみが看破したことだ。ひろみは正しかった。だからこそ連鎖につながれることはなかったし、ひろみが暴走するのを防ぐことができた。

もちろん、真穂の手柄ではない。真穂を上手に利用した沖田の手柄だ。自分が道具として使われたことに、別に腹は立たない。自分はひろみに恋愛感情を抱くことはない。それでも、大切な友人なのだ。菜々美は残念だったけれど、ひろみがこうして自分たちの傍に立っていることを、素直に嬉しく思う。

ひろみは、ずいぶん長いこと、手を合わせていた。ひろみが夏蓮とどのような会話をしたのかは、わからない。でも目を開けて立ち上がったとき、今までのひろみとは違った女性がそこにいた。

ひろみは穏やかな表情で微笑んだ。

「帰ろうか」

解説

千街晶之《せんがいあきゆき》（ミステリ評論家）

「やられたらやり返す、倍返しだ!!」とは、池井戸潤《いけいどじゅん》原作の人気ドラマ『半沢直樹《はんざわなおき》』（二〇一三年）で堺雅人《さかいまさと》が演じた主人公・半沢直樹の名台詞だが、考えてみると、倍返しされた側が相手に更に倍返しを仕掛けたら面倒なことになるのではないか。一方が仇敵に復讐を遂げると、今度は復讐された側の関係者が相手にやり返す。その繰り返しが、いつまでも止まらない現象を「復讐の連鎖」と呼ぶ。

復讐の連鎖の恐ろしさを描ききった文芸作品としては、ウィリアム・シェイクスピアが一六世紀末に執筆した戯曲『タイタス・アンドロニカス』が代表格だろう。その手口も凄まじく、一方が仇敵の娘を強姦し両手と舌を切り落としたかと思えば、もう一方は仇敵の息子たちの肉で作ったパイを相手に食べさせるといった具合であり、血みどろの報復合戦の果てに十数人の登場人物の殆《ほとん》どが死に絶えてしまう。また、実際の歴史においても、民族紛争などにおける復讐の連鎖が膨大な犠牲者を出した例は枚挙に遑《いとま》がない。

さて、復讐といえばミステリの世界において、最も人気のある動機だと言っていい。戦前の江戸川乱歩《えどがわらんぽ》の明智小五郎《あけちこごろう》シリーズの長篇や、天樹征丸《あまぎせいまる》・金成陽三郎《かなりようざぶろう》原作、さとうふみや画のコミック『金田一少年の事件簿』（一九九二年〜）など、動機として復讐が頻出するシリーズは少なくないし、単発作品でも、ウィリアム・アイリッシュ（コーネル・ウールリッチ）の幾つかの長篇などの有名な例が思い浮かぶ。その理由は幾つかあるだろうが、著者が犯人の情念の強さを描きたい場合や、読者にとってもある程度共感可能な犯人を造型したい場合などに、復讐を動機に選ぶことが多いようだ。

そうした作品――特に長篇の場合、事件解決の時点で復讐はかなりの段階まで進行してしまっていることが多い。では、復讐そのものを早い段階で止める名探偵はいないのだろうか。そんな発想から誕生したのが、石持浅海の小説『鎮憎師』（《ジャーロ》52号〈二〇一四年十一月〉〜57号〈二〇一六年六月〉に連載。二〇一七年四月、光文社刊）に登場する「鎮憎師」だ。

本書の冒頭では、まさに『タイタス・アンドロニカス』のような復讐の連鎖が描かれる。極めてインパクトの強い導入部だが、これは本筋とは関係なく、復讐の連鎖がどのような凄惨な結果を生むかを読者に刻みつけるためのシーンであり、本筋はその次から始まる。

赤垣真穂《あかがきまほ》は、学生時代に所属していたテニス同好会『横理《よこり》オープン』の仲間である石戸《いしど》哲平《てっぺい》と堂本智秋《どうもとちあき》の結婚式の二次会に出席していた。その場に遅れて到着した女性の姿を見て、真穂をはじめとする一同は驚愕する。彼女は熊木夏蓮《くまきかれん》――かつて、サークルのメンバー内で起きた無理心中未遂事件の当事者だった。三年前、夏蓮の交際相手の藤波覚史《ふじなみさとし》は、彼女の首を絞めて殺そうとしたあと首を吊って死んだ。藤波がそのような行為に及んだ理由は謎のままだったが、この事件の原因が夏蓮の側にあると考えるサークルのメンバーもおり、二次会の場には一瞬緊迫した空気が漂う。しかし、やがて打ち解けた雰囲気が流れるようになり、新郎新婦を含む八人が夏蓮とともに三次会まで行った。別れ際、彼らは明日また会う約束をする。

ところが翌日、真穂たちサークル仲間が路上で発見したのは夏蓮の他殺死体だった。死因は絞殺。その日の夜、サークル仲間八人は、そのうちのひとりである川尻京一《かわじりきょういち》のアパートに集合し、事件について語り合う。その際、真穂はサークル仲間の櫻田義弘《さくらだよしひろ》の視線に不穏なものを感じる。もしかすると彼は、夏蓮を殺した人間に復讐しようとしているのではないか？

夏蓮殺害がそもそも三年前の事件の復讐であり、今また櫻田がその犯人に復讐を企てているのだとすれば、復讐の連鎖が始まっているのではないか。そんな危惧を抱く真穂に、彼女の叔父である弁護士の新妻順司《にいづまじゅんじ》は「鎮憎師」なる人物が存在すると告げる。憎しみを鎮める人――「事件の話を聞いて、上手に終わらせる方法を考えてくれる人」だというのだ。叔父に紹介された「鎮憎師」は、吉祥寺のマンションで妹の千瀬《ちせ》と暮らしている沖《おき》田洋平《たようへい》という人物。表向きは会社員で、一見、さして変わったところもない普通の男性だったが……。

先ほど、「復讐そのものを早い段階で止める名探偵はいないのだろうか。そんな発想から誕生した」と「鎮憎師」について紹介しておいたが、この点にもっと具体的に言及しよう。著者のエッセイ「復讐を、煽るか、消すか」(《小説宝石》二〇一七年五月号)によると、ミステリにおいて最もよく使われる殺人の動機である復讐を新しい切り口で描けないかと考えた際、最初は、親しい人を殺された復讐者が仇討ちするための環境を整える「仇討ちコーディネーター」というキャラクターを作れば面白い話が書けるのではないかと思いついたものの、仇討ちコーディネーターは復讐者に復讐対象を紹介する仕事になるので、結局は犯人捜しの探偵役になってしまい、普通のミステリと何の変わりもないと気づいたため路線変更をすることにしたという。そこからの発想の転換については、「復讐を、煽るか、消すか」から引用しておく。

色々考えた挙げ句に辿り着いたのは、復讐の全否定でした。ここまで復讐がミステリ読者に浸透しているのであれば、復讐させないことが、かえって新鮮に映るのではないか。とはいえ、復讐者を主人公にして、いろいろあった挙げ句に復讐をあきらめる話なら、過去にいくらでもあります。逆に復讐者を徹底的に茶化して邪魔する話も、読者が不快になりそうで、よくありません。そこで復讐者の復讐心を尊重したうえで、復讐を自主的にあきらめさせるキャラクターを作ることにしました。最初に考えた仇討ちコーディネーターと真逆の行動を取る人物。犯人捜しする探偵役ではなく、復讐心を消す職人。それが鎮憎師です。

デビュー作の『アイルランドの薔薇』（二〇〇二年）、初期の代表作である『月の扉』（二〇〇三年）や『扉は閉ざされたまま』（二〇〇五年）から、近年の作品である『崖の上で踊る』（二〇一八年）に至るまで、著者の小説においては、自由に出入りできないクローズド・サークル状態において起こった事件を、限定された人数の容疑者同士のディスカッションで解決するパターンのミステリがひとつの系譜を成している。本書の場合、事件が起こった現場はクローズド・サークルではないものの、状況的に三次会まで行った八人のサークル関係者以外が犯人である可能性は限りなく低いので、容疑者が少人数に限定されている点は著者の他の作品群と似ていると言っていい。ただし、当事者同士のディスカッションによる犯人捜しにとどまらず、「鎮憎師」という完全な第三者が介入してくるあたりはパターン破りである。

新妻弁護士は、「でも今必要としているのは、裁判に勝てる証拠じゃない。関係者、この場合でいえばサークル関係者が納得できるストーリーなんだ。なぜなら、人間は納得をベースに行動するものだから」と述べる。「鎮憎師」は、この関係者一同の心理面での納得を重視する。とはいえ、それは容易なことではない。この事件の場合、物証が乏しく、状況証拠をもとに皆を納得させる仮説を構築するしかないのだから。しかしその一方で、物証が乏しいからこそ、関係者の誰かが復讐を企てていたとしても、犯人を絞り込む確実な根拠がないのですぐには決行できないという状況が生まれる。その点は、復讐の連鎖を断ち切ろうとする「鎮憎師」にとって有利と言える。

関係者八人のうち、動機を持たないばかりか本書の視点人物でもある赤垣真穂は、絶対に犯人ではあり得ない。従って、残り七人の中に犯人がいることは明白だが、彼らは大なり小なり動機を持ち合わせているため、実は誰が犯人であっても、読者はさほど意外性を感じないだろう。

ならば、本書のミステリとしての狙いは何だろうか。そこにこそ、「鎮憎師」という新たなヒーローを登場させた意味がある。普通の犯人捜しでは出来ないような試みが、「鎮憎師」の特異なキャラクター設定と結びついて、ありふれた復讐テーマを用いながらも斬新なミステリが生まれたのだ。

「鎮憎師」は最終的には事態に決着をつけるものの、犯人が誰かという部分に関しては当事者に解決を一任しており、それが一同が互いに仮説をぶつけ合う理由づけになっている点は実に考え抜かれている。当事者たちの推理合戦をいかに自然に演出するかという点でも、「鎮憎師」という設定は有効に作用しているのだ。また、登場人物が口走ったさりげない一言からその裏の心理を読み取り、予想もしなかったような真実を浮かび上がらせてゆくプロセスはいかにも著者らしいアクロバティックさに満ちている。

今のところ、「鎮憎師」沖田洋平と妹の千瀬が登場する作品は本書しか存在していない。犯人捜しと復讐の連鎖を断ち切るという二つの問題に決着をつけるのは難度が高いため、彼らを活躍させ得るシチュエーションは、著者といえどもそう簡単には思いつけないのかも知れない。逆に言えば、この設定を活かせる物語の構想が著者の中に誕生した時、再び彼らは登場するのではないか(『月の扉』一作きりの探偵役かと思われた「座間味くん」が、その後シリーズ探偵となったように)。沖田兄妹が新妻弁護士と知り合ったきっかけも気になるし、是非ともシリーズ化を期待したいところである。

初出
「ジャーロ」52号（二〇一四年十一月）～57号（二〇一六年六月）
二〇一七年四月　光文社刊

光文社文庫

鎮《ちん》 憎《ぞう》 師《し》

著 者 石《いし》 持《もち》 浅《あさ》 海《み》

2021年6月20日 初版1刷発行

発行者 鈴 木 広 和
印 刷 堀 内 印 刷
製 本 ナショナル製本

発行所 株式会社 光 文 社
〒112-8011 東京都文京区音羽1-16-6
電話 (03)5395-8149 編 集 部
8116 書籍販売部
8125 業 務 部

ISBN978-4-334-79203-9 Printed in Japan

組版 萩原印刷